부드러움과 해변의 신

부드러움과
해변의 신

여성민 소설

민음사

차례

부드러움들

모래는 따뜻해. 밥이 말했다. 믿을 수 없는 일이지만 사실이야. 구름과 파도와 조개와 사람들이 걸어간 발자국도 따뜻해. 이 유리병을 좀 만져 봐. 해변의 모든 것이 다 따뜻하다구. 이토록 따뜻한 해변은 어떻게 만들어지는 걸까.

그건 모르겠지만. 다른 밥이 말했다. 모래는 정말 따뜻해.

뜨거운 모래를 밟기 위해 한낮의 해변으로 나오는 사람들이 보였다. 남자도 있었고 여자도 있었다. 해변엔 언제나 저런 사람들이 있지. 무척 행복하고. 처음의 밥이 말했다. 해변의 술과 해변의 태양과 해변의 나무 의자에 잘 어울리는. 밥이 계속 말했다.

그렇고말고. 우리도 그중 하나잖아. 우리도 그중 하나야. 다른 밥이 말했다.

그래. 맞아. 우리도 그중 하나지. 두 사람이 그렇게 말하고 있을 때 젖은 해변에서 불가사리 한 마리가 움직여 유리병 속으로 들어갔다. 저거 봐. 놀라운걸. 사람들이 걸음을 멈추고 그 광경을 보다가 유리병을 하나씩 꺼내 해변에 던졌다. 그중에는 비치 발리볼을 하던 사람들도 있었다. 비치 발리볼을 하던 사람들이 다시 비치 발리볼을 하기 시작했다. 비치 발리볼을 하는 사람들 사이로 염소 세 마리가 천천히 지나갔다. 한 마리는 불에 타고 있었다. 아름다워. 밥이 다른 밥의 말을 들으며 중얼거렸다. 아름다워. 해변에선 바라볼 수가 있다. 모든 것. 두 사람은 오래전부터 해변에 앉아 있었다. 그런 것 같았다. 그녀가 죽었어. 이 해변에서. 이 해변일 거야. 아무튼 해변이야. 밥이 말했다. 정말 그런 일이 있었어. 총과 구름과 해변의 모닥불 같은 일. 우리는 추웠지. 다정하게 서로를 꼭 끌어안고 있었지. 우리는 멸치를 구워 먹고 있었어. 그런데 갑자기 그런 일이 일어났고 그녀가 죽었어. 우리는 다른 사람들처럼 다정하게 앉아서 이야기를 나누고 있었을 뿐이라고. 해변에선 다 그러잖아. 해변에 오는 사람들은 다 그래. 다정하게 앉아서 이야기를 나눈다고. 이야기를 많이 나누지도 않았어. 아니. 우리는 이야기를 전혀 하지 않았어. 그냥 앉아 있었어. 다정하긴 했지. 정말 다정했어. 앉아서 멸치를 구워 먹었을 뿐이야. 그런데 그런 일이 있었어. 사실이야, 밥. 너무 사실적이었어.

밥이 말했다.

슬프구나. 몹시 슬픈 얘기야, 밥. 하지만 밥.

다른 밥이 말했다. 조금 혼란스러워. 물론 나는 너를 신뢰해. 믿어. 내가 한 번도 너를 믿지 않은 적은 없어. 그건 너도 알아. 하지만 밥. 정확히 해 두고 싶어. 너도 알겠지만 '사실이야.'라는 말과 '사실적이야.'라는 말은 달라. 조금 전에 네가 하려던 말은 '사실이야.'였어, '사실적이야.'였어? 밥이 물었다.

해변이 가까워지고 있었다. 그런 것 같았다. 모래는 따뜻해. 구름도. 불가사리도. 그리고 밥이 말했다.

말한 그대로야. 사실이야. 너무 사실적이었어. 조
금 전에 나는 그렇게 말하려던 거야, 밥. 말한 그
대로. 나는 정말 궁금해. 궁금해서 미치겠어. 나는
왜 해변에서 울었던 걸까.

정말 울었어?

울었어. 그런 것 같아.

그런 날이 있지. 목적 없이 해변을 걷는 날. 지금
도 우린 해변에 앉아 있잖아. 아름다웠어?

아름다웠지. 아름다운 여자였어. 유부녀였지만.
그러면 어때. 해변에 앉아 있는 여자는 모두 유부
녀라고.

맞는 말이야. 해변에서 남자는 모두 울고 있지.
그리고 밥이 말했다.

불가사리만 없다면 좋을 텐데. 발에 걸려. 아름
답긴 하지만.

해변이 가까워지고 있었다. 정말 그랬다. 신경
쓸 것 없어. 죽은 불가사리는 죽은 거야. 다른 밥
이 말했다. 하지만 밥. 우리 여기에 왜 온 거야?

총을 사려고 왔지.

총을? 해변에? 그래서 샀어?

샀지. 조금 전. 여긴 총이 아주 많아. 해변이니까. 파라솔도. 모래도. 바람도. 파도도. 불가사리도. 호텔도. 캘리포니아 호텔. 캘리포니아도. 시카고도. 금붕어도. 구름도. 여긴 사람이 아주 많군.

해변이니까. 그리고 밥이 말했다. 다행이야. 모든 게.

그래. 정말 다행이야.

저 남자에게 물어보자. 뭐든 알고 있을 것 같은 사람이야. 밥이 말했다. 틀림없어. 저이는 뭐든 알고 있어.

어째서?

꽃을 들고 있잖아. 해변에서 꽃을 들고 있는 남자는 뭐든 알아. 더구나 그가 들고 있는 꽃은 마거릿이라구. 들고 있으면서 아무것도 모를 순 없어. 내 말을 믿어. 이 해변의 어디로 가야 총을 살 수 있는지 저이는 분명 알고 있을 거야.

오오! 정말이네. 다른 밥이 말했다. 확실히 저 남자가 들고 있는 꽃은 마거릿이 맞아. 신이 우리를 돕는 거야. 우리는 이 해변에 아주 오래 앉아 있었지만 마거릿을 들고 해변에 서 있는 남자는 처음 봤잖아. 해변으로 오는 사람들이 이렇게 많은데도. 마거릿이라니. 신이 우리 편이야. 신은 항상 우리 편이었어.

두 사람은 아주 기쁜 얼굴로 남자에게 다가갔다.

우리가 가는 동안 날이 저물지 않으면 좋겠는데. 밥이 말했다.

신경 쓰지 마, 밥. 날이 저물 때 사람들은 아름다워. 마거릿 꽃도. 저길 봐. 해변에서 술을 마시는 사람들. 지금은 저렇게 술을 마시며 미친 듯이 놀지만 날이 저물면 모두 일어나 해변에 서 있을걸.

네 말이 맞아. 나도 그런 모습 본 적 있어.

그것 보라고. 그리고 밥이 말했다. 그러니까 신경 쓰지 마. 우리는 날이 저물기 전에 저 마거릿 꽃을 든 남자에게 갈 수 있어.

다행이야. 다른 밥이 말했다. 다른 밥이 말할 때 그들은 남자에게 아주 가까이 다가가 있었다. 정말 다행이다. 밥은 생각했다. 해변이 가까워지자 어디선가 음악 소리가 들렸다. 레드 제플린이야. 밥이 말했다. 이럴 수가 있나. 정말 레드 제플린이라구.

알아. 나도 방금 그 생각을 했어. 이럴 수가 있나.

음악 소리는 점점 크게 들렸다. 해변이 가까워지고 있었기 때문이다. 밥. 그거 알아? 난 레드 제플린을 무척 좋아한다구. 사람들은 지미 페이지만 기억하지. 보컬은 지미 페이지가 아니야. 그의 이름은 로버트 플랜트야.

맞아. 로버트 플랜트. 나도 알아. 나도 그의 노래를 좋아해.

그런 줄은 몰랐네. 기분 좋은 얼굴로 밥이 말했다. 하지만 내가 정말 좋아하는 건 존이야.

어떤 존? 밥이 밥을 보려고 고개를 돌렸다. 너도 알겠지만 레드 제플린은 네 명의 멤버로 구성돼 있어. 보컬은 로버트 플랜트지. 그리고 두 명의 존이 있어. 건반을 치는 존과 드럼을 치는 존이 있다고. 건반을 치는 존은 베이스를 치기도 하지. 그리고 다른 한 명은, 잘 모르겠군, 기억나지 않는군. 아무튼 레드 제플린에는 존과 존이 있어, 밥. 네가 좋아하는 존은 누구야?

그걸 어떻게 알 수 있겠어. 밥! 그건 너무 어려워. 누가 어떻게 존과 존을 구별할 수 있다는 거야. 나는 그냥 존을 좋아할 뿐이야. 사실이 그래. 밥은 조금 화가 난 것 같았다. 어쩌면 화가 났다기보다는 슬픈 것처럼 보이기도 했다. 그건 밥과 밥 모두 마찬가지였다. 우린 거의 도착한 것 같아. 밥이 말했다. 마거릿을 든 남자가 가까이 다가와 있었다. 레드 제플린의 노래가 귀를 집어삼킬 듯이 들렸다.

그래. 거의 다 왔군. 하지만 아직 조금 더 걸어야 해. 밥이 말했다. 우리가 도착하기 전에 날이 저물어 버리면 안 되는데. 저물어서 마거릿을 든 저 남자가 보이지 않으면 어쩌지.

말했잖아, 밥. 신경 쓸 거 없어. 저물었을 때 사람은 아름다운 거야. 짐승도.

밥이 말하는 동안 그들 사이로 염소 세 마리가 지나갔다. 염소들은 해안선을 따라 천천히 걸었다. 한 마리는 불에 타고 있었다.

그리고 아주 기쁜 얼굴로 두 사람은 마거릿을 든 남자 앞에 섰다. 남자는 두 손으로 마거릿 꽃을 들고 해변에 서 있었다. 모래가 따뜻해요. 믿을 수 없는 일이지만. 마거릿을 안은 채 남자가 먼저 인사를 건넸다.

알아요. 해변의 모든 것이 따뜻해요.

그리고 밥이 말했다.

우리는 당신을 보기 위해 먼 길을 걸어왔어요.

하루 종일 걸었는데 걸어오는 내내 당신이 이 해변에 서 있는 것을 봤어요. 하루 종일. 당신은 마거릿을 들고 이곳에 서 있더군요.

맞아요. 나는 종일 마거릿을 들고 서 있었어요. 어쩌면 그보다 더 오래. 당신들은 종일 걸었군요.

네. 우린 종일 걸었죠. 날이 저물까 걱정하면서. 걸어오는 내내 마거릿을 든 당신을 봤죠.

나는 사랑하는 여인을 기다리고 있어요.

마거릿을 든 남자가 말했다.

그럴 거라고 생각했어요. 이토록 따뜻한 해변에서 다른 목적이 있을 수 없죠. 아름다운 여인이겠군요.

아름다운 여인이죠. 유부녀지만.

해변에 나오는 여자들은 모두 유부녀인걸요. 다른 밥이 말했다. 다정한 여인이겠군요.

상냥하고. 다정하죠.

행운을 빌어요. 진심으로 행운을 빌게요. 방해하고 싶진 않지만. 밥이 말했다. 마거릿을 든 남자여! 우리는 이제 지쳤답니다. 너무 먼 길을 걸어왔거든요. 이 해변까지요. 총을 사려고요. 하지만 어디에서 총을 구할지 알 수가 없군요. 정말 알 수가 없어요. 찾을 수가 없어요. 해변인데도. 하지만 우리는 운이 좋았어요. 이렇게 당신을 만났으니까요. 당신은 마거릿을 들었고 마거릿을 들고 있으면서 아무것도 모를 순 없으니까. 우린 아주 운이 좋죠. 우린 항상 운이 좋아요.

그럴 거라고 생각했어요. 마거릿을 든 남자가 말했다. 당신들은 아마 총을 사기 위해 이곳에 왔을 거라고. 해변이니까.

모래가 따뜻해요.

해변의 모두가 따뜻한걸요. 이토록 따뜻한 해변은 어떻게 만들어지는 걸까요.

그건 나도 모르겠군요. 마거릿을 든 남자가 말했다. 하지만 당신들은 잘 왔어요. 당신들은 총을 살 수 있어요. 이 해변의 어디에서나 총을 팔아요.

우리도 그렇게 믿지만 총을 파는 사람이 하나도 보이지 않아요. 밥이 말했다. 당신은 알고 있겠죠?

물론 나는 알아요. 당신들은 좀 기다려야 해요. 날이 저물기를.

마거릿을 든 남자가 말했다.

곧 총을 살 수 있어요. 저물면 사람들이 해변으로 나오니까요. 남자들은 모두 해변에 앉아서 울고요.

기다릴게요. 그리고 밥이 말했다. 내가 뭐랬어. 마거릿을 든 남자가 아무것도 모를 수는 없다고 했지? 밥, 우린 기다리면 되는 거야.

그렇게 해서 마거릿을 든 남자는 해변에 계속 서 있었다. 그렇게 해서 밥과 밥은 마거릿을 든 남자와 함께 해변에서 저물기를 기다렸다.

저기 시계를 파는 사람이 있군. 밥. 기다리는 동안 시계를 하나 사자. 기다리는 사람에겐 시계가 필요하지.

나도 그 생각을 했어. 시계를 사자.

그렇게 해서 두 사람은 저물기를 기다리는 동안 시계를 사기로 결심했다.

그럴 필요 없어요. 마거릿을 든 남자가 말했다. 여기 내게 시계가 있어요. 좋은 시계는 아니지만 이 시계를 가져가요. 기다리는 사람에겐 시계가 필요하죠.

이런! 고마워요. 당신은 정말 친절하군요. 당신은 자상하고 우리는 당신에게 말할 수 없는 고마움을 느끼고 있어요. 하지만 마거릿을 든 남자여. 그럴 수는 없어요. 당신에게도 시계가 필요해요. 기다리는 사람에겐 시계가 필요하니까요.

그러니까요. 마거릿을 든 남자가 말했다. 이리 와서 이 시계를 가져가요.

말했잖아요. 그럴 수는 없어요. 다른 밥이 말했다. 당신의 시계는 당신의 기다림을 위한 거예요. 기다리는 동안 우리는 우리의 시계를 사면 돼요. 간단하죠. 아주 간단해요.

그럴 수는 없어요. 기다리는 사람에겐 시계가 꼭 필요해요. 마거릿을 든 남자는 고집을 부렸다. 밥과 밥은 남자의 친절함을 더 이상 거절할 수 없었다. 어쩌면 마거릿을 든 남자에게 모욕이 될 수도 있다고 생각했기 때문이다. 두 사람은 남자의 시계를 얻었다.

고마워요. 마거릿을 든 남자여! 이루 말할 수 없군요.

그리고 다른 일들. 해변에서 할 수 있는 일들. 시시한 일들을 하며 기다렸다. 조개껍질을 주웠고 따뜻한 모래 위에 누웠고 해변에 앉아 울었다.

밥. 주느비에브가 생각이 나.

베르니스와 주느비에브?

응. 베르니스와 주느비에브. 아이가 죽은 후에 남편 에를랭을 떠나 베르니스에게 온 주느비에브가 말하잖아.

　불빛이 보이길래 왔어요.* 밥과 밥이 동시에 말했다.

　내가 얘기했어? 해변에서 여자를 만났어.

　오! 밥. 그런 일이. 나는 몰랐어.

　사랑스럽고 예쁜 여자였어. 마거릿은 없었지만 우리는 다정했어. 서로를 깊이 끌어안았지. 함께 멸치를 구워 먹었어. 은빛 몸에서 푸른빛이 반짝이는 멸치들을. 나는 정말 있는 힘을 다해 그녀를 안고 있었어. 그녀도 그랬지.

　해변에서?

　해변에서.

　그녀를 어떻게 만났지?

　그녀가 왔어. 나는 앉아 있었어. 내게 말했어. 불빛이 보여서 왔어요. 그리고 우리는 정말 해변에 함께 앉아 있었어. 우리는 정말 다정했어. 그녀는 기꺼이 내게 안겼어. 그녀는 젖어 있었는데 어디서부터인지 젖으며 왔다고 그것이 어디서부터인지 모르겠다고 해변인지 숲인지 집인지 모르겠다고 집의

---

* 생텍쥐페리, 『남방 우편기』

어디서부터인지 방이었는지 거실이었는지 창문이 었는지 모르겠다고 말했어. 상관없었어. 나는 거실과 집과 숲과 해변과 마른 곳과 젖은 곳을 다 좋아하니까. 너도 알잖아. 나는 기꺼이 젖은 몸을 안고 있었지. 어디까지가 집이고 바다고 어디부터 육지인지 알 수 없도록 오래전부터 섞여 있었던 거야. 우리는 그렇게 느꼈어. 그녀의 이마에 입맞춤을 하기도 했지. 고백하자. 나는 마음먹었어. 정말 그랬어. 그녀가 내게로 걸어오기 전부터 이미 그녀를 사랑한다고 느꼈거든. 나는 무릎을 꿇었지. 사랑해요. 미칠 것 같아요. 그녀는 기뻐했지.

그녀가 기뻐했어? 말해 봐, 밥. 정말 그녀가 기뻐했어?

기뻐했어. 그녀는 곧 대답할 것 같았어. 하지만 내게 안겨서 말했지.

시간이 없어요. 밥과 밥이 말했다.

그래. 그랬어. 시간이 없어요. 밥이 울었다.

이런. 슬픈 일이로구나. 안됐구나. 내가 그런 일을 겪었다면 어땠을까. 생각만 해도 끔찍해. 어쨌든 다행이야. 지금 이 해변엔 불빛이 없어. 저물지 않았으니까. 그녀가 불빛을 따라올 일도 없고 그녀를 사랑할 일도 없어. 시간이 없다고 말할 일도 없고 울 일도 없지.

그리고 다른 일들. 해변에서 하게 되는 일들. 시시한 일들을 하며 기다렸다.

밥. 저것 봐. 불가사리야. 불가사리가 있어. 그렇군. 밥 저것 봐. 불가사리가 움직여. 불가사리가 해변으로 올라와. 온몸으로 꾸물꾸물 기어서 올라와. 이곳으로 올라와. 그렇군. 아름답군. 생각이 나. 밥. 생각나. 언젠가 나는 죽은 불가사리를 본 적이 있어. 내가 아주 어릴 때였는데 해변으로 올라와 죽어 있었어. 죽은 불가사리인데도 부드러웠어. 내 몸보다 부드러웠어. 아기 몸을 만지는 것 같았어. 꾹 누르는 손가락에 소름이 돋을 만큼 부드러웠어. 아름답다. 불가사리. 저것 좀 보라구. 저걸 좀 봐. 사람들이 병을 던져. 여자가 유리병을 던져. 불가사리가 유리병 속으로 들어가고 있어. 어떻게 그럴 수 있지? 몸은 별 모양인데. 조그만 유리병인데. 불가사리는 별이 다섯 개. 아름답다. 불가사리. 밥. 그거 알아? 불가사리는 모든 해양에 살아. 자웅이체지만 자웅동체도 있어. 몇몇 불가사리는 분열을 해서 늘어난대. 무성생식을 하는 거야. 제 몸을 분

열해서 둘이 되고 넷이 되는 거야. 신기하지. 별불가사리. 작은별불가사리. 햇님불가사리. 빨강불가사리. 해바라기불가사리. 불가사리들이 올라와.

불가사리는 도무지.

아름답다.

불가사리는 도무지.

아름답다.

불가사리는. 불가사리는. 불가사리는 도무지.

불가사리는 시시해.

불가사리는 징그러워.

아름답다. 불가사리. 아름답다. 불가사리가 죽었어. 밤. 모두 죽어 있어. 불가사리가 다 죽은 것 같아.

죽은 것은 죽은 거지. 죽은 불가사리는 죽은 불가사리.

그리고 다른 얘기들. 해변에서 하게 되는 얘기들. 당연하고 시시하고 어쩔 수 없는 얘기들. 담배와 콜라와 섹스와 호텔과 캘리포니아 호텔, 캘리포니아, 시카고, 여수, 부산, 여수, 시베리아 나무와 보들레르를 얘기했다.

보들레르의 아버지가 화가였던 거 알아?

군인이었잖아.

그건 두 번째 아버지고. 첫 번째 아버지는 사제였어. 환속한 사제였지. 못 견디고 뛰쳐나온 거야. 그리고 그림을 그렸어. 아마추어 화가였지만 열정이 대단했지. 보들레르가 미술 평론을 하게 된 것도 아버지의 영향이야.

그랬군. 화가였군. 저물기를 기다리며 밥이 말했다.

잔 뒤발을 사랑했지.

알아. 잔 뒤발을 사랑했지. 혼혈의 잔 뒤발.

아름다웠겠지.

아름다웠겠지. 보들레르가 사랑한 것은 잔 뒤발의 아름다움은 아니었어. 무너지는 선을 사랑했던 거야.

무슨 말이야.

보들레르의 아버지는 보들레르에게 선의 아름다움에 관한 얘기를 많이 해 주었어. 선이라는 것은 그런 거잖아. 형태를 버리면 무너지는 거잖아. 그녀의 육체가 어땠는지 그녀의 영혼이 무엇이었는지는 중요하지 않았던 거야. 그녀를 하나의 선으로 이해했으니까. 사랑하는 데 아무 문제가 없었어. 무너지면 무너지는 대로 아름답다고 느꼈지. 종교라든지 법이라든지 하는 것들은 형태잖아. 보들레르는

버렸지. 시도 그래. 리듬이라든지 각운이라든지. 버
렸지. 저무는 순간과 같은 거야. 여기 해변이 있잖
아. 우린 저물기를 기다리고 있지. 지금 우리가 보
는 해변은 색과 형태와 선으로 된 해변이야. 밥. 이
걸 이해할 수 있어?

물론. 이해하지. 이해하고말고. 바다는 넓고 깊
고 파랗고. 등대는 둥글고 솟아오르고 빨갛고. 그
런 얘기잖아.

그래. 맞아. 바로 그런 얘기야. 저물면 색은 사라
져. 형태와 선만 남아.

이해할 수 있어. 저물기를 기다리며 다른 밥이 말
했다. 저물겠지. 형태와 선만 남겠지. 그런데 밥, 우
리는 물론 기다리고 있지, 그런데 밥, 나는 걱정 돼.
기다리는 동안 저물면 어떡하지? 해변도, 사람도,
마거릿을 든 남자도, 아! 마거릿을 든 남자여! 그리
고 조개도, 불가사리도, 파라솔도, 집도, 총도, 아무
것도 보이지 않으면 어떡하지? 형태. 내게 안겨 있
던 형태. 밥은 걱정하고 있었다. 밥은 슬퍼 보였다.

신경 쓸 것 없어. 슬픈 밥을 달래며 다른 밥이
말했다.

내가 말했잖아. 저물면 형태는 사라져. 선만 남

지. 물론 최후에는 선도 사라지겠지만. 형태는 사라지고 선이 남아. 그때가 가장 아름다워. 그래서 사람들은 해변으로 오는 거야. 우린 기다리는 거야. 이제 곧 사람들이 해변으로 나올 거야. 해변과 사람들이 함께 아름다워지겠지. 우린 총을 사겠지. 해변. 해변에 앉아 있는 사람. 총. 그러면 되는 거야. 모래는 따뜻하고. 이토록 아름다운 해변. 최후의 선을 보며. 우린 아름답다고 말할 수 있어.

말할 수 있지.

한 번 더 말할 수 있지.

총을 살 수 있겠죠? 이곳에서 총을 살 수 있다고 들었어요. 어떤 총을 살까.

미안하군요. 밥이 말했다. 우리는 총을 팔지 않아요.

맞아요. 우리는 총을 팔지 않아요. 다른 밥이 말했다. 여기는 해변이에요. 총을 사려면 총을 파는 집으로 가야죠. 아니면 보리밭으로 가든지.

하지만! 여자가 이해할 수 없다는 얼굴로 두 사람을 바라보았다. 여자가 너무 빤히 바라보아서 밥과 밥은 왠지 부끄러웠다.

그렇게 바라보시니 부끄럽군요.

그럴 필욘 없는데. 여자가 말했다. 정말 그럴 필요는 없어요. 아름다운 여자였다. 너무 아름다워서 두 사람은 괜히 부끄러워졌다. 부탁이에요. 내 얘기를 좀 들어 줘요.

그럴게요. 우리는 당신의 얘기를 들을 준비가 되어 있는걸요. 우리는 이 집을 찾아오는 모든 사람의 얘기를 들을 준비가 되어 있어요.

나는 먼 길을 걸어왔어요. 총을 사기 위해서. 그리고 당신들이 바로 총을 파는 사람들이라고 들었어요.

여자는 지쳐 보였다. 그런 것 같았다.

그럴 거라고 생각했어요. 전에도 그런 일이 있었으니까. 사실은 그런 일이 자주 있죠. 우선 들어와요. 물이라도 마시고 잠시 쉬면서 생각하는 게 어때요. 어쩌면 우린 함께 방법을 찾을 수 있을지도 몰라요.

여자는 망설였고 무언가 생각했고 집 안으로 들어왔다. 식탁에 앉아 여자가 집을 둘러보았다. 집이 예쁘네요. 여자가 말했다. 해변에 있는 집은 다 예쁘죠. 부끄러워하며 밥이 말했다. 밥은 감자를 깎고 있었다.

정말 아름다워요. 여기서 바라보는 해변이 특히나 아름답네요. 바로 저 길을 따라서 왔어요. 해안선.

물을 좀 마셔요. 감자를 깎던 밥이 손을 털고 일어나 물을 따라 주자 여자가 단숨에 물을 들이켰다. 정말 아름다운 여자였다.

당신들은 무척 친절하군요. 남편도 항상 이렇게 컵에 물을 따라 주죠. 물을 마시고 여자가 탁자에 내려놓은 컵을 만지며 말했다. 그런데 왜 이렇게 슬퍼 보이지.

많은 사람이 사용한 것이라 그럴 거예요. 그중엔 슬픈 사람도 있었겠죠. 감자를 깎던 밥이 말했다. 행복한 사람도 있었겠지만. 부끄러워하며 밥이 말했다. 밥이 깎던 감자들이 바닥에 뒹굴고 있었다.

마음이 좀 놓여요. 이제 여자는 컵을 끌어안았다.

고마워요. 따뜻한 물을 줘서. 지쳤거든요. 정말 마음이 놓여요.

여자가 컵을 끌어안자 두 사람도 마음이 놓였다. 안쓰러움을 느끼고 있었다. 그런 것 같았다. 따뜻한 컵을 끌어안고 여자는 더 아름답고 지쳐 보였다.

먼 길을 왔군요.

먼 길을 왔죠.

해변에서 왔군요.

해변에서 왔어요. 아주 먼 길을 걸었어요. 포기할까도 생각했지만 포기하지 않았죠. 불빛을 따라서 왔어요. 총을 사기 위해서. 어떤 총을 살까 생각하면서. 그리고 여자가 말했다. 총을 살 수 있겠죠?

말했잖아요. 우리는 총을 팔지 않아요. 이 집은 총을 파는 집이 아니에요.

그럼 무엇을 팔죠? 이상하다는 얼굴로 여자가 물었다. 총을 파는 집에서 총을 팔지 않으면 무엇을 팔죠?

카레요. 감자를 깎던 밥이 말했다.

우리는 카레를 팔아요. 감자와 당근을 넣은 카레를 팔죠. 이 집은 카레를 파는 집이에요. 자, 당신도 골라 봐요. 어떤 카레가 좋을지. 당신에게는 돈을 받지 않을게요. 물론 우리는 돈을 받죠. 이 집은 카레를 파는 집이고 우리는 카레를 파는 사람들이니까요. 사람들은 우리가 만든 카레를 좋아해요. 우리는 돈을 받고요. 당신에겐 그냥 드릴게요.

왜요?

먼 길을 왔으니까요. 우리에겐 좋은 재료가 있고.

고맙군요. 정말 고마워요. 저는 총을 사려고 왔어요. 그리고 이 집은 총을 파는 집이라고 들었어요. 당신들은 총을 파는 사람들이에요. 그런데 왜 내게는 카레를 팔죠? 여자가 말했다. 여자는 조금 화가 난 것처럼 보였다. 슬픈 것처럼 보이기도 했다.

이 집은 총을 파는 집이 아니에요. 우리는 총을 판 적이 없어요. 심지어 총을 본 적도 없어요. 밥이 말했다. 우린 카레를 팔아요. 밥이 말했다. 맛있는 카레죠. 감자를 깎던 밥이었다.

혼란스럽군요. 여자가 말했다. 혼란스럽네요. 잠시 후에 여자가 말했다. 정말 혼란스럽군요.

혼란할 것 없어요. 당신은 먹고 싶은 카레를 생각하면 돼요. 배가 고프지 않나요.

배가 고파요. 사실은 배가 많이 고파요.

그것 봐요. 당신은 지쳤어요. 자, 먹고 싶은 카레를 골라 봐요. 다행히 우리는 감자도 많고 당근도 아주 많아요. 당신은 감자를 넣은 카레를 고를 수도 있고 당근을 넣은 카레를 선택할 수도 있어요.

고맙지만. 여자가 말했다. 나는 총을 사려고 왔을 뿐이에요.

알아요. 우리는 당신에게 맛있는 카레를 대접하

고 싶은 것뿐이구요. 우리는 평생 그렇게 살았어요. 맛있는 카레를 만들기 위해 아침이면 장을 보고 감자와 당근을 깎고 주방의 불 앞에서 하루를 보내죠. 배고프지 않아요?

배고파요. 조금.

거봐요. 당신은 배가 고플 거예요.

이제 여자는 배가 고팠다.

당신은 지쳤어요.

알아요. 나는 지쳤어요. 조금.

그것 봐요. 당신은 이미 지쳤다구요.

이제 여자는 지쳤다.

말해 봐요. 당신이 무얼 좋아하는지 우리는 모르잖아요. 감자를 듬뿍 넣은 카레를 해 드릴게요. 이 감자를 봐요. 아주 싱싱하다고요. 수확한 지 얼마 되지 않아요. 맛있을 거예요. 당근을 넣은 카레를 고를 수도 있어요. 이 당근도 붉고 싱싱하죠. 원하는 걸 말해요.

총이요. 총이요. 총이요.

아! 밥. 어떻게 하면 좋을까. 이 아름다운 여인에게.

방법이 없잖아. 한 번 더 말해야지. 사실대로.

여자가 울었다. 여자가 울어서 밥과 밥은 왠지 부끄러움을 느꼈다. 어떡하면 좋지. 밥. 나는 왠지 부끄러워. 밥이 밥에게 말했다. 나도 그래. 부끄러움을 느껴. 너무 아름다운 분이라서. 그렇지?

말했잖아. 부끄러워.

미안해요. 울지 말아요. 우리가 자꾸 미안해져요. 당신을 돕고 싶지만. 우린 카레밖에 모르는걸요.

정말이에요. 당신을 돕고 싶어요. 할 수만 있다면. 당신이 원하는 말을 해 주고 싶어요. 그러나 그럴 수는 없어요. 사실을 말할 수밖에 없어요. 사실을 말할게요. 우리는 카레를 만드는 사람이에요. 이 집은 카레를 파는 집이고요. 총을 사려면 총을 파는 사람에게 가야죠.

보리밭으로 가든지.

보리밭! 여자는 지쳐 보였다. 하지만! 아름답고 지친 여자가 말했다.

시간이 없어요.

당근밭에 갈 거야. 같이 가겠어? 밥이 물었다.

아니. 나는 집에 있을래. 현관에 떨어진 신문을 주워 들며 다른 밥이 말했다. 못마땅한 얼굴이었지만 애써 내색하지 않았다. 당근은 집에도 많아.

알고 있어. 하지만 당근밭에 가야 해. 아침부터 생각하고 있던 거야.

좋을 대로 해. 나는 신문이나 읽을래.

그럼 할 수 없지. 밥이 문을 열고 나갔다. 여름의 미지근한 저녁 공기 대신 시원한 바람이 열린 문으로 들어왔다. 달콤한 바람이었다. 밥의 못마땅한 얼굴이 조금 풀어졌다. 그래도 못마땅했다. 집에도 많다니까.

밥은 신문을 읽었다. 해변의 소음이 멀리서 들려왔다. 신문을 두어 장 넘기고 있을 때 현관문을 두드리는 소리가 들렸다. 처음 보는 남자가 서 있었다.

밥을 찾고 있어요.

남자가 말했다. 남자는 고개를 숙인 채 가방을 뒤적였다. 땀을 많이 흘렸다.

어떤 밥이요?

그렇게 되묻자 남자가 밥을 보기 위해 고개를 들었다. 늦은 오후였다. 곧 어둠이 내릴 것처럼 보였지만 빛이 남아 있었다.

그냥 밥이요. 남자가 말했다. 남자는 아주 커다란 가방을 메고 있었다. 내가 밥이에요. 남자가 안

도하는 얼굴로 어깨에 멘 가방을 열었다. 우편배달부였다. 다행입니다. 언덕을 오르느라 고생을 좀 했어요. 밥을 찾아왔거든요.

잘 찾아왔어요. 내가 바로 밥이죠.

대답하며 밥이 잠시 남자가 오른 언덕을 바라보았다. 언덕 아래 해변이 보였다. 해변의 소음이 들렸다. 달콤한 바람도 그쪽에서 불었다.

땀을 많이 흘리시는군요.

어쩔 수 없어요. 어려서부터 그랬으니까. 게다가 이놈의 가방이 좀 무거워야 말이죠. 이마의 땀을 닦으며 남자가 말했다. 나는 편지를 전해 주기 위해 왔어요. 이 편지를 꼭 전해 주어야 해요. 그게 내 일이니까. 밥에게요.

이제 당신은 쉴 수 있어요. 내가 바로 밥이에요.

잘됐군요. 하지만 쉬진 못해요. 전해야 할 편지들이 많아서 나는 또 언덕을 내려가야 해요. 언덕을 내려갈 때는 바람도 느끼며 갈 수 있으니 그나마 다행이지 뭐예요. 자, 여기 편지를 받아요. 바로 이 편지가 밥에게 온 편지거든요. 친애하는 밥에게. 맞죠?

어떤 밥이요?

친애하는 밥이요. 남자가 말했다. 여기 그렇게 쓰여 있잖아요. 친애하는 밥에게. 그러니까 이 편지는 밥을 위한 거예요. 당신을 위한 편지죠.

아니요. 밥이 말했다. 아닌 것 같아요.

아니라굽쇼. 남자가 좀 짜증을 내며 말했다. 날이 무척 더웠다. 당신이 밥이랬잖아요.

예. 나는 밥이죠. 하지만 내 편지가 아닌 것 같아요.

어째서요. 장난 말아요. 더운 날.

장난하는 게 아니에요. 나는 밥이지만 친애하는 밥은 아니에요. 그냥 밥이죠.

친애하는 밥이 아니라구?

맞아요.

그렇다면 이거 난감한걸. 우편배달부 남자가 곤란한 표정을 지었다. 땀을 계속 흘렸다. 겨우 밥을 찾았는데 친애하는 밥이 아니라니. 그럼 어쩌란 말이오.

글쎄요. 아! 잠시만 기다려 보세요. 이 집엔 다른 밥이 있어요. 그는 지금 당근밭에 가 있죠. 내가 가서 데리고 올게요. 혹시 모르니까요. 집에 당근이 잔뜩 있는데도 당근밭에 갔다고요.

그리고 밥이 남자를 세워 둔 채 집을 나섰다. 언덕을 내려가 사라졌다. 밥은 당근밭에 앉아 있었다. 당근들 사이에 앉아 가만히 있었다.

밥. 여기서 뭘 하고 있어. 당근을 뽑지도 않고. 그냥 앉아 있잖아.

집에도 많으니까.

그러니까. 왜 당근밭에 온 거야. 뭘 하고 있었던 거야.

생각을 좀 했어.

무슨 생각을?

그냥 당근을 생각했어. 당근은 밝아. 당근밭에 앉아 있으면 그 생각을 하게 돼.

그렇군.

정말이야. 밥. 너도 그걸 알아야 해. 당근은 참 밝아.

알아. 알고 있어.

다행이군. 당근밭에 앉아 있던 밥이 말했다. 너도 그걸 알아야 해. 그래서 밥과 밥은 당근밭에 앉아 있게 되었다. 그런데 밥. 당근밭에 간 밥을 찾아온 밥이 당근밭에 앉아 있던 밥에게 말했다. 집에 같이 가야겠어. 손님이 왔거든.

밥이 밥을 데리고 언덕을 올라왔다. 남자는 여전히 가방을 멘 채 땀을 흘리며 현관문 앞에 서 있었다. 밥이 남자에 대해 친절하게 설명했다.

맞아요. 당신은 절대 헛걸음하지 않았어요. 나도 밥이에요.

잘됐어요. 여기 이 편지를 봐요. 연신 땀을 닦으며 남자가 밥에게 말했다. 가방에서 꺼낸 편지였다. 잘 봐요. 여기가 32번지 맞지요?

여기는 32번지가 맞아요.

여기 "밥에게!"라고 되어 있지요?

"밥에게!"라고 되어 있군요.

그래요. 바로 그거예요. 친애하는 밥에게. 이 편지를 보낸 사람은 수신인의 이름을 그렇게 적었어요. 자, 이제 말해 봐요. 누가 이 편지를 받을 친애하는 밥인지.

우린 둘 다 밥이에요. 당근밭에서 온 밥이 말했다. 그러나 우리 중 누구도 친애하는 밥은 아니에요.

내가 이미 말했잖아요. 당근밭에서 밥을 데려온 밥이었다. 둘 다 밥이지만, 친애하는 밥은 없어요. 나는 결코 친애하는 밥이 아니에요. 얘도. 그렇지, 밥?

물론이지. 나는 친애하는 밥이 아냐. 밥이지만.

당근밭에서 온 밥이었다.

남자가 땀을 흘렸다. 난감해하는 것이 보였다. 좋아요. 알았어요. 이 마을에 다른 밥이 있나요? 다른 어깨에 가방을 바꿔 메며 남자가 물었다.

없어요. 이곳에 다른 밥은 없어요. 이 마을 어디에도 다른 밥은 없어요. 우리뿐인걸요.

그러면 이렇게 합시다. 당신들에게 이 편지를 주고 갈게요. 어쨌든 당신들은 밥이고 이 마을에 당신들 외에 다른 밥은 없으니까요. 나는 편지를 꼭 전해 주어야만 해요.

미안해요. 그럴 순 없어요. 당신의 사정을 이해하지만 우린 그 편지를 받을 수 없어요. 말했잖아요. 우리 중 누구도 당신이 찾는 밥이 아니에요. 친애하는 밥은 여기 없어요.

이렇게 곤란하기는 처음이군. 남자는 정말 곤란한 얼굴로 생각에 잠겼다. 실례가 되지 않는다면 물이라도 좀 마실 수 있을까요. 정말 덥네요. 이런 일은 처음이라서 말이에요.

우리도 이런 일은 처음이에요. 들어오세요.

밥과 밥을 따라 집으로 들어가자마자 남자는 편지들이 들어 있는 가방을 탁자에 내려놓았다. 연거

푸 물을 몇 컵 마셨다. 당근밭에서 온 밥이 시원한
물수건을 내주었다. 남자가 땀을 닦으며 주방을 바
라보았다. 냄새가 좋군요.

손님이 하나도 없는걸요. 벌써 며칠째 손님이 없
어요. 아무도 없어요.

그러지 마, 밥. 그분을 귀찮게 하지 마. 그건 그
분 잘못이 아니야.

알아. 고개를 돌려 빛이 들어오는 유리창을 밥
이 바라보았다. 꼭 전해 주어야 하는데. 밥의 손목
에서 반짝이는 빛을 보며 남자가 말했다. 곧 해가
질 텐데.

그리고 해가 졌다.

아름답군요. 그 시계를 좀 볼 수 있을까요? 실례
가 안 된다면.

실례될 일이 없죠. 그냥 시곈데.

남자가 탁자를 끌어 빛이 들어오는 창가로 왔다.
어떤 밥이 풀어서 건네준 시계를 탁자에 올려놓고
남자가 시계를 바라보았다. 아름다운 시계예요. 내
게도 시계가 하나 있었는데 지금은 없어요. 어려서
부터 시계를 좋아했죠. 아버지에게 혼이 나곤 했어
요. 나는 시계만 보면. 말을 끊고 남자가 깊은 생각

에 잠겼다. 나는 시계만 보면. 밥과 밥이 조용히 남자의 말을 기다렸다. 시계를 분해해 봐도 될까요? 실례가 안 된다면. 남자가 두 사람에게 물었다. 눈은 여전히 시계를 내려다보고 있었다.

실례될 것까지야 없죠. 우리도 미안하던 참인데.

고마워요. 남자가 가방에서 공구를 꺼냈다. 우편배달부가 드는 그 가방이었다. 남자가 가방을 열어 시계를 여는 납작한 오프너와 스크루드라이버와 핀셋과 루페와 골무를 꺼내더니 시계의 뚜껑을 열고 시계를 분해했다. 크라운을 분리하고 바늘을 뽑고 문자판을 떼어 냈다. 나사를 풀고 시계의 무브먼트를 분해했다. 태엽과 브리지와 밸런스 휠과 앵커와 기어를 해체했다. 나는 시계만 보면! 시계를 분해하며 남자가 혼잣말을 중얼거렸다. 누구도 대답하지 않았다. 그저 남자를 바라볼 뿐이다. 시계만 보면! 남자가 또 혼잣말을 하듯 말했지만 아무런 말도 하지 않은 것처럼 시계를 분해했다. 탁자는 남자가 해체한 부속들로 가득했다. 빌어먹을 친애하는 밥이여! 남자가 또 말했지만 어떤 밥도 아무런 말을 하지 않았다.

어쩌지. 밥이 말했다.

어쩔 수 없지. 다른 밥이었다. 친애하는 밥은 없는걸.

그리고 시간이 흘렀다. 그런 것 같았다. 미안해요. 나는 이제 밥을 찾으러 가야 해요. 빌어먹을 친애하는 밥. 찾을 수 있을까?

찾을 수 있을 거예요.

가방을 메고 남자는 밤이 되어서야 떠났다. 탁자에는 분해된 시계가 그대로였다.

어쩌지. 밥이 말했다.

조립해야지.

나는 조립할 줄 몰라. 한 번도 해 본 적이 없어. 시계를 열어 본 적도 조립해 본 적도 없어.

어떻게든 되겠지. 시계에도 플롯이라는 게 있겠지. 시계의 플롯이 있겠지.

그럴까.

그럴 거야. 그리고 어지러운 탁자를 보며 밥이 말했다.

불가사리 같아.

모래는 따뜻해. 바람도. 슬픔도.

따뜻해.

저기 나무를 싣고 가는 트럭이 보여? 보여. 트럭이 흔들릴 때마다 나무와 잎이 흔들려. 잎을 털어내며 달리는 것 같아. 멸치 떼 같아. 맞아. 멸치 떼야. 나무가 아니었어. 멸치 떼를 싣고 가는 트럭이었어. 트럭이 멸치 떼를 몰고 있어. 밥. 보고 있어? 보고 있어. 저기 사람들을 싣고 가는 트럭이 보여? 보여. 사람들이 모두 흰 모자를 쓰고 있어. 사람들이 한 손으로 흰 모자를 벗으며 인사를 하는군. 누구에게 인사를 하는 걸까. 저거 봐. 다시 흰 모자를 쓰고 있어. 오리처럼. 오리 같아. 오리였어. 트럭이 오리들을 싣고 호텔로 들어가고 있어. 밥. 보고 있어? 보고 있어. 밥. 저기 양파와 햄과 늙은 오리들과 한 다발의 전선과 장갑차를 싣고 가는 트럭이 보여? 보여. 보고 있어.

먼지가 날리고 있어.

보여.

사랑은 어떻게 끝나는 걸까.

어떻게든. 끝나겠지.

해변에 술집이 많았다. 술을 마시던 사람들이 하나씩 둘씩 나와 해변의 나무 의자에 앉아서 마신 술을 토했다. 술을 토한 사람들이 다시 해변의

술집으로 하나씩 둘씩 걸어 들어갔다. 이 술집에
서 나온 사람들이 저 술집으로 들어가면 저 술집
에서 나온 사람들이 이 술집으로 들어갔다. 나무
의자에서 사람들이 바뀌었다. 해변에선 다 그래.
그래서 해변에 오는 거야. 두 밥이 해변의 의자에
앉아 말했다. 멸치를 구워 먹는 사람들이 있군. 모
닥불도. 말했잖아. 그래서 해변에 오는 거라구. 알
아. 밥. 보기에 좋아서 하는 말이야. 그냥 보기에
좋아. 바람도 시원하고. 정말 좋아.

나도 그래. 정말 좋구나. 의자에 앉은 밥이 말했다.

하지만. 걱정이 돼. 총을 살 수 있겠지?

총을 사기 위해 가는 거잖아. 당연히 살 수 있
지. 의자에 앉은 다른 밥이 말했다.

서두르자.

바람이 두 사람의 머리칼을 흔들었다. 두 사람
이 바람에 머리칼 날리는 것을 즐기며 해변으로 걸
어갔다. 보기에 좋다. 뒷짐을 지며 밥이 말했다. 해
변이 가까워지고 있었다. 정말 그랬다. 해변이 가까
워질수록 마음이 안정되었다. 그런 것 같았다. 언
덕을 내려가다 레드 제플린의 노래를 들었다. 해변
에서 들려오는 노래였다. 듣기에 좋다. 밥이 말했

다. 노래를 듣던 밥이었다. 두 사람이 잠시 멈춰서 레드 제플린의 노래를 듣고 있을 때 존과 존과 존이 두 사람 앞을 지나갔다. 그중에 하나는 드럼을 치고 있었다. 하나는 베이스를 쳤다.

하나는 불에 타고 있었다.

안녕! 존. 밥이 멀어지는 존에게 인사를 했다.

어떤 존에게 인사를 한 거야?

그냥 존이지. 존이면 돼. 무슨 상관이겠어.

그래. 맞아. 밥이 말했다. 서두르자.

존과 존과 존이 사라진 후에 밥과 밥은 서둘러 해변으로 갔다. 거의 해변에 닿고 있었다. 언덕 아래서 시원한 바람이 불었다. 바람은 달콤했다.

세상에! 손가락이 타는 것 같아.

모래는 말할 수 없이 따뜻했다. 여자와 남자들이 섞여 비치 발리볼을 하고 있었다. 건장한 남자가 때린 공이 하늘 높이 올라가는 중에 해변이 저물어서 공도 어두워지더니 이윽고 형태가 보이지 않았다. 비치 발리볼을 하던 사람들이 모두 하늘을 보며 공이 내려오기를 기다렸다. 어두워진 공기처럼 어두워진 공은 내려오지 않았다. 할 수 없이 따뜻한 모래에 앉아 하늘을 보며 기다렸지만 더 어두워졌을 뿐이다. 진짜 어두워졌나 봐. 한 여자가 말했다. 여자가 말하는 사이 말할 수 없이 어두워졌다. 여자가 말하는 사이 하늘을 보던 얼굴들도 공의 형태로 어두워지며 하나씩 사라졌다.

해변에 술집이 많았다. 술을 먹던 사람들이 술집에서 나와 해변을 향해 걸었다. 멸치를 구워 먹던 사람들이 모여들었다. 저것 봐. 저걸 좀 봐. 불가사리들이 모두 해변으로 올라와 있었다.

죽은 불가사리들이야.

불가사리지.

그리고 저물었다.

아주 빨리.

사람들이 해변에 서 있었다.

오리도.

어두워져서 오리가 장갑차로, 장갑차가 드럼 치는 존으로, 드럼 치는 존이 한 무더기 염소로 보였다. 사람과 트럭과 나무와 오리와 양파와 햄과 장갑차와 해변이 한 무더기로 보였다. 한 무더기 안에서 오리와 염소가 밀고 싸우고 올라탔다. 간신히 구별할 수 있었지만 그조차 어두워져서 해변에 서 있는 한 무리 유부녀들이 드럼으로, 오! 주느비에브,

다정하고 상냥한 유부녀, 그조차 어둡고 희미해져서 트럭과 사람과 오리와 캘리포니아, 시카고, 캘리포니아 호텔과 존, 드럼 치는 존, 해변에서, 해변에서, 존, 건반도 치고 베이스도 치는 존, 양파와 햄과 바람과 모래와 보리밭, 해변의 불빛들, 해변의 흔한 것들이 함께 어두워지고 함께 무너지고 함께 사라졌다. 한 무더기로 사라졌다. 최후의 해안선처럼.

그조차 사라지고 있었다.

그리고 시시한 일들. 부드러움들과 말하지 않아도 아는 해변의 흔한 일들.

가령.

해변에 불가사리가 많았다. 사람들이 던진 유리병 속에 들어가 있었다. 저물고 어두운 해변에서 유리병들이 한 번씩 빛났다. 저것 봐. 빛나고 있어. 밥이 말했다.

마거릿처럼.

그렇구나. 그렇구나. 다른 밥이 말했다. 마거릿처럼.

말할 수 있을까. 밥이 말했다. 한 번 더 말할 수 있을까. 걱정하지 마. 다른 밥이 말했다. 걱정하지 마.

밥과 밥이 해변에 앉아 울었다. 그런 일이 있었다. 아름다운 일이 없었다.

이
미
지
들

우린 항상 헷갈렸죠. 내가 형인지 동생이 형인지. 그래서 동생을 죽인 것은 아니에요. 으스스한 얘기를 하려는 건 아니지만요, 우리가 사는 방에 누군가 같이 살았어요. 가끔 벽에서 칼자국이 만져지기도 했죠. 벽화처럼.

엄마가 일하는 가게는 마을에서 멀죠. 엄마가 하는 말에 의하면 "밤마다 부엉이들이 새끼를 찾아 울고 숲엔 끌어안은 자세로 붙어먹은 나무들이 있는" 곳. 염소는 늘 고양이와 싸우고 고양이는 부엉이 알을 훔치려고 나무를 타죠. 달이 가까운 곳이지만 달이 보이지는 않고 물이 많은 곳이지만 물소리가 들리지는 않아요.

가게에선 늘 커피 냄새가 나요. 엄마가 일을 하러 내려갈 때면 나무 계단들이 제각각 삐걱거려요. 비가 오면 계단을 두드리는 소리가 우두두두 들리고 계단에 매인 염소는 날마다 메에에. 울음소리로 말하자면 부엉이나 염소 우는 소리보다 엄마가 밟는 나무 계단 소리가 듣기 좋아요. 음악 소리 같으니까요. 엄마는 가게에 딸린 작은 방에서 살죠.

우리가 사는 방은 더 작아요. 아주 작지요. 잠을 자느라 발을 뻗으면 발끝이 닿을 듯 말 듯하거든요. 나와 동생이 뒹굴기에는 충분하죠. 벽은 감촉이 말랑말랑해요. 도배를 여러 번 했기 때문이라지만. 찰흙을 덧댔는지도 모르죠. 짐승의 가죽이거나.

엄마가 장사를 하는 동안 우린 방에서 뒹굴며 놀아요. 가끔 동생과 싸우며 비타민을 나눠 먹기도 하고요. 먹을 것이 많지 않으니까요. 심심하지는 않아요. 동생은 판타지를 좋아해서 내게 많은 이야기를 해 주죠. 이야기를 듣다 보면 현실과 판타지를 분간할 수가 없어요.

마야는 오늘도 인형을 안고 있지요. 우린 엄마를 따라 자주 가게에 내려가요. 너무 가벼워서 나무 계단은 삐걱거리지도 않죠. 가게는 마을에서 너무 멀고 달은 어두운 숲에 가려 보이지 않고. 그래도 사람들은 찾아와요. 운치 있는 그림들이 가게엔 많으니까요.

엄마는 매일 장사를 해요. 우린 자주 오락가락해요. 내가 동생인지 동생이 동생인지. 그러고 보면 동생은 엄마를 많이 닮았어요. 뒤통수는 빼닮았죠. 이야기를 좋아하는 것까지요. 엄마도 이야기를 좋아하거든요. 피카소에 관한 얘기라면 엄말 따라갈 사람이 없죠. 그보다는!

우리가 사는 방에 우리보다 먼저 살았던 사람들의 흔적이 있어요. 엄마가 도배를 새로 해 주지 않은 덕분이죠. 우린 그걸 찾는 일에 시간을 쓰죠. 작은 것이라도 발견하면 소리를 쳐요. 그리 오래되지는 않은 흔적들. 그런데도 오래된 느낌이 들곤 해요. 벽화처럼. 이름이나 비밀 부호도 있고 칼자국이 만져지기도 해요. 가끔 그들이 남기고 간 말이 바람 소리처럼 떠도는 것도 같아요. 우리가 사는 곳은 마을에서 멀고 달이 가까운 곳이지만 달이 보이지는 않고.

얼마 전 나는 동생에게서 달에 관한 슬픈 이야기를 하나 들었어요.

누군가 지어낸 이야기 같기도 하고 오래도록 떠돌던 시 같기도 했는데. 아주 슬펐어요. 그런데 다시 생각해 보면 그게 정말 슬픈 얘기였는지 잘 모르겠어요. 슬픈 얘기라면 슬퍼야 하는데 재미있었고, 재미있는 얘기라면 웃겨야 하는데 무서웠고, 무서운 얘기라면 겁이 나야 하는데 아주 슬펐죠. 어지럽네요.

그건 그냥 그러려니 하세요. 그보다는요, 누가 우리 방에 살아요.

나는 유령이나 귀신이라고 생각하는데 동생은 영혼들이라고 말해요. 떠도는 영혼들.

그 말이 그 말인가요? 다를 수도 있어요. 유령은 모든 죽은 것들의 혼령을 말하는 것이잖아요. 그러니까 고양이나 강아지나 염소나 그런 짐승들의 유령도 있을 수 있는 거지요. 동생이 말하는 건 사람의 영혼을 의미해요. 사람의 영혼이 우리 방에서 우리와 함께 살고 있다는 말이지요. 눈을 감으면 소리가 들리는 것 같아요. 바람처럼 지나가죠. 아니, 칼자국처럼.

> 아이들은 달을 보면 안 돼요
> 달은 고양이들의 내장이래요
> 그보다는요 고양이 비빔밥
> 피카소의 평면 도형
> 그보다는요.

나는 동생에게 이 시를 전해 들었죠. 떠도는 이야기였는지도 모르지만. 누가 이런 시를 지었을까요? 그건 그냥 그러려니 하세요. 그보다는 퀴즈를 하나 낼까요?

천재적인 예술가들은 대부분 절명한다더군요. 천재이면서 예술가인 피카소는 오래도록 살았죠. 덕분에 많은 그림을 그렸어요. 그가 달을 그린 적이 있을까요? 당신은 피카소의 달 그림을 본 적이 있나요? 몰라도 괜찮아요. 그건 그냥 그러려니 하세요.

달 얘기가 나왔으니까 말이지만 나는 달이 좋아요. 달은 가깝고 달은 노래에도 많이 나오고 달은 슬픈 이야기들로 가득하고.

동생은 달라요. 동생은 달을 아주 싫어해요. 동생이 달을 싫어하는 이유는 나와 같아요.

달은 가깝고, 달은 노래에도 많이 나오고, 달은 슬픈 이야기들로 가득하고.

저 노래 들리나요?「플라이 미 투 더 문」. 잘은 모르지만요, 아름다운 노래 같아요. 엄마가 저 노래를 부르면 세탁기 속에 있던 별들이 엄마를 따라 돌죠. 엄마는 훌훌 옷을 벗고 우리들과 함께 빙글빙글 돌며 춤을 춰요. 엄마를 따라 달도 돌고 목성도 돌고 화성도 돌고 세탁기도 돌고 우리도 빙글빙글 돌죠. 세상이 다 돌아요. 당신도 우리를 따라서 해 봐요.

Fly me to the moon and let me play among the stars. Let me see what spring is like on Jupiter and Mars. In other words, hold my hand. In other words, darling kiss me.

나는 달링 키스 미가 제일 좋아요. 엄마가 행복하게 웃으니까요. 엄마는 마을에서 멀리 떨어진 곳에 살고 우리 때문에 지치고 슬픈 얼굴을 할 때가 많죠. 가끔 날카로운 말들을 할 때가 있지만 그럴 때는 그냥 그러려니 이해하세요.

엄마는 커피를 팔고 피카소를 팔아요. 한때 피카소가 꿈이었던 엄마는 꿈을 펼쳐 보기도 전 아빠를 만나는 바람에 피카소를 그리는 대신 피카소를 팔게 되었죠.

피카소를 팔기 위해 엄마는 똑같은 말을 반복해야만 해요. 매일 똑같은 테이프를 돌리는 일과 같아요. 그건 정말이지 힘든 일이잖아요. 버티는 게 용하죠. 엄만 저 노래를 부르며 빙글빙글 돌고 빙글빙글 돌며 테이프를 되감는 거예요. 빙글빙글 돌며 더덕더덕 붙어 있는 것들을 털어 내는 거예요. 세탁기처럼. 여자들은 화가 날 때 세탁기를 돌리잖아요. 어떤 나라에선 말 안 듣는 아이들을 세탁기 안에 넣고 돌리는 엄마들도 있다더군요. 엄마가 신문을 읽으며 "어머나! 세상에."라고 흥분하는 소리를 들었지만 에이, 설마요. 고양이를 넣고 빨래처럼 돌리는 아이라면 모를까. 고양이 내장들이 한곳으로 쏠려 빨래들처럼 엉기겠죠. 누가 그 내장들을 되돌려 놓을까요. 아니면 한곳으로 쏠린 채 살아

갈까요? 그래서 고양이들은 한 방향으로 뛰고 염소들은 한 방향으로 뿔질을 하는 걸까요?

어지럽네요. 그건 그냥 그러려니 하세요. 엄만 날마다 세탁기를 돌리고 음악을 틀고 빙글빙글 돌죠. 엄마가 사는 곳은 마을에서 너무 멀고. 우리가 사는 곳에선 달도 보이지 않고. 그러니까요, 플라이 미 투 더 문, 노래라도 불러야죠.

그것도 모르고 동생은 저 노래만 나오면 짜증을 내요. 어쩔 수 없이 엄마를 따라 빙글빙글 돌며 춤을 추긴 하지만 얼굴에 인상을 쓰고 있다는 것을 뒤통수만 보고도 나는 금방 알아채죠. 그러지 말라고 동생에게 타이르곤 하죠. 죽어 버리고 싶단 말이야. 엄마가 하는 말들을 들으면. 부러진 뿔이 날아와서 콱, 박히는 것 같다고. 동생은 그래요.

엄마가 좀 심한 말을 할 때가 있긴 해요. 말들이 팍팍 가슴에 와 박힐 때가 있거든요. 예를 들자면 이런 말들이요. 니들 때문이야. 니들 때문에 내 꿈이 사라져 버렸어. 그런 말들이요. 칼날처럼 와서 박히지요.

그래서 말인데요, 아이들 앞에서는 말을 조심해야 해요. 우린 예민하거든요. 손에 들린 유리 상자처럼 깨지기 쉽죠. 어른들은 그걸 몰라요. 우리가 얼마나 가깝고 우리가 얼마나 많은 노래에 나오고 우리가 얼마나 슬픈 이야기들로 가득한지. 달과 같아요.

동생은 달이 쓰레기장이라고 하더군요. 심지어는 짐승들의 내장으로 가득하다는 말을 한 적도 있어요. 어른들이 술을 마실 때 불에 구워 먹는 곱창이라든지 막창이라든지 그런 내장들 있잖아요. 커다란 함박 안에 내장들이 버무려져 물컹물컹 뭉쳐 있는 모습을 상상해 보세요. 상상이 돼요? 그런 게 달의 모습이라니. 그러니 동생이 하는 말에는 신경 쓰지 마세요.

그렇긴 하지만 아이들의 말이라고 하는 것이 어쩌면 어른들이 던진 말들의 쓰레기장이라는 생각이 들기도 해요. 쓰레기장을 한번 생각해 봐요. 어른들이 쓰다 버린 제품들이 있어요. 어른들은 그걸 대강 분해해서 버리죠. 쓰레기장을 뒤지는 아이들의 눈에는 그런 것들이 반짝이는 거예요. 어른들의 손으로 분해되고 버려진 제품들. 그런 것들을 주워서 아이들은 놀죠. 그냥 놀진 않아요. 다시 조립하거나 혹은 다시 분해하거나. 예를 들자면 이런 거예요. 우선 선풍기를 분해하고 라디오를 분해하고 티브이를 분해해요. 그래서 선풍기에 있던 부품과 라디오에 있던 부품과 티브이에 있던 부품을 아무렇게나 조립하죠. 그럼 이상한 제품 하나가 탄생을 해요. 제품의 모양은 상상에 맡길게요. 아이들의 말이라고 하는 것이 그런 것이죠. 어른들이 던진 깨진 말들과 어른들에게 들은 슬픈 이야기들. 거기서 '조각조각' 떨어져 나온 이야기들과 '해체된' 말들과 일부러 '부숴 버린' 단어들을 종합해요. 그런 것들이 날카로운 상태로 마구 뒹굴며 다니니까요. 슬쩍 닿기만 해도 힘줄이 끊어질 만큼 예리한 것도 있고 마구 부서져 회복 불가능한 것도 있고 이미 썩어서 물컹한 내장들도 있죠. 자라면서 그런 것들이 우리의 뼈가 되곤 하지요. 그러니까 아이들의 몸과 뇌와 뼈는 칼슘이나 미네랄이나 비타민 따위로 만들어지는 게 아니에요.

그렇다고 해서 엄마가 우리에게 나쁜 말들만 하는 것은 아니에요. 배우지 못한 사람도 아니고요. 엄만 많이 배웠고 엄만 아름다움이 뭔지도 알고 미학에 관한 논문도 썼죠. 피카소에 관해 말하자면 엄만 누구보다 피카소를 좋아하고 누구보다 피카소 때문에 피곤해요. 같은 말을 하루에 열 번쯤, 1년에 2500번쯤 해야 하니까요. 아무리 맛있는 것도 1년에 2500번을 먹어야 한다거나 아무리 좋아하는 사람의 사랑 고백도 1년에 2500번쯤 들어야 한다면 누구라도 미치지 않고는 견디지 못할 거예요. 그러니 엄마를 이해해야죠.

엄마에게 아름다움은 마을처럼 멀고 엄마는 아름다움에 관한 말을 세탁기만큼 자주 돌려야 하고 엄마의 아름다운 것들은 자주 슬프고.

그러니까요, 플라이 미 투 더 문, 엄마가 저 노래를 부르며 옷을 훌훌 벗는 것도 빙글빙글 도는 것도 이해가 돼요. 엄마가 세탁기처럼 돌고 세탁기가 우리처럼 돌고 우리가 우주처럼 빙글빙글! 다 이해가 돼요.

계단 아래엔 염소가 매여 있어요. 벽을 받다 뿔이 부러졌죠. 부러진 것들이 더 날카로워요. 가끔 날카로운 말들이 뿔처럼 콱, 우리 가슴에 와 박히기는 하지만 엄마가 저 노래를 부르는 것은 우리를 사랑한다는 뜻. 왜냐하면 달과 우리는 공통점이 많으니까요. 우리는 달처럼, 엄마에게 가깝고 우리는 노래 속에도 자주 등장하고 우리에겐 슬픈 이야기도 많고. 그러니까요, 플라이 미 투 더 문, 엄마가 저 노래를 부른다는 건 우릴 생각하며 희망을 갖는다는 것. 동생은 그걸 몰라요. 판타지를 좋아하면서도 이상하게 동생은 달을 싫어하고 달에 관한 무시무시한 거짓말을 늘어놓기도 하죠. 잠시만! 잠시만 기다려요. 마저 춤을 추고요. 이렇게 빙글빙글 돌며.

Fill my heart with song and let me sing forevermore. You are all I long for all I worship and adore. In other words, please be true. In other words, I love you.

우린 가끔 헷갈리죠. 내가 형인지 동생이 형인지. 동생은 이야기를 아주 좋아해요. 크면 훌륭한 소설가가 될 수 있을 거예요. 달에 관한 시를 쓰거나 멋진 노래를 만들 수도 있죠. 문제는요, 그럴듯한 이야기도 좀 있지만 달에 관해서라면 허황되고 쓸모없는 얘기들뿐이라는 거죠. 달은 버려진 제품들로 가득하다는 둥, 심지어는 짐승들의 내장으로 이루어졌다는 둥.

나는 달에 가 보고 싶고 동생은 가기 싫고. 우린 날마다 싸워요.

달 얘기를 하다 말았나요? 잘은 모르지만요, 달에는 원래 무서운 전설들이 많대요. 달만큼 슬픈 이야기가 많은 별도 없지요. 당신들이 알고 있는 슬픈 이야기나 무서운 이야기들 가운데 달이 나오지 않는 이야기가 몇이나 되는지 한번 헤아려 보세요. 거의 없을 거예요. 달은 이야기의 창고고 달은 시에서 태어났고 달은 아주 가깝고.

아이들은 달을 보면 안 돼요
달은 고양이들의 내장이래요
그보다는요 고양이 비빔밥
피카소의 평면 도형
냉동된 세 개의 염소 눈알과 두 개의 부엉이 알
싹둑싹둑 고양이 내장을 넣고
싹싹 비벼요
이야기들이 싹둑싹둑 자라나요
그보다는,
비타민과 칼슘을 넣고 썩썩 비벼야 해요 찰떡찰떡
부품들이 제품으로 붙어먹고

조각조각 제품들이 부품으로 분해되고

그보다는요,

동생이 어디서 달에 관한 이야기들을 들었는지 나도 잘 몰라요. 여기저기 떠도는 이야기들을 주워들었겠죠. 완전한 이야기는 아니에요. 물론 원래는 완전한 하나의 이야기였겠지만 조각조각 해체되어 떠돌았겠죠. 예를 들자면 팔 하나, 다리 하나, 귀 하나, 코가 두 개, 눈은 찌그러진 눈과 붙은 눈과 뭉개진 눈 세 개. 이런 식으로요. 이야기라는 게 그렇잖아요. 그렇게 조각조각 해체되어 떠돌던 이야기들을 동생은 어디서 듣고 주운 거예요. 여기저기서. 그러곤 다음이 중요한데요, 해체되어 떠돌던 그것들을 나름대로 붙이고 겹치고 조립해서 하나의 이야기로 만들어 놓은 거죠. 종합 선물 세트로요. 하지만 종합 선물 세트라는 게 그래요. 겉은 화려하지만 상자를 열어 보면 허탈하거든요. 이것저것 되는대로 아무거나 자리를 채워 넣은 게 종합 선물 세트거든요. 그렇게 슬프지도 재밌지도 무섭지도 않으면서, 슬프다는데 폐가 터질 것처럼 웃음이 나오고, 우습다는데 눈이 찢어질 것처럼 눈물이 솟아나는 그런 괴물 같은 이야기가 나온 거지요.

이야기라는 게 그렇잖아요. 허황되잖아요. 결국 동생은 삼류 판타지쟁이라는 뜻. 판타지쟁이라는 것은 그래요, 약쟁이 뽕쟁이 그런 것하고 동급이지요. 사람은 나이를 먹었거나 어리거나 나처럼 현실적이어야죠. 현실이 되지 못하는 것들은 아무짝에도 쓸모없죠. 그러니까요.

진실을 말해요. 판타지 말고.

동생을 사랑하긴 하지만 동생의 쓸모없는 상상력은 싫어요. 판타지쟁이들은 모두 다 뒈져 버렸으면 좋겠어요. 판타지쟁이들은 거짓말쟁이 뽕쟁이 마약쟁이. 그와 다를 바가 없죠.

그렇다고 동생이 정말 죽기를 바랐던 것은 아니에요. 말이 그렇다는 거죠. 나는 동생을 사랑해요. 내가 동생에게 해 주고 싶은 한마디가 있다면 이말이에요.

사실을 말해.

나는 정말 동생을 사랑해요. 가끔 동생에게 비타민을 많이 먹으라고 충고를 하죠. 동생은 몸이 약하거든요.

이곳은 마을에서 멀고 염소는 혼자 메에에 울고. 힘든 운동은 못 하지만요 틈나는 대로 함께 운동을 하죠. 팔굽혀펴기도 하고 수영도 해요. 이곳은 물이 많으니까요. 수영을 하다 동생이 고개를 돌리면 나도 따라 고개를 돌리죠. 운동을 하고 나면 이런저런 영양제를 먹어요. 엄마가 주시기도 하지만 장사를 하느라 바쁘기 때문에 우리가 알아서 챙겨 먹어야 해요. 미네랄이나 칼슘 따위의 영양제들. 동생은 좀 더 튼튼해질 필요가 있어요. 건강하게 오래 살려면 나처럼 운동을 열심히 해야 하는데 동생은 운동을 싫어하죠. 영양제라도 먹이는 수밖에요. 오늘은 비타민을 나눠 먹었어요. 그보다는!

누군가 우리 방을 훔쳐보고 있어요.

며칠 전이에요. 잠을 자다가 우리를 훔쳐보고 달아나는 어떤 기척을 느꼈죠. 눈을 떴을 때 어두운 하늘로 살짝 달이 지나간 것도 같았어요. 우리가 사는 곳은 마을에서 멀고, 달이 보이지 않는 곳. 누가 와서 우리를 지켜보는 걸까요?

한번은 누군가 우리 방에 다녀간 것 같은 흔적
도 있었어요. 없어진 것은 없어요. 모든 게 다 정상
이에요. 그런데도 누가 슬며시 다녀간 것 같은 생
각이 들어요. 엄마에겐 말하지 못했어요. 엄만 바
쁘거든요.

"잘 아시듯이, 그게 우리가 피카소를 사랑하게
되는 이유지요."

엄마는 오늘도 커피와 피카소를 팔고 있어요.
"잘 아시듯이."라는 말을 100번쯤 써 가면서. 마야
는 오늘도 인형을 안고 있지요. 내가 형인지 동생이
형인지 우린 자주 헷갈리죠.

"잘 아시듯이, 원근에 대한 인간의 지각은 학습
에 의한 것이랍니다. 사실 우리의 눈은 정보를 입
체적으로 보지 못해요. 우리는 사물을 볼 때 그것
들을 입체적으로 보고 입체적으로 해석한다고 믿
죠. 사실은 달라요. 사람의 눈은 평면만을 볼 수
있을 뿐이랍니다. 뇌도 마찬가지죠. 뇌가 읽고 해
석할 수 있는 것은 평면의 정보예요. 학습된 정보
들과 경험에 의해, 거기에 약간의 상상력이 더해져
입체적인 분석을 하는 것뿐이죠. 그러니까 우리가

입체적으로 보고 있다고 생각하는 것들은 학습에 의한 것이죠. 피카소는 자신의 예술을 통해서 우리가 입체라고 지각하는 입체를 해체하기 시작했던 거예요. 입체를 해체하니까 무엇이 남았을까요? 평면들이 남죠. 잘 아시듯, 그게 우리가 피카소를 입체파라 부르는 이유지요. 입체적으로 그려서 입체파가 아니라 입체를 해체해서 입체파가 된 거예요. 재미있죠? 그의 그림을 보면 난해한 선의 겹침이라든지 뭉개짐이라든지 앞뒤가 바뀐 것들이 많이 나와요. 귀와 귀가 붙어 있고 눈이 입과 함께 뭉개져 있죠. 해체된 평면과 평면을 늘어놓았기 때문이에요. 여러 장의 평면 도면을 겹쳐 놓는다고 생각을 해 보세요. 어떤 그림이 그려질지. 상상이 되죠? 피카소의 여인들은 그렇게 그려진 겁니다. 평면 위에 해체된 얼굴의 형태로 눈과 코와 입이 겹치고 뭉개지고 붙었다 떨어졌다 하면서!"

피카소에 관해 설명하기 시작하면 엄마는 꿈을 꾸는 사람처럼 몽롱해지죠. 카페엔 커피 냄새가 은은히 퍼지고 엄마는 피카소를 사랑해요.

"피카소가 끝없이 해체만을 한 것은 아니에요. 그는 일단 해체된 것들을 한곳에 모았죠. 시간들을 해체해서 한 시간으로 모으고 공간들을 해체해서 한 공간으로 모으고. 해체한 후에 다시 그것을 재구성해서 새로운 입체를 만들어 내는 거예요. 그림을 모르는 사람들은 이게 뭐야, 괴물이잖아 하고 말을 하게 되는 거죠. 잘 아시듯, 괴물 같은 그 낯섦이 우리가 피카소를 사랑하게 되는 이유지요. 전혀 새로운 아름다움이 태어나거든요. 대체로 1907년 이후에 그린 그림들이지요. 그러나 제가 피카소를 좋아하는 이유는 따로 있답니다. 그의 큐비즘 작품들에는 슬픈 서사가 있어요. 대표적인 작품으로 저는……."

"저, 여기요. 커피 리필되나요?"

손님 중에 누가 분위기를 깨네요. 어딜 가나 꼭 저런 손님들이 있지요. 살짝 엄마의 인상이 구겨지는 게 보이나요? 익스큐즈 미! 그러고는 엄마가 주방으로 향하죠. 엄마가 운영하는 갤러리 카페는 유원지에 있어요. '달과 피카소.' 카페 이름은 낭만적이지만 엄마가 하는 일은 가게 이름과 거의 무관해요. 하루 종일 커피를 내리고 커피를 리필하고 커피 잔을 씻고 또 커피를 내리고 커피를 리필하고 커피 잔을 씻고. 그게 엄마의 일이죠.

카페는 커피와 함께 그림을 팔고 있죠. 주로 피카소의 그림들이에요. 물론 진품은 아니고요. 6만 5000원이면 당신도 살 수 있어요. 그냥 침실이나 가게에 걸어 두는 그림들이죠. 엄마가 가게의 사장님은 아니에요. 사장님은 한 달에 서너 번 겨우 코빼기를 내미는 무심한 사람이죠. 엄마가 아르바이트 하나를 데리고 카페를 운영해 나가는 중이에요.

미술을 전공한 엄마는 한때 그림을 그리기도 했지만 그림에는 소질이 없다는 것을 일찍 깨달았죠. 그보다는 엄마의 소질이 연애에 있었던 건지도 몰라요. 아빠 카페 사장님이자 화가이자 교수이자 두 아이의 아빠고 돈 많은 여자의 남편이죠. 두 아이란 물론 우리를 이르는 말이 아니고요. 그냥 그러려니 하세요.

가게는 계곡에 위치해 있어요. 1층엔 주방과 커피를 마실 수 있는 테이블이 몇 개 있고 2층엔 그림들이 걸려 있죠. 엄만 커피를 만들고 밀린 설거지를 하고 입을 크게 벌려 웃는 낯을 연습하고 나무 계단을 밟아 다시 2층으로 올라갑니다. 피카소를 팔아야지 커피만 팔아 가지고는 수지 타산이 안 맞거든요. 손님이 뜸하니까요.

"잘 아시듯, 이 작품의 제목은 '꿈(Le Reve)'이랍니다. 모델이 된 여인의 이름은 마리 테레즈. 피카소의 애인이죠. 마리는 열일곱에 길을 걷다가 피카소를 만나요. 피카소에겐 부인이 있었지만 마리는 피카소를 따라가죠. 잘 아시겠지만……."

당신은 틀림없이 계곡으로 눈길을 돌리는 엄마의 얼굴을 볼 수 있을 거예요. 이쯤에서 잠시 엄마는 눈을 감죠. 한때 꿈을 꾼 적이 있는 소녀처럼 말이에요. 그러다가 저렇게 코를 찡그리고는 아무 일도 없었다는 듯이 이야기를 계속하는 거예요.

"이 그림을 설명하려면 도박으로 유명한 도시 라스베이거스의 윈 라스베이거스 호텔에 관한 이야기를 하지 않을 수가 없군요. 윈 라스베이거스 호텔은 억만장자 스티브 윈의 성을 따라 지은 호텔이지만 본래 그 호텔의 이름이 르 레브(Le Reve) 호텔이 될 뻔했다는 사실을 아는 사람은 많지 않죠. 스티브 윈은 르 레브를 테마로 해서 호텔을 지었죠. 호텔에 가면 로비에서 피카소의 진짜 「꿈」을 볼 수 있답니다."

엄마 얼굴은 틀림없이 활기에 차 있을 거예요. 엄만 피카소를 좋아하고, 엄만 달과 피카소에서 커피를 파는 일보다 호텔에 걸린 「꿈」에 대해 이야기할 때 훨씬 행복하고.

"그런데 잘 아시듯, 바로 그 스티브 윈 때문에 2006년 미술사에 큰 사건이 발생하고 말죠. 스티브는 피카소의 「꿈」을 팔기로 해요."

엄마는 마치 친구라도 되는 것처럼 이쯤에서 스티브 윈을 스티브라고 말하기 시작하죠.

"그림을 사기로 한 사람은 어느 미술품 애호가로 그는 1억 3900만 달러라는 기록적인 가격에 그림을 사기로 합의를 하죠. 스티브는 피카소의 그림을 소개하는 그 순간을 아무에게도 양보할 생각이 없었답니다. 구매자 앞에서 열정적으로 그림을 설명했고 그림을 설명하면서 두 팔을 휘두르다가 그만 실수로 캔버스에 구멍을 뚫고 말죠. 생각해 보세요. 1500억이나 하는 그림에 동그란 구멍이 뻥 하고 뚫린 거예요."

카페 안에 있던 사람들은 깜짝 놀라죠. 그걸 예상하지 못했다면 엄마가 아니죠. 엄마는 잠시 말을 멈추고, 사람들은 어떻게 되었느냐고 엄마를 채근하고. 아래층에서 커피를 마시던 사람들까지 귀를 기울인다고요. 엄마는 결국 스티브 윈이 그림을 팔지 못했다는 사실과 후일에 감쪽같이 복원을 해 놓는다는 이야기 따위를 천천히 늘어놓아요. 사람들은 그 역사적인 서사 앞에서 감탄하고, 커피를 리필하고, 커피를 리필한 사람 열 명 중 한 명꼴로 그림을 사죠. 이틀 뒤에 엄마는 똑같은 그림을 가져다 놓는 거예요. 그러곤 사람들에게 말하죠.

"퀴즈를 하나 낼까요? 피카소는 한 번도 달을 그린 적이 없어요. 피카소의 그림들이 달의 평면 도면들을 겹쳐 놓은 것 같은 구조들을 갖고 있긴 하지만요. 그가 그린 인물들을 보면 초승달, 반달, 보름달 같은 것들을 겹쳐 놓은 그림들이 많죠. 하지만 직접 달을 그리진 않았어요. 그런데도 이 그림에는 숨어 있는 달이 있거든요. 스티브가 만든 달이죠. 자, 이 그림 안에 숨겨진 피카소의 달을 한번 찾아보시겠어요? 혹시 모르잖아요. 그 달이 여러분이 잃어버린 꿈의 세계 안으로 들어가는 하나의 문인지."

그쯤 되면 사람들도 관심을 갖죠. 사람들은 찾지 못해요. 우리는 찾아낼 수 있지만 모른 척하죠. 엄마는 또 마리 테레즈의 이야기를 시작하죠.

"모델이 된 여인의 이름은 마리 테레즈예요."

동생은 오늘도 생각에 잠기고 마야는 오늘도 인형을 안고 있고 엄마는 오늘도 달이 숨겨진 피카소의「꿈」을 몽롱하게 바라봐요. 마치 꿈의 세계 안으로 들어갈 문을 찾는 사람처럼 서 있죠. 그 모습을 보노라면 엄마가 서 있는 그곳이 꿈의 세계 안쪽인지 바깥쪽인지 헷갈리지요. 내가 형인지 동생이 형인지 늘 헷갈리는 것처럼.

　　한번은 동생이 그랬어요. 달에 관한 전설을 이야기해 준 적 있지? 기억해?

　　나는 응 하고 대답했어요. 달을 보면 안 된다는, 달을 보면 죽는다는……?

　　그래. 피카소의 그림 속에 생겨났다 사라진 달도 그런 달인 거야. 죽음의 문. 마리 테레즈의 저주가 담겨 있는 문. 나는 상상해. 사람들이 마리의 달을 찾아내는 날…….

　　까닭 없이 오싹해지기는 했지만 나는 동생의 병이 도졌다고만 생각을 했어요. 동생은 워낙 상상력이 뛰어나고 동생은 워낙 판타지쟁이 뻥쟁이 약쟁이고.

　　동생이 죽기 전까지만 해도 정말 그렇게 생각했죠.

그제는 염소가 뿔로 엄마 엉덩이를 받았어요. 엄마는 이놈의 염생이 푹 고아서 아빠에게 줄 테다 했어요. 멀리서 그 소리를 들었는지 어제는 아빠가 다녀갔어요. 우린 계속 아빠 주위를 맴돌며 장난을 쳤어요. 물기도 하고 염소처럼 뿔로 받기도 하고 서로의 자지를 잡고 늘어지기도 하며 장난을 쳤죠. 아빤 엄마와 심각하게 이야기를 나누었죠. 아빤 화를 냈고 엄만 울었는데 졸다가 눈을 떠 보니 아빤 가 버리고 없었어요. 여긴 마을에서 멀고, 달도 보이지 않고, 부엉이만 부엉부엉, 메에에 염소는 사라지고 없는 곳. 아빠도 미웠고 엄마도 미웠기 때문에 우린 방에 틀어박혀 숨도 쉬지 않았죠. 그리고 오랜만에 그 소릴 들었어요. 누군가 소곤거리는 소리. 바람 소리도 같고 슬픈 느낌도 같고.

작은 방에 관한 이야기를 했나요?

우리가 사는 아주 작은 방에 대해. 누군가 우리 방을 훔쳐보고 있다는 혐의에 대해.

요즘은 누군가 우리와 함께 살고 있다는 느낌이 들어요. 누군가 우는 것도 같고 소곤거리는 것도 같고. 오싹한 느낌 같은 거, 슬픈 느낌 같은 게 지나가죠.

동생은 우울증에 걸렸죠. 잘 먹지도 않고 엄마 속을 썩여요. 우리가 살던 방에 살았던 슬픈 영혼들의 이야기를 자주 해요. 가끔은 숨은 이미지에 관한 이야기도 하죠. 달은 삶과 죽음이 앞뒤로 딱 붙어먹은 이미지래요. "찰떡처럼 딱 붙어먹었다."는 엄마의 표현이죠. 달이 생성과 죽음의 상징이니 삶과 죽음이 앞뒤로 붙어먹었다는 동생의 말도 이해는 되죠.

그보다는! 달이 아이들의 내장으로 이루어져 있대요.

당신도 달을 보면 그런 상상이 드나요? 달이 밝은 날 둥근달에서 아이들의 파란 핏줄 같은 게 보이나요? 달에서 아이들의 토막 난 내장 같은 게 보이나요? 울퉁불퉁 끊어진 창자들의 흔적과 핏줄이 지나간 자리처럼 파리한 달의 내면을 본 적이 있나요?

동생이 걱정돼요. 큰 병원에 가면 정신과가 있다는데 정신 감정이라도 받아 봐야 하는 건 아닌지 모르겠어요. 하지만 여긴 마을에서 멀고 부엉이만 부엉부엉.

다행히 엄마도 눈치를 챘는가 봐요. 엄마는 오늘

가게 문을 닫았죠. 멀리 버스를 타고 우린 엄마와 함께 병원에 왔어요. 아이들이 다 그렇듯 병원에만 오면 동생은 파랗게 질리죠.

아로마 향기가 나요. 향기는 구름처럼 물결처럼 밀려가죠. 우리는 그 물결을 자세히 봐요. 아로마 젤이 만드는 무늬는 몽환적인 데가 있거든요. 어느 저녁 하늘로 다른 세상이 지나가듯 밀려가죠.

늦었어요. 일찍 오셨어야죠.

의사 선생님의 목소리는 언제 들어도 성우처럼 멋지죠.

어떻게 해야 하나요?

해체해야죠.

우리는 귀를 쫑긋 세우죠. 의사 선생님도 피카소를 파는 걸까요? 엄마처럼 해체가 어쩌고 그런 말을 하네요.

약을 넣을 거예요. 좋은 꿈꾸고 오세요.

꿈은 이미 꿨는걸요, 선생님. 엄마는 말하죠. 엄마는 또 눈을 감고 있죠. 좋은 꿈이었는지는 모르겠지만 생생한 꿈이었어요. 이미지들이 쌓이는 꿈이었어요. 나는 집을 보고 있어요. 비닐로 지어진 집이에요. 사방을 비닐로 둘러 친 집을 내가 보고 있는 거예요. 비닐의 집에 이미지가 있어요. 이미지가 춤을 춰요. 춤이라고 할 수 있을지 모르겠네요. 한 장의 비닐 같은 이미지가 생기고 움직이니까요. 이상한 일이 일어나요. 나는 그 집을 보고 있는 사람이기도 하고 집에서 춤을 추는 사람이기도 해요. 춤을 추며 밖의 풍경을 보죠. 비닐에 비친 풍경. 비닐로 보는 풍경 속에는 가로등 불빛도 있고 달도 있고 꽃나무도 있고 춤추는 내 얼굴도 있어요. 내 얼굴이 저기 있구나 생각하며 나는 춤을 추는 거예요. 저 비닐 속에 내가 있구나 생각하며. 이상한 일은 계속 일어나요. 비닐이 나를 안아요. 비닐에 비친 내 모습을 보며 춤을 췄기 때문일까요. 춤추는 내 몸을 비춰 주던 비닐이었는데 그 비닐이 춤을 추고 있는 내 몸을 감는 거예요. 둘러싸는 거예요. 비닐에 감겨 나는 계속 춤을 추고요. 나를 감은 비닐 속에는 내가 춤추며 보던 풍경들, 비, 불빛, 나무, 춤추는 나, 거미줄과 거미들, 그런 것들이 함께 있었죠. 나를 감고 있었죠. 그 모습이 다른 비닐에 또 비치고. 계속되었던 거예요. 또 한 겹의 비닐, 또 한 겹의 춤추는 얼굴, 모든 얼굴이 춤추는 내 얼굴을 감고 있었어요. 그렇게 이미지가 쌓이는 꿈이었어요.

집에 가서 푹 주무시고 오세요.

선생님은 말해요. 집에 돌아온 엄마는 잠을 자지 않아요. 음악을 들으며 몸을 흔들어요. 춤을 출 때 엄마는 엄마의 몸을 만져요. 몸을 만질 수 없어서 춤을 추는 사람처럼. 춤이 그런 거래요. 몸은 있는데 만질 수 없어서, 만져서도 안아서도 알 수 없는 것이 몸이어서 춤을 춘대요. 만져도 만져지지 않아서 흩날려라 말하면 봄처럼 흩날리는 몸. 꿈처럼 흩날리는 춤.

나는 동생과 다퉜죠. 동생은 엄마의 꿈 이야기가 슬프대요. 나는 정신 차리라고 소리를 질렀죠. 그건 꿈이 아니라고 말했죠. 엄마가 자주 보는 영화의 이미지 하나가 섞인 것이라고 말했지만 동생은 믿질 않네요. 꿈쟁이니까요. 운동도 싫어하고. 비타민도 싫어하고. 아무짝에도 쓸모없는 몽상가일 뿐이야. 나는 동생에게 소리치죠. 너야말로 지독한 현실주의자야. 건조하고 낭만도 없어. 동생은 내가 인정머리 없는 리얼리스트라고 욕하죠. 엄마는 한 여자와 세 남자가 마을을 수색하듯 돌아다니며 봄을 찾는 멍청한 이야기를 곧잘 보고, 진짜

와 가짜를 곧잘 섞고, 꿈이라고 믿어 버리죠. 동생은 슬프대요. 내겐 바보들의 서사일 뿐인데. 사실은요,

영화의 가장 슬픈 지점은 네 사람이 노래방에 가서 노래를 부르는 장면이에요. 봄을 수색하는 이야기인데 영화 속에 봄은 나오지 않아요. 봄이지만 봄비가 내리지 않는 마을. 꽃나무인데 꽃 없는 나무가 담벼락에 기대 있는 집. 나무 밑에는 소파가 있고 네 사람은 소파에 앉아서 하루의 대부분을 보내죠. 무료했던 네 사람은 노래방에 가서 노래를 불러요. 여자는 꽃무늬 비슷한 원피스를 입고 있어요. 조명이 그들을 감싸며 돌아요. 나는 슬퍼져요. 비닐을 둘러친 포장마차에서 여자가 춤을 추던 모습과 함께 영화에서 가장 아름답고 슬픈 장면이거든요. 조명이 돌면 몸 위로, 몸을 만지며, 노래방 벽을 타고 날아다니는 빛의 꽃잎들.

이곳은 마을로부터 먼 곳. 염소 소리는 들리지 않고 고양이는 부엉이 알을 훔치려고 나무를 타죠. 달이 가까운 곳이지만 달이 보이지는 않고 물이 많은 곳이지만 물소리가 들리지는 않아요. 엄마는 음

악을 들으며 피카소에게 가야죠. 피카소의 그림이 달의 얼굴로 보일 때까지, 아니요, 달의 얼굴이 피카소의 그림으로 보일 때까지, 먼 곳을 날아서, 그림의 뒷면이 달의 뒷면으로 보이는.

오늘 밤엔 피카소를 팔지 않아요. 그림 앞에 그냥 오래도록 서 있어요. 아마 「꿈」이거나 「인형을 안고 있는 마야〔Maya à la poupée〕」가 아닐까 상상해 봐요. 둘 중 무엇일까요? 엄마가 했던 말들에 답이 있을까요? "피카소가 해체만을 한 것은 아니에요. 그는 해체된 것들을 모았죠. 그게 우리가 피카소를 사랑하게 되는 이유지요. 전혀 새로운 아름다움이 태어나거든요. 그의 큐비즘 작품들에는 서사가 있어요. 대표적인 작품으로 저는……."

열일곱 살에 피카소의 애인이 된 마리 테레즈는 그의 아내가 되지는 못해요. 평생 여덟 명의 연인을 두었고 그중 두 명의 여인을 아내로 삼았던 피카소는 천박하다는 이유로 마리를 버리죠. 그녀가 낳아 준 딸 마야에게 인형을 들게 하고 그 모습을 그림으로 그리기도 하지만 마리 테레즈를 딸과 함께 무참히 버려요. 마리 테레즈는 자살을 하죠. 열일곱 살의 마리 테레즈를 그린 「꿈」과 마리에게서 태어난 딸 마야를 그린 「인형을 안고 있는 마야」. 서사가 있는 대표적인 작품으로 엄마가 생각한 작품은 둘 중 무엇일까요? 그보다는!

오늘도 우린 엄마와 함께 춤을 춰요. 오늘은 엄마와 우리들만 빙글빙글 돌아요. 세탁기는 돌지 않아요. 하늘이 돌고 어둠이 돌고 어둠 속에서 우주가 돌아요. 빙글빙글 돌아요.

달의 앞면처럼. 빙글빙글 돌면 달의 앞면이 뒷면인가요. 뒷면이 달의 앞면인가요. 돌고 돌면 거짓은 진실이 돼요. 진실은 거짓이 되고. 세탁기가 돌면.

엄마는 작은 방에서 잠을 자죠. 우리 방은 더 작아요. 아주 작아서 늘 붙어먹는 자세로 잠을 자는 곳. 방에는 누군가 살다 간 흔적이 있죠. 이렇게 작은 방에 사람이 살았다는 것이 믿어지지 않아요. 바로 얼마 전까지 사람이 살다 간 흔적. 어둠 속에서 그걸 만져 본 적도 있어요. 작고 미끌미끌하고 물컹한 그것은 누군가의 손가락이거나 혹은 누군가의 눈이거나 긁어내지 못한 내장 한 토막이죠. 정말 여기서 살던 사람일까요? 가끔은 벽에서 칼자국 같은 게 만져지기도 하죠. 벽화처럼. 칼자국을

따라 바람 소리가 지나가기도 해요. 잠을 자다 그
소리를 들어 보세요. 부엉이 소리처럼 무겁고 기분
나쁜. 여긴 마을이 멀고, 달이 가까운 곳이지만 달
이 보이지는 않고…… 그런데 달이 보여요.

　아이들은 달을 보면 안 돼요
　달은 고양이들의 내장이래요
　그보다는요 고양이 비빔밥
　피카소의 평면 도형
　냉동된 세 개의 염소 눈알과 두 개의 부엉이알
　싹둑싹둑 고양이 내장을 넣고
　싹싹 비벼요
　이야기들이 싹둑싹둑 자라나요
　그보다는,
　비타민과 칼슘을 넣고 썩썩 비벼야 해요 찰떡찰떡
　부품들이 제품으로 붙어먹고
　조각조각 제품들이 부품으로 분해되고
　마리 테레즈의 몸에 숨어 있는 슬픈
　달은요 쌍둥이래요 삶과 죽음이 뭉쳐 있고
　현실과 환상이 후배위로 딱 붙어먹는
　그보다는요,

나무가 보여요. 나뭇가지가 창문으로 들어와요. 빛이 느껴져요. 몸을 만지며 우리가 사는 방의 벽을 타고 날아다니는 빛. 나는 눈을 떠요.

노래방인가요.

꿈인가요. 르 레브. 르 레브.

둔한 동생은 이제야 잠에서 깨어나요. 눈에 힘을 주고 달을 노려봐요. 아니 내가 동생인가. 우린 늘 헷갈렸지요. 내가 형인지 동생이 형인지.

해체해야죠.

우리는 춤을 추죠. 서로의 몸을 만지며. 내 몸을 자기 몸처럼 덮었던 동생이 나를 밀어내요. 내 몸처럼 안았던 동생을 내가 밀어요. 비닐 안의 풍경처럼 아름답군요. 마야와 마리. 나무와 나뭇가지. 피와 비. 조명과 불빛. 흩날려라. 빛의 꽃잎들. 이미지가 쌓여요. 아름다워요. 춤을 추다 보면 헷갈렸지요, 내가 동생인지 동생이 동생인지. 춤추는 우리 이미지가 쌓이고 이미지가 해체되어 종합되고, 내 눈이 동생의 입술과 붙어먹기 전에 뭔가를 해야 해. 뭔가를 해야 하는데⋯⋯.

창밖의 어른거림. 꽃나무 가지일까. 이곳은 마을에서 멀고. 창문을 찢고 들어오는 꽃나무 가지가 가까이 보이는 곳. 기구는 조각조각. 부엉이는 부엉부엉.

내가 동생을 죽인 건 아니에요. 춤추는 동생이 아름다워서 손으로 밀어 보았을 뿐. 소용없네요. 꿈을 믿는 동생도 꿈을 믿지 않는 나도 숨을 곳이 없네요. 우리가 사는 방은 아주 작고. 비 오는데 물소리 들리지 않고. 달이 보여요. 플라이 미 투 더 문. 좋아요. 달로 가 주겠어요. 눈과 코와 입으로 나뉘어 숨겠어요. 평면으로 있겠어요. 실제인지 꿈인지 모를 것들과 비벼지고 버무려져서 꼭꼭 숨겠어요. 이미지로 쌓여 있겠어요. 숨은 그림 찾듯 우릴 찾아보세요. 찾을 수 없을 거예요. 하지만 어느 날, 달이 흐려서 안심하게 되는 날, 희미한 곳을 더듬다 모르는 이미지를 발견하겠죠. 평면의 이미지 하나를 손으로 뽑겠죠. 모든 얼굴. 그것이 꿈인지 생시인지……. 퀴즈를 낼까요. 노래할까요.

호텔의 이름을 나는 가끔 생각하네.

양
희
은

손재주라고는 젬병인 남자가 황토 집을 짓는답시고 뛰어다닌 것은 1년쯤 전이다. 그 얼마 전에는 헤어지고 만나기를 밥 먹듯 하던 연애에 종지부를 찍겠다는 일념으로 여자를 달달 볶아 결혼을 했고 그보다 더 오래전, 술이 떡이 된 어느 밤에는 노트북에, 야구공에, 라면 박스 하나 달랑 들고 문을 발로 밀며 원룸으로 쳐들어왔다. 그리고 나가지 않았다.

　　대학 시절 아르바이트를 하며 여자는 남자를 만났다. 친구나 선배의 자취방은 말할 것 없고 결혼도 하기 전에 여자 혼자 사는 방을 제집처럼 들락거리던 남자는 친구들에게 이미 빈대의 신으로 통했다. 여자는 가끔 껍데기까지도 그에게 내주는 꿈을 꾸곤 했는데 어느 날은 여자의 껍질 속에 가만히 들어와 누워 있는 검고 말랑말랑한 눈동자가 보였다. 그와 함께 걷다 보면 남자로부터 벗어나기 위해 100미터 밖으로 죽어라 달아나는 사람들이 보였다. 야구 선수들처럼 그들은 1루에서 2루로 2루에서 3루로 달리다가 우르르 쓰러졌다. 그럴 때마다 혼자 살아온 남자의 쓸쓸함을 이해하려고 노력했다. 하지만 쓸쓸함을 이해하는 것과 한 사람의 삶을 받아들이는 것은 별개의 문제라는 것을 나중에야 알았다. 결혼은 살이 닿는 것만으로 충분하던 연애와는 달라서 피가 밴 살을 이식하는 일과 같았다. 이식한 살에 겨우 적응이 끝날라치면 새로운 부위에 이식할 살이 필요했다. 어느 아침, 여자의 침대에서 벌떡 일어난 남자가 그녀의 식탁에 앉아 그녀의 토스트를 먹으며 이제부터 소설을 쓰겠노라고 선언했을 때 이 살은 어느 종족의 것일까, 여자는 생각했다. 도마뱀이나 외계의 고기처럼 그것은 여자가 알지 못하는 물질 같았다. 정말이지 아주 멀리, 남자의 손길이 닿지 않아야 함은 물론, 연애가 처벌과 감시의 대상이 되는 먼 나라로 도망가고 싶었다. 그러나 그런 현실은 존재하지 않는다는 것을, 적어도 이 세계에서는 그렇다는 것을 알았던 여자는 깊은 한숨을 쉬는 것으로 마음을 달랬다. 그때 결혼을 포기했어야 한다고 그녀는 생각했다.

10년 가까이 이어졌던 연애는 속전속결로 끝났다. 예식도 없이 10분 만에 서류를 접수하고 공항으로 가는 차를 탔던 것이다. 그래도 신혼여행은 제대로 가자며 꽤 많은 돈을 들여 동남아를 돌아다녔는데 비용의 대부분은 여자의 주머니에서 나왔다. 남자가 쓴 돈이라고는 볶은 굼벵이나 튀긴 벌레 같은, 제 입에 들어갈 군것질거리들을 사는 데 들어간 게 전부였다. 새로운 종족을 찾는 사람처럼 남자는 그런 것들을 잘도 먹어 치웠다. 여기까지는, 여기까지는 하며 여자는 보살처럼 마음을 쓰려고 노력했다. 아, 참! 깜빡했는데 어디라고 했지? 귀국하던 날 공항에서 수화물을 찾으며 여자가 물은 후에야 남자는 '어디'에 해당하는 답이 없다는 사실을 털어놓았다.

아직 그렇다는 거지.

뭐라고? 캐리어 손잡이를 잡은 여자의 손이 덜 덜 떨렸다. 아직 그렇다는 거라고?

응. 그래서 말인데 그냥 우리가 살던 원룸으로 가면 안 될까? 당분간만.

여자는 가방을 끌며 펄떡펄떡 길을 건너가 끊으려고 마음먹었던 담배를 한 보루나 사 가지고 돌아왔다. 그거 엄마 돈이야. 방 뺐다고. 돌려줬다고. 그러고는 바퀴 하나가 부서진 캐리어에 엉덩이를 걸치고 앉아 담배를 빼 물었다. 아직 안 빠졌다고 해도 세가 비싸서 거기선 살 수도 없어. 강남은 아니라도 신촌 한복판이잖아. 세가 얼만지 알기나 해? 그리고 결혼 전에야 어떻게든 손을 벌렸다지만 이제는 결혼까지 한 마당에 조그만 읍내에서 분식 집하면서 애들 코 묻은 돈이나 버는 엄마에게 무슨 낯짝으로 방세를 달라고 해.

남자는 더 작고 싼 방을 구하면 안 될까 했고 여자는 정말 신경질이 났기 때문에 신경질적으로 담배를 빡빡 빨았다. 결혼한 사람들이 살림을 하며 살아가는 집은 이젤 하나 놓기도 비좁은 그런 집이 아니어야 한다는 사실과 거실에 침실에 화실도 있는 그런 집은 아닐지라도 침실과 거실은 구분되는 그런 집이 필요하다는 사실을 늘어놓았다. 내가 등신이지. 너무 자신 있게 말해서 확인도 안 한 내가 미친년이지. 그 원룸도 좁아터져 죽을 것 같았는데 더 작은 방을 구하자고? 난 어디서 그림을 그리고 당신은 어디서 글을 쓸 건데? 단칸방에서 그림도 그리고 글도 쓰고 잠도 자고 밥도 먹고 때마다 일마다 지지고 볶고? 그렇다 쳐. 뭐 해서 다달이 방세를 내고 전기세를 내고 뭐 해서 물감을 사고 생리대를 사고 밥을 지어 먹으며 살 건데?

입이 열 개라도 할 말이 없었던 남자는 그냥 서서 순서를 기다리면 되는 택시 정류장이었는데도 어이 택시! 하고는 팔을 내밀어 손을 흔들었다. 여자는 할 수만 있다면 그 손모가지를 톡 자르고 싶었다. 아니면 손모가지에서 남자를 분지르거나.

하룻밤을 낡은 모텔에서 보내고 남자는 백방으로 뛰어다녔다. 그의 말로는 그랬다. 그러나 백방으로 뛰어다녔음에도 남자가 구할 수 있는 것은 "장기 방 있음."이라는 문패가 달린 또 다른 모텔이었다. 말이 모텔이지 사실은 여관보다 방이 작았다. 비스킷이야? 여자가 성질을 부리면 남자는 고개를 돌렸다. 왼편엔 식당에 나가는 조선족 여인들이 살았고 오른편엔 콧수염 남자가 이모뻘 여자와 함께 사는 모텔이었다. 여자들은 아침마다 중국말과 연변 사투리를 섞어 떠들어 댔고 밤엔 콧수염 남자와 사는 여자가 테니스 선수처럼 소리를 질렀다. 그 무렵 여자는 전시회 하나를 계획하고 있었다. 여럿이 하는 전시회였지만 첫 출품이었기 때문에 여자는 몸이 달아 있었다. 일주일을 보내고서야 캔버스가 아닌 비스킷 쪼가리만 한 방에 자신의 삶이 갇혀 버렸다는 사실을 깨달았다. 그건 예지와도 같은 일이었다. 그림 도구는 다시 묶어 구석에 밀어 놓았다. 나이프를 꺼내면 누구 하나 죽여 버릴 것 같아. 이 작은 모텔 방 어디서 그림을 그리겠니. 한쪽에는 장만옥에 장쯔이가 살지 한쪽에는 마리아 샤라포바가 살지. 너 같으면 영감이 떠오르겠니. 여자가 날마다 친구에게 전화를 걸어 하소연을 하면 남자는 옆에서 깊은 생각에 잠겨 있곤 했는데 그 모습이 또 익숙해서 전화를 끊고 여자는 버릇처럼 아버지를 떠올렸다.

아버지는 세 가지를 할 줄 몰랐다. 돈을 벌 줄 몰랐고 농담을 할 줄 몰랐고 집 밖으로 나갈 줄을 몰랐다. 하늘이 두 쪽 나도 그 세 가지를 잘하는 사람과 살겠다고 늘 다짐했던 여자는 벌써 그중에 두 가지를 아버지만큼이나 못하는 남자와 살고 있었다. 그런 남자를 볼 때마다 혈압이 치솟았다. 대학 시절부터 적응 잘하기로 소문났던 남자는 옆방 콧수염과도 알고 지내며 라면을 같이 끓여 먹는 눈치였고 운동을 한다며 야구공도 주고받았다. 여자는 문밖에도 나가지 않았다. 짜증을 내면 남자는 싸구려 시가를 내밀었다. 손으로 지포 라이터 흉내를 내며. 그러면 여자가 좋아했었다. 농담하지 마. 여자는 소리를 질렀다. 웃기지도 않는 농담. 웃겨도 하지 마. 죽어도 하지 마. 살아도 하지 마. 야구공 아니면 노는 손, 공이나 큰 걸로 던지든지, 뭘 해도 아무것도 안 해도 아무것도 아닌 손, 그 손이 이미 농담이야. 알아? 끔찍해. 그러니까 하지 마. 간암과 폐암과 위암과 대장암과 직장암과 췌장암이 한꺼번에 발병해 죽고 말 것이라고 여자는 소리를 질렀다. 복장이 터져 죽을 것 같던 여자가 미국에 산다는 아버지 친구로부터 한 통의 전화를 받은 것은 지긋지긋한 모텔 생활을 두 달이나 하고 난 다음이었다.

여자가 나고 자란 마을은 조그만 읍이었다. 집은 시장 골목에 자리를 잡고 있었지만 하루에 몇 번 열차가 강을 건너가는 것 말고는 소란할 일이 없는 조용한 마을이었다.

마을 앞에는 큰 강이 있었다. 어른들이 그 강에는 얼씬도 못 하게 해서 아이들은 먼 길을 걸어 마을 뒤로 흐르는 작은 강에서 놀아야 했다. 어른들은 두 강에서 흐르는 물소리가 다르다는 말을 했는데 여름에 큰 강이 사람을 많이 삼켜서 그런 것이라고 엄마는 말해 주었다. 강에서 놀다 보면 여자를 찾는 아버지 목소리가 들리기도 했다. 돌아보면 아버지 얼굴을 한 기차 머리가 지나가고 있었다. 기차가 다리를 건널 때는 다리와 함께 여자의 몸이 드드드 떨렸다.

아버지는 늘 서재에 앉아 책을 읽거나 글을 썼다. 생계를 책임져야 했던 엄마가 방 하나를 개조해 분식집을 낸 바람에 서재가 따로 없었던 아버지는 해가 드는 거실 창가를 서재 삼아 책상을 놓고 앉았다. 책들이 쌓여 집은 항상 컴컴했다. 아침에 나와 보면 책과 책 사이로 빛이 스며들었고 비스킷 하나만큼 스며든 빛은 거실을 칸칸으로 쪼개며 지나갔다. 여자는 금을 밟지 않으려고 깨금발을 딛고 까딱까딱 거실을 걸어 다녔다. 아버지는 책을 읽다가도 책을 보던 자세는 흐트러뜨리지 않은 채 어린 딸의 발끝을 눈으로 좇았다. 그러면 그녀는 발끝을 더 곧게 세우고 발레리나처럼 걸어 깡뚱깡뚱 거실을 지나가곤 했다. 집이 굴속이라고 엄마가 잔소리를 해 댄 다음에야 아버지는 책을 조금 빼 구멍을 만들었다.

아버지의 의자에서는 오래된 니스 냄새가 났다. 의자가 흔들릴 때마다 코끝에 닿아 머물던 니스 냄새를 여자는 좋아했지만 한 번도 그 의자에 앉아 본 적은 없었다. 아버지는 늘 같은 모습으로 의자에 앉아 쇼팽을 듣거나 책을 읽거나 조금씩 몸을 흔들었는데 아주 조금씩만 흔들렸고, 그래서 딱 그만큼만 먼지가 없던 자리는 집 밖으로 나갈 줄 모르는 아버지가 세상에서 유일하게 소유하며 살던 자리였기 때문에 누가 가르쳐 주지 않았음에도 탐낸 적 없었다.

아침엔 발레하는 아이처럼 발을 들고 걸어 나왔으면서도 어둑한 서재를 통해 방으로 들어가는 것이 싫어 학교가 끝나면 여자는 엄마가 일하는 분식집에서 시간을 보냈다. 가게에 손님이 있으면 밖으로 나와 집과 마당을 몇 바퀴라도 빙빙 돌았는데 그러다가 한번은 어두운 거실 창문을 들여다본 적이 있었다. 책으로 막힌 창은 거울과 같아서 가까이 가 보면 여자의 얼굴이 보였다. 그 모습이 신기해 들여다보노라니 마음속에 불이 하나 밝혀지는 것처럼 다가오는 것이 있었다. 아버지의 눈이라는 것을 안 다음부터 여자는 절대 그 창문을 들여다보지 않았다. 무서웠다든지 그런 것은 아니었지만 아버지의 눈은 아주 멀리 떠 있는 별처럼 생각되었다.

입을 열어 식구들 중 누구와 살가운 이야기를 나눠 본 적도 없고 밥을 먹으며 어린 딸에게 생선 가시 한번 발라 주는 일 없던 아버지 목구멍에서 피가 나온 날이 있었다. 그날도 아버지는 딸에게 가시 한번 발라 주는 법 없이 혼자 밥에 생선을 얹어 먹다가 피를 뱉었다. 어린 그녀는 생선을 아버지가 다 먹느라 욕심을 부려 목에서 피가 나오는 것이라고 생각했다. 방에 이불을 펴고 아버지를 뉘며 엄마는 그놈의 글 한 줄이 사람을 옭아매더니 기어코 잡네, 소처럼 잡네, 돼지처럼 잡네 하고 넋두리를 했다.

　마을엔 목련이 흔했다. 나무에 꽃이 피면 찬물로 눈을 씻은 듯 골목이 깨끗했다. 마을은 버스 정류장부터 향기로 가득했다. 여자는 그 냄새가 좋았다. 꽃잎을 태우는 날엔 꽃이 흐드러질 때 나던 향기와는 다른, 속을 뒤집을 것처럼 진하고 독한 향기가 퍼져 마을은 목련꽃 향기로 숨을 쉴 수가 없었다. 집 안에 앉아서도 여자는 헛구역질을 했다. 애가 왜 그러니. 그러며 여자의 엄마는 칼질을 하다가도 양희은의 노래를 척 꺼내 불렀다. 하얀 목련이 필 때면. 엄마가 노래를 부르면 여자도 구역질을 멈추고 엄마를 따라 노래를 주절거렸다. 여자는 양희은의 노래를 끝까지 부를 수 있었다. 노래는 해도 양희은이 누군지는 몰랐다.

　양희은? 슬픈 노래를 아주 잘해.

　그래서 좋아해? 슬퍼서?

　엄마는 깔깔 웃었다.

　반은 대신 살아 준다. 살아 보면 알아. 반은 양희은이 살아 준다는 걸.

　저녁이면 여자의 아버지는 마당에 나와 하늘을 보며 서 있곤 했다. 아버지가 바라보는 하늘로, 아버지의 목에서 나온 물고기가 머리부터 나와 꼬리까지 입을 벌리며 길게 흘러갔다. 아버지처럼 말랐고 입술이 두툼했으며 길고 부드러운 몸을 가진 물고기가 크고 날랜 지느러미로 바다를 헤엄치듯 흘러갔다. 흰 목을 길게 늘이며 입술을 도톰하게 만들어 보기도 하고 입을 크게 벌려 보기도 하던 여자가 자신이 바라보는 것은 아버지가 바라보는 것과 다르다는 것을 깨달을 즈음 말없이 서 있던 아버지가 뒷짐을 지며 그녀에게 물었다. 저게 바다냐 하늘이냐. 고개를 돌려 보니 검은 산이 하늘과 맞닿아 있어 맞닿은 곳은 파랗고 먼 하늘로 가며 검푸르게 변하고 있었다. 이것이 아빠의 농담일까? 어린 그녀는 생각했다. 그렇다면 아버지가 내게 걸어온 첫 번째 농담일 것이라고. 좋구나. 아버지는 중얼거렸다. 여자는 그날 처음으로 아버지와 함께 읍내의 끝까지 걸어가 짬뽕을 먹었고 그날 처음으로 아버지 의자에 앉아 잠이 들었다. 하늘을 올려다보며 아버지가 중얼거리던 말을 따라 하면서. 좋구나. 좋구나.

10년 동안 문밖을 나가지 않았다는 아버지는 한번 밖을 나가더니 아침마다 문을 열고 나가기 시작했다. 아버지가 목이 긴 양말을 신고 집을 나가면 여자는 몰래 아버지를 뒤따라가곤 했다. 아버지는 강을 따라 걷기도 했고 산을 오르기도 했다. 엄마는 별로 상관하지 않는 것 같았다. 비에 젖은 절벽을 타다 낙상해 헬기를 타고 돌아오던 날에도 엄마는 말없이 병원으로 갔다가 말없이 돌아왔다. 다리가 부러지긴 했지만 부상은 크지 않았다. 하지만 일어나 걸을 수 있게 되어도 어찌 된 일인지 아버지는 다시 거실에서 나가려고 하지 않았다.

낙상의 상처는 시간이 흐르며 이상한 데서 이상하게 드러났다. 아버지는 수십 번도 더 읽은 책들을 다시 읽기 시작했고 읽으면서도 이미 열 번은 읽었다는 사실을 알지 못했다. 책장을 넘기며 아버지가 감탄을 하면 엄마는 치매가 왔나 보다며 걱정을 했다. 그러면 여자는 의학 대사전 같은 것을 찾아보았고 아버지의 행동은 치매와는 다른 것이라고 말해 주었다. 아버지의 기억은 책과 관련된 한 지점에서만 맴돌며 앞으로 나아가지 못하는 것처럼 보였기 때문이다.

하루는 슈퍼를 하는 아주머니가 책 한 권을 들고 와서 글쎄 이 집 양반이 이걸 놓고 간 것 같아하고는 책을 내밀었다. 저 양반이 담배를 사 가지고 나간 뒤에 보니까 과자들 속에 이 책이 있지 뭐야. 이 집 거 맞지? 엄마는 행주치마에 손을 닦으며 아이구 저 양반이 했다.

그 일은 평범한 해프닝으로 끝났지만 다음은 그렇지 않았다. 장사를 마치고 돌아온 엄마가 튀김기름 속에서 건져 낸 책을 아버지 앞에 턱 내려놓았던 것이다. 책은 노릇노릇 튀겨져 있었다. 난리를 치거나 소리를 지르는 대신 엄마는 아버지를 빤히 바라보았고 들릴 듯 말 듯 한숨을 한 번 쉬더니 칼을 휙 뽑아 들고 냉장고에서 배를 몇 알 꺼내 방으로 들어가 버렸다. 여자는 방바닥에 삐딱하게 누워 귀를 기울이며 조금 전에 그린 그림을 지우개로 열심히 지웠다. 입을 크게 벌린 아버지가 목구멍으로 배를 삼키는 소리와 엄마가 다른 방에서 사각사각 배 깎는 소리가 사실은 들렸을 리 없는데도 기차 소리처럼 들리는 듯했다. 배 깎는 소리가 강을 깎는 소리처럼 들렸다. 기차가 깎으며 지나간 강이 여자의 꿈에 나타나곤 했다.

여자는 아버지의 책들을 눈여겨보았다. 책은 표시 안 나게 사라졌고 책이 사라진 곳으로 빛이 들었다. 무작위로, 이곳에 저곳에, 책 한 권이나 책 두 권의 크기만큼 창이 생겼다. 사라진 책들은 어디로 가나. 여자는 창고를 뒤져 보기도 했다. 창고엔 한 권의 책도 보관되어 있지 않았다. 뒷산 어디에 내다 버리는 것이 아닐까. 엄마? 중고 서점에 내다 파나. 유심히 살펴봤지만 모녀는 한 권의 책도 찾을 수 없었다. 결국 여자는 아무도 모르게 밤마다 아버지가 책을 먹어 버리는 것이라고 엄마에게 말했다. 사라진 책들은 엉뚱한 곳에서 발견되었다. 기차역 대합실에 아버지의 책이 불쑥불쑥 놓여 있었다. 정차했던 기차와 함께 마을 밖으로 나가기도 했고 해가 질 때까지 대합실에 한 권의 책이 놓여 있기도 했다. 여자는 아버지를 미행했다. 여자의 아버지는 도착하는 기차와 떠나는 기차를 마중하고 배웅하는 사람처럼 바라보았고 혼자 고개를 끄덕이기도 했다. 한 시간을 또는 서너 시간을 앉아 있다가 일어났고 책은 기차역에 남았다. 여자는 이것이 아버지의 농담이라고 생각했다. 농담 같은 것을 해 본 적 없는 아버지가 그녀에게 두 번째 농담을 걸어오는 것이라고. 책은 날마다 사라졌고, 책 몇 권씩 빠진 창가에 앉아 밖을 내다보는 아버지는 마치 기차를 타고 어디론가 가는 사람 같았다.

사업을 하던 아버지 친구는 알게 모르게 아버지 뒷바라지를 해 주던 사람으로 여자도 어렸을 적 한두 번 그이를 본 적이 있었다. 초콜릿 상자 같은 것을 들고 찾아와 어린 그녀를 안아 주기도 했는데 구구절절한 사연은 잘 모르지만 갑작스럽게 미국으로 떠나야만 했던 모양이었다. 그는 그간의 상황이며 아버지를 끝까지 돌보지 못한 데 대한 마음의 짐 같은 것들을 이야기했고, 엄마에게 어떤 말을 어떻게 들었는지 여자의 사정을 이모저모 물었다. 그리고 네 아버지가 글을 쓸 수 있도록 하려고 짓던 집이다, 그러니 마음 쓰지 마라, 손볼 데가 많긴 하지만이라며 이야기 끝에 비어 있는 집이 하나 있다고 했다.

창피해서 죽고 싶었지만 거절할 형편도 아니었으므로 친구들은 물론 엄마에게도 전화 한 통 넣지 않고 그곳으로 내려간 여자는 짐도 풀기 전에 집이 무너질 만큼 깊은 한숨을 쉬어야 했다. 황토로 지었다는 집은 집이라기보다 그냥 지붕만 겨우 있는 형상이었다. 한 사람이 먹고 자며 글을 쓰기에 적당한 집이었지 살림을 할 만한 집도 아니었다. 제대로 된 것은 온돌뿐이었다. 다행히 마을이 가까워 전기를 끌어다 쓸 수 있었다. 쓰지 않는 물탱크도 하나 있어 창고처럼 사용할 수 있었다. 마을로 내려가 엄마에게 큰 짐들을 부치고 작은 짐들은 창고에 부린 다음에야 다리 뻗을 공간이 생겼다. 신이 난 남자가 압력 밥솥을 사 온다, 인터넷을 연결한다, 부산을 떠는 동안 여자는 가방을 깔고 멍하니 앉아 있어야 했다. 어디서부터 손을 대야 할지 알 수가 없었다.

집을 완성하기 위해 남자는 『일주일 만에 황토집 제대로 짓는 법』 같은 책을 끼고 살았다. 하지만 집은 쉽게 만들어지지 않았다. 자신감은 사흘 만에 의심으로 바뀌었고 의심이 다시 체념으로 변하는 데는 일주일도 걸리지 않았으니까. 어려서부터 레고 집 하나를 제대로 지어 보지 못했다는 남자는 아무리 책을 들여다보아도 집을 어떻게 완성해야 할지 알 수가 없었던 것이다. 됐어. 애쓰지마. 결국 황토와는 어울리지도 않는 패널을 세우고 비닐을 둘러치며 여자는 남자에게 말했다. 내가 그림을 포기할게. 딱 1년이야. 그 안에 어떻게든 이집을 완성해. 그 잘난 소설인지 뭔지 그것도 끝내.

아니면. 여자는 말했다. 나하고 끝내.

그 새벽, 여자는 마당으로 나가 캔버스를 쭉쭉 찢어 불태워 버렸고 며칠 뒤엔 연락도 잘 안 하던 선배에게 전화를 걸어 일거리를 부탁해야만 했다.

여자는 날마다 똑같은 그림을 그렸다. 2호 크기의 그림들이었다. 병원 복도에 전철역에 여자의 그림들이 걸리기 시작했다. 한번은 고속도로 휴게소에서 눈에 익은 그림을 봤다. 하얀 티셔츠에 청바지를 입은 여배우가 창에 앉아 기타 치는 그림은 고흐의 해바라기들 사이에 있었다. 여자는 얼른 화장실을 나왔다. 남자는 식당에 앉아 우동을 먹고 있었다. 쑥갓 사이에 숨은 연분홍 건더기들을 건져 먹으며. 고속버스 창밖으로 해바라기밭, 연분홍 건더기밭, 해바라기밭이 끝도 없이 펼쳐졌다.

집이 더 기운 것 같지 않아? 남자에게 그렇게 물은 것은 일감이 밀려 바쁜 눈에도 단풍 드는 모습이 보이던 날이다. 남자의 야구공이 한쪽으로 굴렀다. 남자도 알고 있었는지 집 주변을 돌며 여기저기 보수를 하고 다니는 눈치였다. 나아지는 것 같진 않았다. 비도 새서 바닥엔 경사면 지도 같은 무늬가 생겼다. 한쪽으로 흘러가며 완만하게 등고선

이 만들어진 지도였다. 등고선이 완만할수록 여자
는 불안해졌다. 아버지의 의자가 기울던 만큼의 경
사였다.

그럴수록 여자는 더 많은 그림을 그렸다. 하루
에 몇 개씩 그리지 않으면 돈이 되지 않았다. 주문
받은 그림들을 그리다 보면 삭신이 쑤셨고 거울을
보면 나이프가 아니라 인두를 들고 생산 라인에 서
있는 여자가 보여 깜짝깜짝 놀랐다. 노동이 문제가
아니었다. 여자를 절망케 했던 것은 그림을 찍어
내는 행위였다. 좋네. 한 달에 한 번씩 그림을 가지
고 산을 내려갈 때면 남자는 말했다. 남자의 목에
나이프를 꽂지 않으려면 손에 든 나이프를 꾹 움켜
쥐어야만 했다.

여자가 짐이랄 것도 없는 짐을 싸 들고 일어난
적도 있었다. 남자도 따라 내려왔었다. 뒤돌아보지
말자, 소금 기둥 된다 중얼거리며. 하지만 남자는
뒤돌아보고 말았다. 소금 기둥이 되진 않았지만 그
녀 앞에 털썩 무릎을 꿇었다. 여자는 세상의 욕이
란 욕은 다 하면서 산으로 올라갈 수밖에 없었다.
가을이 다 가도 소설은 끝을 보여 주지 않았다. 집
은 서서히 끝을 보여 주었다. 벽에 틈이 생겨 벽을

타고 물이 흐르는 모습을 보며 그녀는 왈칵 눈물
이 났다. 침낭을 챙겨 들고는 창고로 쓰던 물탱크
안으로 들어가 버렸다. 물탱크를 울리며 지나가는
바람 소리를 들으며 밤을 지새워야 했으면서도 남
자가 다가오는 발소리가 들리면 여자는 소리를 지
르고 승냥이처럼 몸을 곤두세웠다. 그 아침에 혼자
집을 나서 뒤돌아보지 않고 여자는 산을 내려왔다.
눈물은 나지 않았다. 사는 게 불길 속이었다.

　너무 고요해서 여자가 잠을 깬 새벽이 있었다.
어디선가 틱, 틱 하는 소리가 들렸다. 초침 소리처
럼 규칙적이었다. 가만 일어나 방문을 열었다. 아
무도 없는 거실에서 아버지가 등을 숙이고 앉아 발
톱을 깎고 있었다. 발톱을 하나 깎고 매만지고 또
발톱을 하나 깎고 매만졌다. 발톱을 깎는 소리가
어찌나 분명한지 세상 모든 소리가 죽어 버리는 것
같았다. 발톱을 깎고 방바닥에 떨어진 발톱을 쓸
어 담은 후에 옷을 입고 집을 나선 아버지는 마을
앞 큰 강에 앉아 담배를 여러 대 피웠다. 비밀을 캐
려는 생각으로 따라나섰던 여자는 곧 시시해졌다.
눈을 감고 딴생각을 했는데 눈을 떠 보니 아버지

는 보이지 않고 피우다 만 담배만 타들어 가고 있었다. 아버지를 따라갈까 망설이던 여자는 아버지가 앉았던 곳으로 가 담배를 입에 물었다. 매운 연기가 한가득 가슴으로 밀려들어 왔다. 그 쓰고 독한 것이 속을 후빌 것처럼 뜨겁게 밀려들어 오는데 이상하게도 그 순간 어린 그녀는 아버지를 반쯤 이해해 버린 것 같은 생각이 들었다. 이 뜨거운 것을 느끼지 못할 만큼 아버지가 속에서부터 죽어 버린 것은 아닐까. 그래서 그렇게 문밖에도 나가지 않고 엄마가 집을 나가도 찾으러 다니지 않았던 것일까.

그 밤에도 발톱 깎는 소리를 여자는 들었다. 아버지라고 생각했고 여자는 얼른 이불 속을 빠져나왔고 거실 창문에 눈동자를 바짝 대고 마당을 내다보았다. 푹푹 파인 발자국이 목련나무 아래까지 이어졌고 나무 아래 엄마가 서 있었다. 눈은 소복소복 내렸고 지붕에도 마당에도 내렸다. 가방끈을 말아 쥔 채 서 있었는데 한 손으로 가지를 툭툭 꺾었다. 눈을 털어 낼 생각도 않은 채, 그렇게 나무 아래 엄마가 서 있는데 왜 그런지 세상이 죽었다는 생각을 했다. 죽음이 그런 것이라고. 누가 나무 아래 오래 서 있는 것이라고. 눈이 터질 것 같아 여자는 살금살금 방으로 들어와 이불 소리도 안 나게 누웠다. 엄마는 다음 날 저녁이 되어서야 아무 일 없었다는 듯 배 한 상자를 오토바이에 싣고 집으로 돌아왔다. 기차를 탔네요. 오랜만에. 그런데 참 이상하지. 기차를 타고 가는데 기차 소리는 안 들리고 강물 소리가 들립디다. 그래, 정말 그런가 싶어 내 이놈을 다시 한번 확인해 보자 하고는 기차를 갈아타고 돌아왔지요. 그런데 돌아올 때는 그 강물 소리가 들리질 않습디다. 기차 소리만 어찌나 크고 요란하던지.

아버지는 돌아오지 않았다. 며칠 말없이 아버지를 기다리던 엄마는 한 달이 지나도 아버지가 돌아오지 않자 여기저기 전화를 넣으며 수소문을 하는 눈치였다. 두 달이 지나고 석 달이 지나도 아버지는 돌아오지 않았다. 여자는 엄마가 더 이상 노래를 부르지 않는다는 사실을 알았다. 늦은 밤 방에서 혼자 배를 깎으며 앉아 있는 엄마를 보기도 했다. 배를 깎기 시작하면 다섯 알이고 여섯 알이고 있는 배를 모두 깎고도 엄마는 빈손으로 칼질을 하며 앉아 있었다. 그러면 엄마 손에 들린 빈 칼이 엄마 손을 벗기며 지나가는 것 같았다. 여자는 아버지를 생각하지 않으려고 노력했다. 하지만 등을 숙이고 발톱을 깎을 때는 먼 길을 떠날 사람처럼 정성스럽게 발톱을 깎던 아버지가 생각이 났다. 그럴 때마다 아버지는 가출한 것이 아니라 외출을 한 것이라고 소리 내어 말했다. 딸에게 들려주는 세 번째 농담이라고. 세상 모든 기차역에 책을 숨기느라 늦어지는 것이라고.

남자와 다투고 산을 내려온 여자는 엄마에게 들어갔다. 날마다 배를 깔고 누워서 데굴데굴 뒹굴거나 책을 읽었다. 그러다가도 동기들 전시회가 있다는 소식을 들으면 일어나 피트니스 클럽으로 가서 몇 시간이고 러닝 머신을 타거나 라면을 배 터지게 끓여 먹는 모순된 행동을 했다. 어느 날 텔레비전에서 여자는 양희은을 보았다. 이상하게 동박새가 보고 싶다는 생각이 들었고 여자는 일어났다. 처음에는 그저 한두 주 세상 구경이나 하다 돌아올 생각이었다. 새로운 곳에 짐을 풀어 놓다 보니 즐거워졌다. 아는 도시의 이름을 하나하나 공책에 적었고 그 이름을 찾아 돌아다녔다. 첫 번째 여행에서 돌아와 도시 이름 몇 개를 지웠고 두 번째 여행에서도 이름을 지웠다. 여자는 여행을 하며 세상에는 돌계단이 참 많다는 것을 알았다. 어느 도시든 찾아가 그 도시에서 제일 맛있는 커피를 마신 후에는 돌계단에 서 있어 보자, 「화양연화」에 나오는 돌계단도 가 보자, 장만옥과 양조위처럼 서 있자, 영화에서 제일 슬픈 장면은 두 사람이 만들어 내는 연극적 상황이었지, 둘은 아직 사귀지도 않았는데, 시작도 안 했는데, 왜 헤어지는 순간을 연습하는 거야, 비 오는 골목에서 돌계단에서 두 사람이 하던 연극, 그 장면이 「화양연화」의 백미라고 생각은 하지만, 서로를 속이는 빛의 일렁임, 왕가위는 빛을 너무 잘 사용해, 여자는 생각했고 세 번째 여행을 계획했고 공항으로 가는 버스를 타야 할 여자는 엉뚱한 버스를 탔다. 버스의 종착역이 흙집을 짓던 동네라는 사실을 버스 안에서 깨달았다. 정신을 차렸을 때는 이미 집 앞에 서 있었다. 비가 한 방울씩 떨어졌는데 티셔츠에 청바지를 입고 캐리어를 끌며 올라가 보니 집이 비어 있었다. 조금 황당해하던 참에 트레이닝복 입은 사람 하나가 축구공을 겨드랑이에 끼운 채 여섯 개 묶음 생수를 들고 어슬렁거리며 산을 올라왔고 늘 하던 싱거운 말

이 들려왔다. 어디 다녀오나 봐. 한 계절만의 일이
었다. 이사했어. 언덕 위로. 남자가 말했다. 남자가
타 준 커피를 한 모금 마신 후에야 여자는 남자가
머리를 짧게 잘랐다는 것을 알았다. 제라드 스티븐
같아. 스티븐 제라드겠지. 잘났어. 황토 집은 무너
져 평지가 되었다. 물탱크만 언덕 위에 있었다. 남
자는 물탱크 안에 살았다. 물탱크 한쪽이 작은 구
멍으로 가득했는데 드릴로 뚫었다고 남자는 말했
다. 여자가 뱉은 담배 연기가 구멍들을 통해 빠져
나갔고 밖에서 보면 멋질 거라고, 메밀꽃 볼 수 있
을 거라고, 메밀꽃 필 무렵 했다. 메밀꽃 필 무렵?
여자는 바라보았고 남자는 커피믹스를 뜯어 물을
부었던 것이다. 참 싱거워. 커피를 한 모금 마신 여
자가 말했다. 말도 싱겁고. 하는 짓도 싱겁고. 다
싱거워. 엄마가 먹던 배처럼 싱거워. 어쩌면 그러
니. 심지어 너는 담배도 안 피우잖아. 몸에 독소라
고는 하나도 없지. 여자가 말했다.

똥도 싱거워.

그 밤 비 오는 소리를 들으며 여자가 깜빡 잠들
었다. 뭘까. 검은 것이 그녀를 내려다보고 있었다.
검은 것. 물고기의 눈깔 같은 것. 여자는 자신이

죽었고 물밑에 가라앉았고 물고기 눈깔이 자신을 내려다보는 것이라 생각했다. 물고기 눈깔은 야구공 같았고 다시 물고기 눈깔이었고 물의 빛 같았다. 여자가 작은 주먹을 옹그리고 때리기 시작했다. 물을, 물고기를, 물고기 눈깔을, 떵떵, 물을 치는데 왜 물질을 두드리는 소리가 날까, 떵떵떵, 격렬하게 여자가 두드리자 남자가 숨을 죽였고 가만히 돌아눕는 소리가 들렸다. 부숴 버리기라도 할 것처럼 여자는 계속 두드렸다. 사람이 있는데도 물탱크에서 빈 통 두드리는 소리가 들릴 때마다 저게 바다냐 하늘이냐 묻던 아버지 생각이 났다. 그건 정말 아버지의 농담이었을까.

캐리어를 끌고 나온 것은 비가 조금씩 그쳐 가던 새벽이었다. 남자에게선 아무런 기척도 들리지 않았다. 무너진 황토 집을 지나며 한숨을 지을 때였다. 나뭇가지 부러지는 소리가 들렸다. 그 소리가 물탱크를 받치고 있던 지주 부러지는 소리인 것은 나중에 알았다. 여자가 서 있는 곳으로 물탱크가 굴러 내리고 있었다. 데구울, 데구울 하며 물탱크가 굴러 내렸다. 정말이지 데구울 데구울, 바람 빠진 공 구르듯 데구울 데구울. 비탈길을 굴러 내리는 모습조차 어쩌면 그렇게 택시! 하고 내밀던 손모가지이던지. 소리를 지르거나 주저앉아야 할 여자는 멍하니 서서 그것을 바라보았다. 둥근 것이 비탈을 굴러 내릴 때의 가속도나 위급함 같은 것은 기대하지도 말라는 듯 힘 있게 굴러 내리지도 못해서 말 그대로 데구울 데구울 굴러 내렸다.

소설인지 뭔지, 소설이라고는 달랑 한 권 쓰고, 네 아버지가 출판도 안 되는 글을 쓸 때…… 배를 하나 깎아 상에 올리며 엄마는 말했다. ……한번은 내가 글을 쓰는 느이 아버지 옆에 앉아서 배를 깎고 있었다. 달고 맛있는 배였는데 배를 한입 깨물고는 달다 시다 말 한마디가 없고 배를 깨물어 먹는 소리도 없어 돌아보니 배를 반쪽 입에 물고 느이 아버지 얼굴이 축축하더라. 배를 눈에 넣은 것처럼. 모르는 척 돌아앉아 배를 깎았다. 하나도 남기지 않고 다 깎았다. 방 안으로 온통 배 깎는 소리만 돌아다녔다. 한참을 그러고 있으려니 아버지가 그러더라. 배가 물이 많네. 생전 농담이라고는 못 하던 양반이.

엄마. 동박새라고, 알아? 아버지 사진 앞에 절을

하고 아직 니스 냄새 남은 아버지 의자에 앉아 여자가 엄마에게 물었다.

그런 새도 있다니.

그런가 봐.

동박새는 왜?

그냥. 어떻게 생겼을까 하고. 무슨 색일까. 새끼는 몇 마리나 낳나. 엄마. 여자가 또 물었다. 엄마는 왜 양희은 좋아해?

내가 언제 양희은 좋아했다니.

좋아하잖아.

좋아하기는 무슨. 목에 꽉 차는 거지.

그치. 양희은은 그렇지. 눈에 뭐가 꽉 차. 봄비 내린 거리마다. 아름다운 얘기를.

얘가 왜 그래. 눈이 뭐가 어떻다고.

밖으로 나온 여자가 담배를 물었다. 비가 지나간 하늘이 축축했다. 물이 많네. 담배를 필터까지 빨며 여자가 중얼거렸다. 여자는 아버지 몰래 책을 들고 나가 이곳저곳에 숨기곤 했다. 슈퍼에도 숨겼고 분식집에도 숨겼다. 아버지가 창으로 밖을 훔쳐보거나 멍하니 앉아 있으면 여자는 숨겨 둔 책들을 찾아내 들고 나왔다. 한동안 여자는 기차역 대합실에 책을 두고 돌아왔다. 어떤 책은 기차에 실려 떠났고 어떤 책은 역무원이나 마을 사람에 의해 집으로 왔다. 아버지에게 어떤 농담을 걸고 있는 것이라 믿으며……. 여자는 아버지의 표정을 살폈다. 책이 사라져도 사라졌던 책이 나타나도 무표정인 아버지의 손끝에서 담뱃재가 길게 발밑으로 떨어지고 있었다. 아름다웠다. 더 먼 곳에 책을 숨겼다.

꽃 무더기에 책을 숨긴 사람은 누굴까.

어느 봄. 마을에서 목련을 태우던 날이었다. 꽃무더기마다 책들이 숨어 있었다. 비에 젖은 꽃잎이 비에 젖은 종이들과 함께 타올랐는데 맵고 독한 냄새 끝에서 개운한 냄새가 함께 올라왔다. 끝난 줄 알았던 농담이 영원히 계속될 것 같은 두려운 생각이 들어 여자는 몸을 쓸었다.

담배를 든 손으로 여자가 가지를 뚝 부러뜨렸다. 가지를 부러뜨리며 여자가 마을을 돌아다녔다. 마을 여기저기 꽃 무더기가 많았다. 여자가 꽃을 한곳에 모았다. 밤의 한곳이 배부른 것처럼 꽃과 가지와 꽃과 가지와. 여자가 휙 돌아서서 집 안으로 뛰어갔다. 문을 열고 나온 여자의 손에 기름통이 들렸다. 꽃 무더기는 금세 불길에 휩싸였다. 온 마으로 꽃이 오르던 날 여자가 기차를 타고 마을을 지나간 적이 있었다. 마을이 흰옷 속에 숨어 보이지 않았다. 기차는 수의를 벗고 다시 수의를 입듯 마을을 지났다. 내가 산 거라니 죽은 거라니. 화들짝 놀라 손으로 차창을 밀어 보며 여자가 말했었다. 이 냄새. 무더기를 삼키며 불은 걷잡을 수 없이 타올랐다. 여자가 사라지고 집이 사라지고 마을이 사라졌다. 화한 냄새. 속을 뒤집던 화한 냄새. 마당으로 불이 떨어질 때마다 중얼거리고 여자가 엎드려 구역질을 했다.

하루는 아무 하는 일 없이 여자가 방에 누워 있었다. 밖이 환하고 조용했다. 빛이 벽에서 일렁였다. 책이 벽을 향해 꽂힌 방이었다. 빛이 책등을 타고 올라와 책등에서 일렁였는데 밖이 너무 조용해서 여자는 조용히 누워 있었다. 쓸쓸하고 좋지요. 쓸쓸하고 좋다. 밖이 조용했다. 빛이 책등에서 책등을 타고 일렁였다. 옮겨 다니며 일렁였고. 책등에 모여서 일렁였다. 쓸쓸하고 좋지요. 쓸쓸하고 좋다. 쓸쓸하고 좋지요. 쓸쓸하고 좋다. 쓸쓸하고 좋다. 쓸쓸하고.

좋구나.

좋구나.

좋구나.

보기도 좋네. 여자가 말했다. 야구공 같아. 붕대를 둘둘 감고 남자는 한 달쯤 병원 신세를 졌다. 여자는 남자의 병실에 얼씬도 하지 않았다. 나도 그림이란 걸 그리니까 시비 걸진 않을게. 소설인 이유를 한 가지만 말해 봐. 남자가 병원 밥에 편의점 장조림을 얹어 밥을 먹었다. 빛이 아주 좋은 날이었는데. 밥을 다 먹고 남자가 말했다. 각설하고. 본론만 말해. 병원 휴게실에 앉아 여자가 말했다. 사실은 밤이었는데. 잠이 오지 않아서 걷고 있었어. 본론만! 늘 걷던 골목이 무언가 다른 것으로 차 있었어. 뭘까. 두리번거렸지. 공중에 불이 매달려 있었어. 불빛들이 일렬로 매달려 있었지. 나도 모르게 불빛들 있는 곳으로 이끌려 갔는데 아무리 걸어도 가까워지지 않는 느낌이었어. 공중에 매달린 불빛들은 어느 순간 사라지고 사라졌다가 다시 나타나면 일렬로 매달려 있곤 했어. 타워크레인이라는 것을 알았지. 야간작업하는. 처음으로 담배 피우고 싶다는 생각이 들었어.

무슨 소리야. 담배는 왜.

공중에 의자 하나 놓고 앉아 있는 사람도 있더라고.

그러니까 그게 왜.

모르겠어.

여자는 아주 어린 아이였다. 집을 나간 엄마보다도 엄마를 찾지 않는 아버지가 미웠다. 엄마는 어딘가 숨어 있는데, 어딘가 숨어서 자신을 찾아 주기를 기다리는데 아버지는 엄마를 찾지 않았다. 문밖으로 나오지도 않았다. 아침밥을 먹으면 여자는 산에 올라 하나 두울 세엣 네엣 하며 지나가는 열차를 세웠다. 칸칸이 지나가는 열차가 사라지고 나면 바람에 눈발이 날려 뿌옇게 떠올랐다가 가라앉고는 했다. 올라가는 열차와 내려가는 열차 사이의 간격이 멀어 그 사이로 한 세월이 지나가는 듯 까마득한 느낌이 들었다. 하루는 열아홉까지 열차를 세다가 이상한 생각에 고개를 돌렸다. 아버지가 뒤에 서 있었다. 더 미운 것도 같고 눈물이 쏘옥 빠질 만큼 반가운 것도 같았는데 제 마음을 알 수가 없어 여자는 뛰어가지 않고 그저 꾸물꾸물 서 있었다. 그러고 있자니 자꾸 흰 목이 가렵고 오줌도 마려웠다. 앞을 보고 뒤를 보며 강을 보는 시늉을 했지만 사실은 오줌을 참으려고 다리를 꼬며 저 멀리 지나가는 열차와 열차를 타고 가는 사람들을 바라보고 있었다. 두 강은 마을을 지나며 가까워지다 만나지 못하고 제각각 흘러가는 중이었고 열차는 차례로 강을 건너 멀어지더니 곧 사라져 버렸다. 엄마는 곧 올 게다. 아버지가 말했다. 그때 황혼이 내려와 강 하나가 붉게 반짝였다. 사람이 많이 죽었다는 앞 강은 눈 내린 들판에 묻혀 보이지 않았다. 무슨 말이든 하고 싶었지만 말을 하면 눈물이 날 것 같아서 부러 딴전을 피우다 그래도 무슨 말이든 하려고 입을 씰룩거렸다. 하나는 하늘로 흐르고 하나는 바다로 흐르네. 여자가 말했다. 만날 것이다. 저것들이 어디선가는. 아버지는 어린 딸의 손을 꼭 쥐었다. 그 손이 너무 아프고 뜨거워 여자는 몸을 움찔했고 손을 조물거리는 동안 다리를 타고 흐르는 뜨거운 물줄기를 느꼈다. 그날은

문밖으로 나올 줄 모르던 아버지가 자신의 금기를
깨고 세상에 나온 날이었다. 십수 년 지나, 목련이
피던 날, 아버지의 유해는 그 강을 건너 돌아왔다.
강둑에 등을 기대고 앉아 잠들었다고 낚시꾼은 말
했다. 아버지와 함께 돌아온 것은 이가 안 맞는 손
톱깎이 하나였다. 열차를 타고 강을 건널 때마다
귀를 기울여 봤지만 물에 빛이 일렁일 뿐 두 강물
소리가 어떻게 다른지 여자는 끝내 알 수 없었다.

애
인
과

시
인
과

경
찰

애인은 늦는다. 시인은 항상 늦는다. 경찰은 서둘러서 두 사람보다 너무 늦지 않게 온다. 애인과 시인과 경찰은 동시에 도착한다. 이 일은 이렇게 시작한다.

세 사람은 한 요리사를 알고 있다.

보리밭에 트럭 때문에 늦었죠. 시인이 말했다.

'보리밭의 트럭'이겠죠.

아니요. 보리밭에 트럭. '보리밭의 트럭'은 너무 고요해. 밀레의 그림 같아. 그냥 있는 거예요. 들여다보는 사람도 없이.

사고가 났군요. 보리밭에서. 사건일 수도 있고.

사람이 죽었나요? 트럭이 보리밭으로 돌진했나요? 낡은 코트를 집사에게 건네며 경찰이 물었다. 그는 늘 낡은 코트를 입는다. 사소한 저녁 약속은 물론 중요한 일이 있을 때도 마찬가지였다. 얼마나 다쳤죠?

아니요. 보리밭은 보지 못했어요. 보리밭은 쉽게 볼 수 있는 것이 아니니까. 트럭은 봤지만. 그냥 보리밭에 트럭 때문에 늦은 거예요. 그나저나. 시인이 예약된 자리에 앉으며 말했다. 4인용 탁자로군. 그리고 시인은 잠시 말을 끊는다. 신기하네요. 조금 전에도 4인용 탁자가 있는 집을 봤거든요. 식탁보가 훌륭했어요. 지금까지 본 것 중 가장. 그리고 또 말을 끊었다. 언제나 그랬다. 보리밭에 트럭 때문에 늦었죠. 눈이 내렸어요. 시간이 좀 남아 있었고 머리 위에 눈이 내려앉는 시간을 지연하고 싶었어요. 머리에 눈이 앉아 천천히 녹고 녹은 눈 위에 다시 눈이 내려앉으면 누가 내 시간 위에 식탁보를 펴는 느낌이거든요. 걸어 보자. 눈이 끝난 곳까지. 하지만 눈이 계속 내려 눈이 끝난 길은 나오지 않았어요. 망설이다 모퉁이에서 그 집을 봤어요. 눈이 덮은 집이었어요. 눈이 덮어서 집인지 눈 언덕인지 알 수 없을 정도였는데 지붕도 테라스도 구분되지 않았죠. 1년 내내 눈이 내린 집 같았어요. 시간이 좀 있다고 생각했고 눈이 푹 덮은 집에서 간신히 나오는 불빛에 나도 모르게 이끌린 거예요. 손님이 거의 없었는데 가구도 장식도 별로 없는 집에 4인용 탁자가 있고 세 사람이 앉아 있었어요. 틀림없어요. 식탁보가 굉장히 훌륭했거든요. 합석을 해도 괜찮을지 물었는데. 모두 초조해 보였어요. 그래서 기억이 나요. 계속 신경 쓰는 눈치였어요.

창밖을 살피던가요? 경찰이 자세를 고쳐 앉았다. 좀 늦을 예정이었지만 서둘러서 두 사람보다 늦지 않게 도착한 참이었다.

아니요. 예약된 자리에 앉아 냅킨을 펴서 무릎에 올리며 시인이 말했다. 시인은 늦었다. 시인은 항상 늦는다. 시인이 냅킨을 무릎에 올리자 애인과 경찰도 냅킨을 펴서 무릎에 올렸다. 베이지색 냅킨의 아래쪽 귀퉁이엔 작은 문양이 인쇄되어 있었다. 푸른 안개라고 애인은 말했고 그것은 푸른 안개가 아니라 푸른 개라고 시인이 힐끔 창밖으로 시선을 던지며 말했지만 그런 일은 없다고, 그런 일은 가능하지 않다고 경찰은 말하고 있었다.

창밖을 내다보는 사람은 없었어요. 창밖은 어두웠고 아무것도 없었죠. 창밖을 내다보는 사람 또한 없었어요. 그들은 아무도 앉지 않은 의자를 무척 신경 쓰는 눈치였어요.

비어 있는 의자를?

4인용 탁자였고 세 사람이 앉아 있었으니까 남아 있는 의자가 있게 마련이죠. 설명할 순 없군요. 설명한들 뭐 하겠어요. 어쨌든 사랑에 빠진 세 사람이었어요. 그렇지 않고서야. 그리고 시인이 잠시 생각에 잠겼다. 아아! 틀림없어. 서로 사랑에 빠진 사람들. 들어 봐요. 믿을 수 없겠지만 사랑에 빠진 세 사람을 본 거예요.

믿어요. 어디에나 있는걸요. 사랑에 빠진 세 사람. 오지 않은 한 사람을 기다리는 세 사람. 늘 있죠. 반대로 세 사람이 너무 늦었는지도 몰라요. 한 사람이 그들을 기다렸고 그들은 오지 않았고 기다리던 사람이 먼저 일어난 거예요. 그들은 또 그를 기다리는 거죠. 그런 일은 늘 있어요. 애인이 모자를 벗어 집사에게 건넸다. 낭만적인 이야기는 어디나 존재하죠.

그렇지가 않아요. 누굴 감시하는 중이었는지도 모릅니다. 집사와 사소한 잡담을 나누던 경찰이 정색하듯 손짓을 섞어 말했고 세 사람은 예약된 자리에 앉았다. 애인은 늦었다. 아무도 불평하진 않았지만. 애인은 늦는다. 시인은 항상 늦는다. 경찰은 서둘러서 두 사람보다 늦지 않게 온다.

미안하군요. 극장에서 오느라 늦었어요.

나는 비행기를 타고 오느라. 애인이 조금 불안한 얼굴로 말했기 때문에 창밖을 보던 시인과 경찰이 동시에 고개를 돌렸다. 네. 사실이에요. 비행기 때문에 늦었어요. 밀가루와. 목소리가 낮아서 혼잣말을 하듯 애인은 말한다. 밀가루는 그래요. 자꾸 신경이 쓰여.

설명해 줄 수 있겠어요? 경찰이 애인 쪽을 건너다보며 안경을 닦았다.

설명할 수는 있지만 안 그럴래요. 물론 설명하고 싶어요. 설명할 수 있다면 좋을 텐데. 하지만 설명은 부질없거나 위험해요. 설명하는 순간 사상이 생기니까.

그렇다면. 설명할 필요 없어요. 시인이 손으로 머리에 묻은 눈을 쓸고는 두 사람을 보았다.

나도 꼭 알고 싶었던 건 아니에요. 그러니까 당신이 늦은 이유는 비행기 때문이라는 거죠?

그래요. 물을 한 모금 마시고 애인이 두 사람을 향해 부드러운 얼굴을 했다. 비행기 때문이에요. 밀가루와.

그렇다면 용서할 수 있지. 당신은 용서받아야 해요. 우린 당신을 용서하겠소.

고마워요. 정말. 늦은 이유는 비행기 때문이지만. 애인은 가능하면 더 다정하고 상냥한 얼굴이 되려고 노력하는 듯 보였지만 쉽지 않아 보였다. 피곤해 보였다. 문제는 비행기가 아니에요. 물 잔을 들어 다시 물을 따르며 애인이 말했다.

그럼 무엇이오.

함중아.

함중아? 설명할 수 있겠소?

물론이죠. 설명하려고 서둘러 왔는걸요. 처음엔 기린을 생각했어요. 기린은 그래요. 느닷없이 떠오르죠. 목이 기니까. 나무 위로 불쑥. 그런데 기린을 생각해도 행복하지 않았어요. 믿어져요? 기린을 생각해도 행복하지 않다는 게. 더 생각해 보자. 기린을 더 생각하자. 행복해질 때까지. 기린이 싫어하는 일들. 초원의 기린이 싫어하는 일엔 무엇이 있을까. 사자. 수평선. 함중아의 노래. 열매를 따 먹는 기린은 함중아의 노래를 싫어하겠지. 초원을 달리는 기린도 함중아의 노래를 싫어하지. 나뭇가지에 목을 얹은 기린 역시 함중아의 노래를 좋아할 리는 없지. 그러자 슬퍼졌어요. 기린에게 미안해졌고. 죽고 싶었어요. 설명할 수 있다면. 이것을 기린에게 설명할 수 있다면 좋을 텐데. 하지만 설명은 위험하죠. 사상이 생기니까.

음! 시인과 경찰이 동시에 고개를 끄덕였다.

나는 생각했어요. 기린을. 양철 기린.

양철 기린은 어째서.

행복한 기린을 생각한 거예요. 빛을 받으면 기린도 반짝일 테니까. 처음엔 물론 양철 기린이 아니었죠. 평범한 기린을 생각했어요. 한가롭게 초원을 거닐며 아카시아잎을 뜯어 먹는 기린을. 물을 마시기 위해 앞다리를 벌리는 기린을. 담황색 모피를 가진 살아 있는 기린. 하지만 곧 기린이 죽었고, 다들 알겠지만 기린도 죽어요, 기린이 죽자 쓰러진 기린은 봉투와 같다는 생각이 들었어요, 다들 알겠지만 선과 밀가루와 약간의 구겨진 봉투가 모여 기린은 일어나죠. 선이 사라지고 밀가루가 빠져나가면 기린은 죽고 죽은 기린은 약간의 봉투로 누워 있는 거예요. 애인이 말했다. 슬퍼.

다 그래요. 기린은.

애인의 말을 들으며 누군가 말했고 세 사람은 몹시 우울해지는 것을 느꼈다.

울지 마요. 우리 울지 말아요.

기린을 더 생각해요.

그래요. 행복한 기린을. 그랬던 거예요. 기린을 생각하자. 죽지 않고. 쓰러지지 않고. 초원의 잎보다 초원의 구름보다 반짝이는. 양철 기린을 더 생각하자. 하지만 기분이 썩 나아지지 않았어요. 기린을 더 생각해 보자. 초원의 기린이 싫어하는 일엔 무엇이 있을까. 죽는 것보다는 싫어하는 게 나으니까. 증오 없이 죽는 것이 가장 불행하니까. 기린이 싫어하는 것을 생각해 보자. 우리가 다 아는 것처럼 사자, 북극곰, 수평선, 그리고 함중아의 노래. 더. 더 생각해 보자. 기린이 싫어하는 것들. 그리고 알았죠. 기린이 가장 싫어하는 게 뭘지. 함중아의 노래보다도 더 싫어하는 것.

그게 뭐죠?

비행기.

왜 그럴까요?

수평선 때문이죠. 지구상에서 수평선을 한눈에 볼 수 있는 생물은 기린뿐이에요. 그 외에는.

비행기.

네. 비행기. 비록 생물은 아니지만 기린도 보지 못하는, 기린이 평생 상상만 하는 수평선의 끝을 볼 수 있는 존재는 비행기뿐이니까. 그래서 늦었어요. 걸어와도 충분하지만 비행기를 타고 오기로 한 거예요. 기린이 볼 수 없는 수평선을 한눈에 보고 싶었거든요. 기린이 싫어하는 짓을 하고 싶었거든요. 기린을 생각해도 행복하지 않으니까. 하지만 양철 기린이 문제였어요. 이놈의 양철 기린. 애인이 투덜거렸다. 서둘러 비행장으로 가려 했는데. 모두 귀를 기울였다. 한 사람이. 두 사람이. 세 사람이. 바람 소리. 바람 소리.

정말. 서둘러 가려 했어요. 그런데 이놈의 양철 기린.

삶은 원하는 대로 흘러가지 않아요. 신음을 뱉듯 경찰이 말했다. 그래요. 젖은 머리를 만지며 시인이 고개를 끄덕였다. 울지 말아요.

미안해요. 바람이 너무 불어서 어쩔 수가 없었
어요. 기린이 자꾸 찌그러졌어요. 날만 좋았다면.
그러나 어쩌겠어요. 기린이 바람에 찌그러지는걸.
기린을 펴며 앞으로 가고 있었지만 금세 다시 찌
그러졌어요. 포기하고 싶진 않았어요. 어찌해야 했
을까요. 기린을 생각해도 행복하지 않으니. 애인이
탄식했다. 기린을 펴도.

함몰되고 있었군요.

팽창 중이었겠죠.

함몰이라고 봐야죠.

팽창이 맞아요.

*

요리사는 늦을까요?

그럴 겁니다. 반가운 얼굴로 세 사람을 둘러보며
집사가 밝은 목소리로 말했다. 트럭을 타고 오거든
요. 트럭은 고장이 나고. 트럭은 그래요. 타이어를
갈고 나면 베어링이 깨지고 베어링을 교체하고 나
면 조인트가 나가죠. 트럭은 항상 고장이 나요. 저
보리밭도. 모든 일이 지난 후에야 바람이 불거든

요. 창밖을 내다보며 집사가 이마를 찡그렸다. 그럴 겁니다. 늦을 겁니다. 틀림없이. 트럭은 고장이 나고 요리사는 트럭을 타고 오구요.

창밖은 이미 어두웠지만 집에서 불빛이 새어 나갔다. 보리밭엔 트럭이 있었다. 간간이 부는 바람에 보리밭이 흔들렸기 때문에 트럭은 불빛과 함께 서 있는 것도 같고 불빛과 함께 움직이는 것도 같았다. 그리고 창가에 앉은 사람들이 있었는데 보리밭이 가까이 보이는 창가여서 그들도 보리밭과 함께 흔들리는 것처럼 보였다.

오! 아일랜드인. 누군가 말했다.

아일랜드?

네. 아일랜드. 저길 좀 봐요. 창문가에 말이에요. 사랑에 빠진 세 명의 아일랜드인이 있어요. 사랑에 빠지면 한눈에 알아볼 수 있어요. 그들은 어디서부터 걸어왔을까. 물론 아일랜드겠죠. 딱해라. 지독해라. 하지만 대단하지 않아요? 사랑을 위해 그 먼 길을 걸어왔다니. 단지 사랑을 위해. 사랑에 빠지기 위해 여기까지 오다니.

지독해라.

하지만 아름다워요. 단지 사랑의 눈빛을 위해 1년

의 절반을 걷는 사람들을 상상할 수 있어요? 눈빛만으로. 오오! 저 봐요. 저 깊은 눈빛의 결속. 단단한 결속. 대륙처럼. 창문가에 바짝 붙어 결속과 애정 속에서 저토록 깊은 이야기를 나눌 수 있다는 건 정말이지 멋진 일이잖아요. 저런 아일랜드인. 그것도 사랑에 빠진. 저걸 좀 보세요. 손을 잡고 무릎을 모으고 탁자에 바짝 붙어 앉아 서로의 눈빛을 붙잡는 세 명의 아일랜드인. 지독함은 아름다워.

창가의 세 사람을 보며 시인이 말했다. 집이 작아서 시인의 말이 들릴 만도 했지만 그들은 그들 자신 외에는 관심이 없어 보였다. 창가에 조용히 앉아 있었다. 서로를 바라볼 뿐 아무런 이야기도 나누지 않았고 접시에 닿는 포크와 나이프 소리를 낼 뿐이었다. 다른 손님은 없었는데 아마도 바람이 불기 때문일 거라고 집사가 말했다. 이런 날은 외출을 삼가니까요. 집은 작았고 작은 집의 조명은 어두운 편이었지만 서로를 분별하지 못할 만큼은 아니었다. 음악이 낮게 흘렀는데 어떤 음악인지 알수 없어 모두 어깨를 으쓱했다.

그리고 피스타치오나무가 있었다.

잎이 몹시 푸르렀다. 가끔 열매가 스스로 터지며

쪼개지는 소리가 들렸다. 그러면 서로를 바라보던 세 사람, 창가의 세 사람이 손을 더욱 굳게 잡으며 귀를 기울이기도 했지만 고개를 돌리거나 일어나 나무를 보러 가는 사람은 없었다.

그 외엔 집이 조용했다.

바람이 거세군요.

그때 탁자 옆에 서 있던 집사가 다가가 창문을 열었다. 바람이 들어오자 어떤 흔들림이 집을 채웠고 작은 집 안에서 무언가 밀려서 한쪽으로 흘렀는데 그것은 안개 같았고 그냥 갇혀 있던 공기인지도 몰랐다.

이걸 봐요. 안개를. 경찰이 조금 떨리는 목소리로 말했다. 낮게, 가득하게 차오르는 안개를 좀 봐요.

안개가 아닐 수도 있어요. 개일 수도 있어요. 애인이 말했다. 앉아 있는 개일 거예요.

그런 일은 없어요. 그런 일은. 시인이 한 모금도 마시지 않은 맥주잔을 손으로, 엄지와 검지로 만지작거리며 말했다.

아아, 모르겠어요, 아무것도 확신할 수 없어요. 그러고는 어떤 감정에 휩싸인 것처럼 애인이 탁자에서 벌떡 일어났던 것이다. 갑자기 일어나는 바람에 비틀거렸고 비틀거리는 애인을 부축하기 위해 두 사람이 함께 일어날 때 집사가 창문을 닫았다.

괜찮아요?

그냥 사랑에 빠진 거예요. 세 명의 아일랜드인처럼. 하지만 그것도 모르겠어요. 아일랜드인이지만 사랑에 빠지지 않은 아일랜드인일 경우도 있으니까.

불가능해요. 아일랜드인이지만 사랑에 빠지지 않은 아일랜드인일 경우를 어떻게 생각할 수 있겠어요.

물론 가능성은 낮지만. 애인이 빈 잔에 다시 흑맥주를 따랐다. 사랑에 빠진 세 명의 아일랜드인이라면 행복해 보여야 하는데 행복해 보이지는 않아요. 그렇다고 저들이 행복하지 않다는 뜻은 아니에요. 내 말은. 사랑에 빠진 행복은 아니라는 거예요. 진지하고. 단단하고. 깊이 결속되어 있지만 눈빛들, 저런 눈빛을 본 적이 있어요. 서로의 눈에서 무언가를 찾고 있어요. 수평선. 저들은 수평선을 보고 있어요. 나무 위에 불쑥. 기린의 눈처럼. 기린은 사랑에 빠지지 않아요. 기린은 늘 서 있지만 서 있는 기린은 서로의 눈 속에서 누워 있는 것을 찾죠. 수평선을 찾죠. 그러니까 저 세 사람은. 애인이 모자를 벗어 집사에게 건넸다. 사랑에 빠진 아일랜드인 세 사람은 아름다웠고 서로 다른 수평선을 지나왔어요. 누워 있는 사람들을. 슬펐고.

각기 다른.

슬펐고.

음. 신음하듯 경찰이 말했다. 당신 말이 맞을지도 모르겠군요. 아일랜드인이 아닐 수도 있겠어요. 물론 사랑에 빠진 세 사람이 사랑에 빠진 아일랜드인 세 사람일 가능성은 충분히 높다고 봐야겠지만 결정적인 것은 아니니까요. 아일랜드가 아닐 경우도 있을 수 있다는 거예요.

아일랜드가 아니라면 어디란 말이오. 시인이 자세를 바로 하며 경찰을 쏘아보았다.

이란.

방금 마신 맥주잔을 소리 나지 않게 탁자에 내려놓고 경찰이 창가의 세 사람을 응시했다. 세 명의 이란인. 사랑에 빠진 세 명의 이란인일 가능성을 나는 조심스럽게 점쳐 보는 겁니다.

설명을 들을 수 있을까요?

그럴 수는 없어요. 물론 설명할 수는 있지만 설명하면 할수록 모호해지니까. 우리는 몇 개의 단서를 숙고할 수 있을 뿐이에요. 가령. 피스타치오나무. 우리는 우리가 보는 것을 의심할 필요가 있어요. 4인용 탁자. 세 사람. 그리고 저 피스타치오나무.

다소 의심스럽긴 해요. 애인이 말했다. 특히 피스타치오나무는 의심스러워.

나는 4인용 테이블. 시인이 말했다.

빈 의자. 경찰이 말했고 애인과 시인이 과연 그렇다는 눈으로 의자를 보게 된 것이다. 나는 이 의자가 신경이 쓰이는군요. 말해 봅시다. 이 의자를 어떻게 하면 좋을지.

집사를 불러요.

그게 좋겠군. 집사를 부릅시다. 다 같이 집사를 불러요. 그에게 물어봐야겠소. 자초지종을 알아야 하지 않겠어요. 이 모든 일의 빌미를. 시작을. 그래서 세 사람이 집사를 불렀다. 집사는 아주 친절하고 상냥한 얼굴로 세 사람에게 다가왔다. 환영합니다. 집사가 말했다. 먼 길을 오신 것 같군요. 느껴져요. 아주 먼 곳에서 오셨을 거라는 게. 세 분이 도착하던 순간부터 계속 생각했죠. 이 집에 들어오는 순간부터. 생각했어요. 아주 먼 곳을. 이란이라든지.

아니에요. 우리 세 사람 누구도. 먼 곳에서 왔을 수는 있지만 이란은 아니에요.

아일랜드군요. 그래요. 아일랜드. 당신들은 분명 먼 길을 왔고 당신들은 세 사람이고 또 당신들은 사랑에 빠져 있어요. 보면 알 수 있어요. 사랑을 위해 먼 길을 걸어온 세 사람. 나는 생각했어요. 당신들이 함께 도착하던 그 순간부터. 이란을. 이란이 아니라면 아일랜드죠. 오! 멋져요. 사랑에 빠진 아일랜드인 세 사람을 보다니. 오! 당신들은 온 거예요. 사랑에 빠지려고.

그리고 또 집사는 말한다.

슬프고 아름다운 사람들이여. 말해요. 무엇을 도와 드릴까요. 무엇이든. 말해요. 말해 봐요. 말해 줘요. 사랑에 빠진 사람들. 말릴 수 없는 사람들. 사랑을 위해 먼 길을 걸어온 세 사람.

그래요. 우리는 세 사람입니다. 이 탁자는 4인용 탁자구요.

그럼요. 4인용이죠.

그래서요. 의자 하나가 저렇게 비어 있어요. 그래서 당신을 불렀어요. 당신은 이 집의 집사고. 이제 우리에게 말해 줘요. 어떻게 하면 좋을까요. 저 의자를. 시인이 말했다. 집사에게.

우리는 세 사람이니까요. 경찰이. 말했다. 집사에게.

의자를 하나 치워야 되지 않을까요. 애인이. 말했다. 집사에게. 3인용 탁자를 주시든지.

이 집엔 3인용 탁자는 없어요. 집사는 여전히 상냥하게 그러나 다소 완고한 표정으로 말한다. 세 사람에게. 의자를 치울 수는 없어요. 4인용 탁자니까요. 아시겠지만 4인용 탁자란 의자가 네 개 있는 탁자고 이건 4인용이죠. 의자를 치울 수는 없어요.

하지만 우리는 세 사람이에요.

그들은 논쟁했고 집사는 고민에 빠졌다. 애인과 시인과 경찰도 고민하기 시작했다. 저 의자를 어떻게 해야 할까. 그들은 4인용 탁자에 앉아 있다. 4인용 탁자는 의자가 네 개다. 의자를 치우면 4인용 탁자는 해체되지, 누군가 말했다. 탁자가 해체되면 무엇이 되는 걸까. 개가 되는 걸까. 트럭이 되는 걸까. 누군가 말했고 트럭은 자리가 셋이죠, 하지만 그런 일은 없어요, 그런 일은 가능하지 않아요, 또 누군가 말했다.

이 집에 3인용 탁자는 없어요.

집사는 말한다. 3인용 탁자는 없다. 2인용 탁자는 있지만. 이것은 4인용 탁자다. 의자를 치울 수는 없어요. 집사는 계속 말한다.

이렇게 하면 어떨까요.

어떻게요.

한 사람을 초대합시다. 이 자리에. 그러면 4인용 탁자가 되고 의자 때문에 우리가 고민할 일이 없죠.

하지만 우리는 세 사람인걸요. 셋이 왔는걸요.

알아요. 알고 있습니다. 당신들은 세 사람이죠. 먼 길을 왔고. 사랑에 빠졌죠. 하지만 당신들은 문제에 봉착했고 문제는 너무나 견고해서 빠져나갈 틈이 없잖아요. 대륙처럼. 그러니 그렇게 합시다. 다른 뜻은 없어요. 나는 당신들의 사랑을 방해하고 싶은 생각은 없어요. 다만. 집사가 말했다.

다만. 시인이 말했다.

다만. 애인이 말했다.

다만. 경찰이 말했다. 다만. 집사가 말했다. 한 사람을 초대합시다. 4인용 탁자를 완성합시다.

누구를? 누구를요?

함중아. 창밖에 바람이 불고. 애인이 말했다. 우리는 모두 사랑에 빠진 적 있으니까.

히스 레저. 히스 레저를 위한 의자라고 합시다. 경찰이 말했다. 물론 조커로 분장했던 히스 레저라야 해요. 히스 레저가 트럭 운전수를 밀어내고 직접 운전을 하는 추격 신은 최고의 명장면이잖아요. 그보다 멋진 비웃음은 없어요. 조커의 웃는 모습과 총알 자국들이 유리창에 겹치는 그 장면이요.

사르트르. 장 폴 사르트르를 초대합시다. 집사가 말했다.

오! 경찰이 무릎을 쳤다. 생각지 못했는데.

사르트르라면. 무릎을 포개던 애인이었다. 나도 사르트르를 좋아해요. 기꺼이 양보하죠.

나도 동의하겠습니다. 마침 우리는 한 사람을 더 초대할 생각이었고 사실 좀 더 로맨틱한 사람을 생각했지만 가령 사과를 파는 사람이라든지 테니스 선수라든지, 테니스는 그래, 로맨틱해, 상대를 보며 상대가 보지 못하는 한 점에 집중하니까, 게다가 테니스공을 뒷주머니에 넣고 테니스 코트 밖으로 걸어 나오는 사람은 왠지 말을 잘할 것 같고 말을 건네고 싶고 로맨틱해, 럭비 선수도 괜찮죠, 수비를 잘하니까, 사르트르라면 동의할 수 있어요. 좋은 생각이에요. 좋습니다. 냅킨을 펴서 무릎에 올리던 시인이었다. 반대하지 않아요.

그럼 됐어요. 세 분이 불편하지만 않다면 이제 이 의자를 그냥 여기에 둬도 되겠죠. 당신들은 세 사람이지만 탁자는 4인용이니까요. 즐거운 얼굴로 두 손을 비비며 집사가 말했다. 이제 이 의자는 사르트르를 위한 의자입니다.

제 모자를 선물하겠어요. 갑자기 기분이 좋아진 애인이 말했다. 피곤한 표정은 사라진 뒤였다. 사르트르에게도 발언권을 줘야죠. 좋은 생각이라고 모두 고개를 끄덕이자 집사가 애인의 모자를 가져와 의자에 올렸다. 신사 숙녀 여러분! 사르트르를 소개합니다. 집사가 말한다. 그렇게 저녁 식사를 위한 4인용 탁자가 완성된다. 애인과 시인과 경찰을 위한. 그리고 사르트르를 위한 의자였다.

이제 요리사만 오면 되는군요.

그러네요. 테이블이 완성되었네요. 다만. 한 사람이 집사를 돌아보며 말했다.

불을 좀 꺼 줄 수 있겠소.

불을?

부탁합니다. 치실을 좀 쓰고 싶어요. 그뿐입니다.

아직 요리도 나오지 않았는데요. 이제 4인용 테

이불을 완성했는데요.

습관적인 거예요.

습관이시라. 집사는 잠시 의심하는 얼굴이 되었
다가 다시 상냥하고 친절한 얼굴이 된다. 이해합니
다. 치실을 써요. 하지만 꼭 불을 꺼야 할 필요는
없을 것 같은데.

밝은 곳에서 치실을 사용할 순 없어요. 한 번도 그
런 적이 없습니다. 단 한 번도. 평소엔 극장에 가요.

극장에?

치실을 사용하기에 극장만큼 좋은 곳은 없거든
요. 캄캄하니까. 잘 아시겠지만 치실을 사용하는
모습은 흉해요. 치실은 좋은 것이지만. 두 손을 입
안에 넣어 치실을 사용하는 모습을 누구에게도 보
여 줄 순 없소. 절대로. 그럴 순 없어요. 죽으면 죽
었지. 그럴 순 없죠. 나는 극장에 가죠. 마음껏 치
실을 쓸 수 있으니까. 매일 극장에 가요.

매일?

매일 갑니다.

치실을 쓰려고?

팝콘 먹을 때를 제외하고는 아무도 입을 열지 않
아요. 아무도 입을 열지 않는 곳이지만 누가 마음

껏 입을 열어도 상관하지 않는 곳이니까요. 어두우니까요. 치실을 쓰려고 내가 찢어질 만큼 입을 벌리고 두 손을 입안에 가득 집어넣고 어두운 입안을 두 손으로 헤집어도 아무도 내 입안을 들여다보지 않는 곳이죠. 편의점에 들러 치실을 사고 극장에 앉아 치실 한 통을 쓰죠. 이와 이 사이를 청소하는 거예요. 부탁해요. 불을 꺼 주세요. 잠시면 됩니다.

그래서 집사는 불을 모두 껐다. 집사가 불을 끄자 주머니에서 치실을 꺼내 그가 어둠 속에서 치실을 사용하기 시작했다. 집사와 두 사람은 조용히 기다렸다. 잠깐이라고 했지만 시간이 흘렀다. 한 번씩 치실 끊는 소리가 들렸다. 이 팽팽함. 한 사람이 말했고 집사와 두 사람, 그리고 모자 쓴 사르트르가 귀를 기울였다. 팽팽함. 누군가 또 말했고. 한 사람이 어둠 속에서 치실을 사용해 이와 이 사이를 닦았다.

입안은 항상 깨끗해야 해요. 생각해 봐요. 언제 무슨 일이 일어날지 모르는데. 음식물이 남아 있는 입을 열어 입안을 들여다보는 아내나 자식이나 검시관을 생각해 봐요. 입안은 항상 깨끗해야 합니다. 특히 고급스러운 요릿집에 올 때는.

어둠 속에서 치실을 사용하던 사람이 그렇게 말하고 있을 때였다.

나도 실례 좀 할게요. 미안해요. 내게도 문제가 좀 있어서요. 걱정이 돼서요. 밀가루와. 밖에 바람 부나요?

그럴 수도.

눈이 오나요?

모르겠군요. 확인이 필요하다면. 누가 친절하게 대답하며 일어났는데 실례할게요 말한 사람에게 그의 친절은 필요해 보이지 않았다. 선호하지 않습니다. 바틀비가 그 말을 몇 번이나 했는지 알고 있나요. 일어나던 사람이 도로 자리에 앉았고. 바틀비라면 필경사 바틀비 말인가요? 글쎄요, 세어 보진 않았습니다만 말했는데. 수백 번 세었어요. 선호하지 않습니다. 그가 몇 번이나 같은 말을 했는지 세어 봤지만 읽을 때마다 셈이 달라서 포기했죠. 왜 그럴까? 음악일까? 그건 바틀비의 음악이었고 들으면 되는 거였고 수없는 작별처럼 셀 필요 없을까.

모르겠군요. 흥미로운 얘기지만 밀가루와는 별

로 상관없는 얘기군요.

신경 쓰여. 누워 있을 때. 종이봉투 안에서 혼자 쌓이는 밀가루를 생각해 봐요. 봉투 안에서 눈처럼 조용히 흩날리고 있는 밀가루를, 눈은 아니지만 봉투 안에서 눈처럼 내리고 눈처럼 날리고 눈처럼 쌓이는 세계를 생각하며 누워 있으면 몸에서 날리는 것을 느껴. 폐에서, 입과 코와 눈에서, 몸의 내부로 내리고 날리고 쌓이는 밀가루를 생각하며 기린은 일어나요. 나무 위에 불쑥, 몸의 내부로 쌓이는 밀가루를 보며 놀라서. 불쑥, 함중아의 노래를 들으며, 함중아는 아니죠, 초원을 달리는 기린은 함중아의 노래를 싫어해요, 기린은 마음 쓰죠. 수평선을. 다 다른. 감시하고 확인하고 눕지요. 수평선을 보려고 기린이 다시 일어나 걸을 때 기린과 함께 이동하는 밀가루. 미안해요. 한 사람이 말했다. 그리고 자리에서 일어나 어디론가 급히 사라졌다. 문이 잠깐 열렸다 닫혔는데 누가 나가는 것은 보지 못했고 다만 그렇다고 생각했다. 집은 어두웠고 밖은 더 어두워지고 있었다. 어둠이 집 안으로 들어온 것처럼 생각되었지만 집이 실제로 더 어두워졌다는 의미는 아니었다. 어두워지는 집에 있으면 세상에 집이 한 채밖에 없는 것처럼 느껴지고 그런 느낌은 쉽게 확산되는 것이라서 그들은 잠시 적막과 단절을 느꼈다. 이대로 시간이 계속 흘러갈지 모른다는 걱정을 했는데 그러자 서로가 그런 걱정을 하고 있을지도 모른다는 생각이 들었다. 그렇게 걱정에 잠긴 한 사람이 어두운 집에 남아 입을 청소하는 사람과 집사, 모자 쓴 사르트르와 함께 한 사람이 오기를 기다렸지만 그는 돌아오지 않았다.

요리사는 왜 오지 않나요? 우리는 저녁 식사를 위해 이곳에 왔는데. 요리사는 어디 있소.

트럭이 아직 오지 않았어요. 늦을 겁니다. 어둠 속에서 집사가 말했다.

저기 트럭이 있지 않소. 저 밖에. 저 들에. 보리밭에.

그건 그냥 보리밭의 트럭이에요. 집사가 말했다.

보리밭에 트럭. 어둠 속에서 누가 고쳐 말했다.

어쨌든 우린 저녁 식사를 위해 왔어요. 요리사 없는 저녁 식사를 어떻게 상상할 수 있어요. 정중히 요리사를 불러 주시오.

말했잖아요. 트럭이 오지 않았소. 집사는 대답한다. 요리사는 없지만. 집사는 말한다. 피스타치오나무가 있지 않소.

그건 그렇지만.

그건 그렇소. 요리사는 없지만 피스타치오나무가 있소. 어둠 속에. 요리사는 트럭을 타고 오지요. 요리사는 늦을 겁니다. 요리사는 없지만 피스타치오나무가 있어요. 저기에.

보이지 않아요.

어두우니까.

피스타치오나무는 이란에 있어요.

알아요. 누구나 알죠. 피스타치오나무는 이란에 있소. 피스타치오나무는 이란에 아주 많소. 나도 알지요. 하지만 지금은 여기에 있소. 저기에.

보이지 않아요.

그리워하지 않으니까.

그렇긴 하지만. 그렇다 하더라도 우린 저녁 식사를 하려고 왔습니다. 요리를 위해서 왔어요. 우리에겐 요리사가 필요합니다.

말했잖소. 요리사는 늦어요. 대신에 피스타치오나무가 있어요.

당신의 발언엔 문제가 있어요. 그러니까 나와 당신의 발언엔 모두 문제가 있어요. 나는 요리사에 관해 말을 하고 있어요. 당신은 피스타치오나무에 관해 말을 하는군요.

내 발언엔 아무 문제가 없소. 심지어 나는 발언하는 나무에 관해 발언하고 있잖소.

발언하는 나무라고요?

그렇소. 발언하는 나무요.

아니요. 당신은 피스타치오나무에 관해 말하고 있어요. 당신의 발언은 발언하는 나무에 관한 발언이 아닙니다. 증명할 수 있나요? 설명이라든지.

설명하고 싶지는 않소. 설명은 위험하지. 설명하는 순간 이념주의자가 되니까. 그래도 괜찮다면 설명하겠소. 설명할 수 있고말고. 피스타치오가 익을 때 껍질이 쪼개지는 소리를 당신도 들은 적 있을 거요. 껍질이 저절로 벌어지면서 쪼개지는 소리지. 그 소리는 행운을 가져다줍니다. 그 소리를 듣기 위해 연인들이 나무 밑으로 오곤 하죠. 저 나무 밑은 그래서 연인들의 밀월 장소로 여겨져 왔소. 나무 아래서 연인들은 사랑을 속삭인다오. 당신들 세 사람처럼. 사랑을 말하고 사랑에 관해 발언하는 나무는 저 나무뿐이오. 그뿐이 아니라오. 그리고 집사가 더듬더듬 의자를 끌어왔다. 이 의자를 만져 보시오.

혼자 남은 사람이 더듬더듬 의자를 만졌다.

사르트르를 위한 의자요.

사르트르를 위한 의자죠.

저 나무로 만든 의자요. 이 의자는, 그러니까 사르트르를 위한 의자는 바로 저 나무로 만든 의자란 말입니다.

정말 저 나무로 만든 의자란 말입니까?

그렇소.

정말 그렇다면.

정말 그렇소. 그러니 저 나무는 발언하는 나무입니다.

그건 그렇지만.

그건 그렇소.

그래도 나와 당신의 발언엔 문제가 있어요. 나는 요리사에 관해 말하고 있다구요.

요리사의 자격이 무엇이오. 말해 보시오.

요리사의 자격이야 여러 가지가 있겠지요. 우선 불을 잘 다루어야 하겠지요. 그리고 향도.

향이야 설명할 필요도 없지. 향긋하지요. 시바 여왕이 자신의 궁전에 피스타치오나무를 심었던 이유도 그럴 것이오. 생각해 보시오. 죽음의 집에 가득한 향기를. 피스타치오를 아는 사람들은 그래서 생피스타치오를 즐깁니다. 그리고 피스타치오나무는 불을 잘 다뤄요. 심지어 자연발화도 합니다.

자연발화라구요? 설명이 필요한 것 같군요.

설명해 드리지. 설명하려고 집사가 있는 거니까. 피스타치오는 왕성하게 숨을 쉰단 말입니다. 그래서 운송에 어려움을 겪는다더군요. 다른 곳으로 운송하기 위해 배에 실으면 생피스타치오를 실은 화물칸에서 자연발화하는 경우도 더러 있습니다.

괜찮을까요.

괜찮을 겁니다.

걱정이군요. 그래도 걱정이에요. 저곳엔 세 사람이 앉아 있는데. 피스타치오나무가 있던 곳. 그러니까 발언하는 나무가 있던 곳. 남은 한 사람이 일어나 더듬더듬 창가로 다가갔다. 어쩌면. 그가 걸어간 곳에서 목소리가 들렸다. 모두 발화해 버렸으면 어쩌죠.

*

보리밭에 트럭 때문에 늦었어요. 시인이 말했다.

고장이 났군요. 사고가 났거나.

아닙니다. 아니에요. 고장이 났을 수도 있지만 그건 상관없는 일이에요. 그건 모르는 일이에요. 트럭은 말짱하게 서 있었으니까. 오래도록. 한 사람이 노래를 하고 있었어요. 트럭 안에서. 시인은 슬퍼 보였다.

왜요. 왜 트럭 안에서 노래를 했나요. 애인이 물었다.

모릅니다. 묻지 않았으니까. 모르는 사람인걸요. 한 번도 본 적이 없어요. 아이인지 어른인지 남자인지 여자인지도 모르겠소. 나는 그냥 지켜봤어요. 노래하니까. 트럭 안에서 혼자 노래하는 사람을 본 적 있어요?

없네요.

그런 일은 없죠. 그런 일은 없어요.

나도 그래요. 그런 일은 처음이오. 흔들리는 트럭 안에서 혼자 노래하는 사람. 나는 그냥 지켜봤어요. 노래를 그칠 때까지. 떠날 수 없다는 생각을 했을 뿐이에요. 그래서 늦었죠.

그래서요? 노래는 끝났나요? 트럭은 떠났나요?

모릅니다. 그리고 시인이 창밖을 내다봤다. 흔들

리는 보리밭에 트럭이 있었다. 흔들리는 보리밭에
가려서 다시 보면 트럭은 트럭이 아닌 것도 같았어
요. 정말 트럭일까? 트럭이라면 바람에 흔들릴까.
트럭이 보리밭처럼 흔들리고 있었거든요. 그래서
다가갔죠. 트럭 안에 노래하는 사람이 있는데 어둡
고 흔들려서 트럭은 트럭인 듯도 싶고 약간의 봉투
처럼도 보였어요. 그래서 다가갔죠. 가까이 다가가
보노라니 사람이 아니라 진달래였어요.

진달래?

진달래 맞아요. 진달래일 수밖에 없어요. 진달래
가 아니면서 진달래처럼 노래하는 사람은 본 일이
없으니까.

젠장. 경찰이 한마디 욕을 하며 일어난 것은 시
인이 습관적으로 머리를 만지며 생각에 잠기던 순
간이다. 트럭이든 봉투든 내 알 바 아니오. 진달래
도 알 바 아니오. 맘이 편치 않은 사람처럼 큰 소
리를 내뱉었으므로 집사까지 깜짝 놀라 그를 보게
되었다. 그가 느닷없이 소리치는 모습은 드물었기
때문이다. 스스로도 놀랐는지 미안한 얼굴을 했고
나시 앉았지만 격앙되어 보였다. 미안해요. 하지만
나는 얼른 이 모임을 마치고 집으로 돌아가 쉬고

싶은 마음뿐이오. 그런데 관심도 없는 트럭 얘기나 하고 있으려니. 사실 나는 여기 오지 않으려고 했소. 극장에 있었거든요. 나는 극장에서 편안함을 느껴요. 혼자였냐고요? 아니요. 사람이 많았습니다. A 열부터 K 열까지 열한 열이 있는 극장이었죠. 한 열에 열여섯 개씩 의자들이 있는 극장이었소. 두 개의 통로가 있는 극장이었소. 빈 의자가 없었지요. 영화를 절반쯤 보았을 때 시간이 늦었다는 걸 알았어요. 치실만 사용하고 극장을 나오려고 했지요. 그랬는데. 의기소침한 얼굴로 경찰이 말을 멈췄다. 초조해 보였다. 그때 알았소. 집에 치실을 두고 왔다는 걸. 편의점에도 들르지 않았고.

그랬군요. 애인이 안타까운 표정으로 경찰을 바라보았다. 그래서요. 그래서 어떻게 했나요?

고민했죠. 어떻게 해야 할까. 나는 용기를 내기로 했어요. 옆 사람에게 물었어요. 실례지만 치실을 얻을 수 있겠습니까? 정말 미안합니다.

뭐라던가요? 시인이 물었다.

없다더군요. 치실이.

그렇겠죠.

그렇죠.

그러고 싶진 않았지만 할 수 없이 나는 다른 이들에게 물었습니다. 앞사람에게. 뒷사람에게. 간신히. 정중하게 물었죠. 정말 정중하게 물었어요. 아주 작은 소리로. 어깨를 살짝 두드리며. 미안합니다. 너무나 큰 실례인 줄은 알지만 치실이 없어서요. 치실을 얻을 수 없겠습니까. A 열부터 K 열까지. 어둠 속에서. 두 개의 통로를 오가며. 희미한 불빛의 계단을 오르내리며. 혼자 콜라를 마시는 사람에게. 팝콘을 먹는 연인들에게 물었죠. 양해를 구하고 사정하고 정중하게 물었어요. 그리고 다시 말을 멈췄다. 모두 자리를 떠난 후 어두운 극장에 혼자 앉아 있었어요. 빈 의자들을 보며.

울었나요.

슬펐어요.

그리고 밖이 어두워졌다. 보리밭이 흔들렸다. 바람 소리가 들렸다. 모두 창밖을 보고 있었다. 트럭 안에 사람이 있는 것 같아. 누군가 말했다. 한 사람이 아닌 것 같아. 두 사람이 아닌 것 같아. 우나. 싸우나. 사랑을 나누나. 저걸 봐요. 노래하는 사람. 기린처럼 노래하는 사람. 진달래처럼 노래하는 사람. 각기 다른. 슬프고. 낮은 노래. 작은 나무. 낮은

새. 어둡고 다 다른. 누군가 말했다. 발언하는 나무. 누군가 말했다. 더 생각하자. 행복해질 때까지 더 생각하자.

의자 하나는 어디로 갔나요. 의자가 하나 더 있었는데. 아무도 앉지 않은 의자가.

아무도 앉지 않은 의자는 없었어요. 우리 세 사람뿐인걸요.

하지만 4인용 탁자였잖아요. 분명히 의자 하나가 더 있었어요. 애인이 말했다.

안개였겠죠. 시인이 말했다. 의자는 보지 못했어요. 내가 본 건 푸른 안개뿐이었는걸요. 이것 봐요. 아직도 있어요. 우리를 감싸고 있잖아요. 우리를 둘러싸고 있어요.

아니에요. 분명 의자였어요.

개였어요.

그런 일은 없어요. 그런 일은 없었죠. 경찰이 말했다.

예약하신 요리가 나왔습니다. 세 사람이 그렇게 안개와 의자와 푸른 개에 관해 말할 때 두 손으로 수레를 밀며 친절한 얼굴의 집사가 테이블로 다가왔다.

요리사가 왔군요!

그럼요. 이미 오래전부터 기다렸는걸요. 여러분이 너무 늦지 않을까 걱정하며 기다렸답니다. 세 분만을 위한 아주 특별한 요리라고 말씀하셨습니다.

아. 행복해. 하지만 하얀 식탁보가 우리를 벌써 행복하게 했는걸요.

다행입니다. 많이 걱정했어요. 행복하지 않을까봐. 물론 크게 걱정하진 않았어요. 세 분은 행복해 보였거든요.

우리가 행복해 보였나요?

그럼요. 설명이 필요 없을 만큼. 사랑에 빠지면 금세 알 수 있죠. 설명이 필요 없죠.

집사가 사랑이 가득한 눈으로 세 사람을 본다. 세 사람은 탁자에 앉아 있다. 탁자에는 세 개의 의자가 있고 꽃이 있었더라면 더 좋았을 거라고 누가 말했지만 꽃은 필요 없다고 다른 누가 말해서 꽃이 없어도 좋았다. 4인용 탁자와 하얀 식탁보와 냅킨. 접어서 간결하게 꽂아 놓은 냅킨. 위생지 위에서 빛나는 나이프와 포크. 이거면 충분해요. 그리고 향긋한 냄새가 났다.

좋은 냄새였다.

하지만 분명 푸른 개였어. 음식을 먹으며 말했지만.

안개였소.

그리고 이 일은 이렇게 끝난다. 요리를 먹던 세 사람이 하얀 식탁보 위에 포크와 나이프를 내려놓고 냅킨으로 입을 닦으며 집사를 불렀다.

시키실 일이라도?

시킬 일이라기보다는. 애인이 집사에게 말했다. 요리에서 요리사가 나왔어요. 요리에서 요리사가! 왜 요리에서 요리사가 나오죠?

어디 봅시다. 나비넥타이를 고쳐 맨 집사가 안경을 쓰고 하얀 장갑을 끼고 탁자로 다가와 4인용 테이블 위에 놓인 요리를 자세히 살폈다.

첨가되었군요.

누락되었겠죠.

첨가죠. 요리에서 요리사가 나왔으니. 친절한 얼굴로 집사가 말했다.

누락이죠. 피스타치오나무가 빠졌으니. 시인이 말했다. 대신에 요리사가 나왔으니.

집사는 아무래도 첨가라고 말한다. 누락이죠. 세 사람은 굽히지 않는다. 4인용 테이블에 앉아 네 사람은 서로에게 설명한다. 미안합니다. 첨가되었어요. 미안할 건 없어요. 우리가 말하고 싶은 것은. 누락되었다는 거예요.

아아. 모르겠소. 우리가 왜 이런 저녁 식사를 해야 하는지. 이런 식사는 생각지 못했어요. 누군가 괴로워하며 말했다. 집에 4인용 탁자가 있고 탁자 위에 깨끗한 식탁보, 부드러운 냅킨, 피스타치오와 푸른 안개, 꽃 없는 탁자에 앉아 세 사람이 고민에 빠진다.

요리를 어떻게 해야 할까요? 요리에서 요리사가 나왔으니. 요리에서 왜 요리사가 나올까.

암살자일까.

집사를 죽일까, 계속 말했는데 아무도 의견을 내지 않아서 아무도 말하지 않은 것 같았다. 불을 꺼 주시겠소. 한 사람이 집사를 불렀다. 식사를 하셔야 할 텐데요. 불편할 텐데요. 하지만 체념한 사람처럼 집사가 곧 일어났다. 불을 끄자 집이 어두워졌다. 유리창으로 무언가 스쳤다. 희끗 자국이 남았지만 녹았고 이내 달려들며 눈 자국을 남겼다. 식탁보처럼. 달라붙는 자국과 진달래처럼 노래하는 사람이 끝없이 유리창에 겹쳤다.

해변의 신들

아름답고 복수심에 가득 찬 것 같아.

애인이 말했다.

버스 정류장은 그래. 한곳을 바라보노라면 그런 생각이 들어. 무언가 복수심에 가득 찬 기분이란 말이에요. 그런데 일어나려면, 아름다웠구나, 그래서 일어날 수가 없어.

세 사람이 그런 주제로 이야기를 나누며 시간을 보냈다. 버스 정류장에 앉아 잡담을 할 때 꺼내는 이야기의 주제들이란 게 뻔해서 아름다운 것, 아름다웠던 것, 날씨라든지 기분이라든지 정류장에 두고 간 우산이라든지 복수심, 구름과 땅콩나무, 땅콩나무는 따뜻한 땅콩나무, 땅콩나무는 야구장이나 버스 정류장에서 누구나 떠올리는 땅콩나무, 어두워지면 비누 냄새 마가린 냄새 풍기는 따뜻한 땅콩나무 애기를 했다.

정말 마가린 냄새가 날까요? 애인이 물었다.

마가린 냄새 나요. 시인이 말했다. 어두워지면요. 저녁에 열린 창으로 흘러나오는 마가린 냄새 좋지 않아요? 나는 무척 좋아하는데.

좋아요. 몹시 좋아요.

누구나 좋아하죠.

시인이 말할 때 어디선가 야구공이 날아왔다. 날이 어둡지는 않았지만 모두 한곳을 바라보고 있었기 때문에 어느 방향에서 날아왔는지 알 수 없는 야구공이 애인의 발밑으로 굴러왔다. 어디서 날아오는 걸까. 야구공을 보며 시인이 그랬는데 조금 전에도 그런 말을 한 것 같은 느낌이 들었고 그래서 야구공보다는 그 점에 관해 시인은 생각하게 되었다. 버스 정류장엔 항상 야구공이 있어요. 그렇게 말한 사람은 애인이었다. 애인이 야구공을 발로 톡 찼다. 버스가 다니는 길 쪽으로 야구공이 굴러갔지만 길 건너편으로 다 굴러갔는지는 알 수 없었다. 누구나 야구공을 던지고 야구공은 어디로든 날아가니까요. 애인이 말했다. '누구나'는 아니라고, 일어나 앉으며 독일인이 혼잣말하듯 중얼거린 것과 애인의 혼잣말 사이에 약간의 간격이 있었지만 거의 동시인 것 같기도 했다. 독일인은 나무 의자에 누워 있었다. 나무 의자는 비에 젖어 조금 축축했고 나무 썩는 냄새가 났다. 나도 마가린 냄새를 좋아하지만 저녁에 열린 창으로 흘러나오는 마가린 냄새는 서글픈 느낌이 들어. 누구에게랄 것 없다는 듯 독일인은 말했다. 서글프다기보다는 뭐랄까, 뭐라고 표현하면 좋을까, 죽은 사람이 그 집에 있을 수도 있잖아요. 생각해 봐요. 누군가 죽은 집이 있는 거예요. 탁자에는 마가린이 한 덩이 놓여 있고요. 그러니까 창이 열린 집에 마가린 덩어리와 죽은 사람이 있는 거죠. 음악 소리가 들릴 수도 있어요. 물론 음악은 들리지 않을 수도 있겠죠.

그리고 독일인이 알 수 없는 표정을 지었는데 대화의 논리보다는 자기가 한 말의 의미를 생각하는 듯 보였고 우울해 보였다.

알아요. 우울해 말아요. 우리 다른 얘기 해요.

땅콩나무도 좋고 야구공이나.

버스 정류장이나.

복수심.

멀리서 노랫소리가 들렸다. 먼 데서 들려오던 노랫소리는 이내 가까워졌고 가까워졌지만 알아들을 수 없는 노래였다. 휘파람도 같고 엽총 소리도 같았다. 세 사람이 말을 멈추고 한곳을 바라보았다. 버스 정류장 맞은편에서 어떤 움직임이 있었는데 세 사람이 이야기를 나누는 동안에 아무도 지나간 적이 없었고 버스도 지나간 적이 없었기 때문에 세 사람은 주목해서 보았다. 머리에 무엇을 쓴 사람들이었다. 사람인지 분명하지 않았다. 한 사람처럼도 보이고 세 사람처럼도 보였으며 수많은 사람으로도 보였다. 버스 정류장 맞은편이 조금씩 어두워지고 있었기 때문이다. 무엇인가를 함께 뒤집어쓴 채 천천히 그들이 움직였던 것이다. 한 덩어리 마가린으로도 보였다. 잠깐 향기가 난 것 같다고 누군가 말했지만 그렇다든지 그렇지 않다든지 대답하는 사람이 없었다. 검고 마가린 덩어리 같은 형체는 버스 정류장에서 점점 멀어져 해변 쪽으로 움직였다. 해변은 멀었다. 아주 멀어서 그것이 해변인지도 알 수 없었다. 곡선의 어두운 저것이 무엇이냐고, 프라이팬 같아요, 누구에게랄 것도 없이 그저 말했을 뿐이다. 저 사람들이 머리에 쓰고 가는 저게 뭘까요. 행글라이더 아닐까요. 누가 그렇게 대답했지만 다른 누구는 그게 아닐 거라고 했다. 커다란 모자 같아요.

그렇군요. 나는 꿩이라고 생각했는데.

어디선가 야구공이 굴러와 세 사람이 야구공을 보고 있는 사이 버스 정류장 이편까지 어두워졌다. 어둠이 길을 건너 이편으로 오는 모습은 마가린이 조금씩 녹아 브라운으로, 점점 더 탁한 브라운으로 변해 가는 모습과 같았다. 아름답다고, 아름다워서 일어날 수가 없다고, 시간의 흐름이라기보다는 어둠이라는 물질이 부드럽게 녹고 있는 상황 같아서 무엇이 어둠과 함께 녹으며 프라이팬 위를 걸었다.

결혼할 뻔했어.

한 사람이 흐느꼈다.

알아요. 우리가 증인이잖아요.

다행이야. 정말 다행이에요. 당신들이 증인이어서. 흐느끼던 사람이 말했다. 두 사람의 증인이 있어서.

증인은 두 사람이어야 해요.

그리고 눈으로는 서로를 구별할 수 없었기 때문에 세 사람은 담배를 피워 물었고 담뱃불 말고는 서로가 서로를 분별할 수 없어 담배를 피우며 셋은 붙어 앉았다.

우리는 왜 담배를 피울까요. 몸에도 안 좋다는데.

멀리 있기 때문일 거예요. 모든 것이 멀리 있어서. 너무 멀어서 담배를 피우는 거예요. 시인이 담배를 또 피워 물었다. 연기가 맴돌다 천천히 밖으로 흘러갔는데 셋이 연기를 보고 있을 때 버스 정류장 안으로 야구공 하나가 또 굴러 들어왔다. 이따금씩 그런 일이 있었다. 버스 정류장 여기저기 야구공이 많았다.

그럼 우리는 너무 멀군요. 야구공처럼.

야구공!

네. 야구공도 멀리 있으려고 있는 거예요.

아름다움도. 아름다움이라는 것도 그래요. 운전을 하다 보면 알게 돼요. 아름다운 길은 항상 다른 길의 끝에 있어요. 언제였던가. 양평 가려다 청평으로 잘못 든 길이었는데. 시인이 옛일을 회상하는 눈으로 먼 곳을 보았다. 한 덩이 마가린 같은 무엇이 걸어간 방향이었다. 구름이 걸렸고 구름인지 무엇을 뒤집어쓴 사람들의 형체인지 몰랐는데 어둠 속에서 브라운으로 물들고 있었다. 아주 밝은 브라운이었다. 움직이지 않는 것도 같았다. 마치 어떤 형상처럼 타들어 가고 있었다. 너무 밝아서 세 사람의 시선을 앗아 가 버렸고 그래서 세 사람은 말없이 바라볼 수밖에 없었다. 말할 수 있는 게 거기까지네요. 시인이 입을 다물었다.

버스 정류장도 멀리 있으려고 있죠.

그런가요.

잘 봐요. 연기를 뱉을 때마다 정류장이 생기잖아요. 그리고 흘러가요. 잠시 머물다. 정류장이니까. 독일인이 후 하고 연기를 뱉었다. 연기가 뭉치며 담배 든 손을 휘돌아 어디론가 흘러갔다. 정류장이 흘러서 정류장이 많아지는 거예요. 그렇구나. 셋이 웃었다.

하지만 이해해요. 많아진다는 말. 정말 이해해. 가령 말이에요. 버스 정류장은 버스 정류장을 자꾸 생각하게 해. 집은 그렇지 않은데. 집에 있으면 집 밖에 있는 것을 생각하게 되잖아요. 집이 아닌 무엇을 생각하거나. 코끼리 열차도 그래요. 가령 말이에요. 코끼리 열차를 타고 있으면 코끼리를 생각할 순 있지만 코끼리 열차를 생각하지는 않아요. 코끼리를 생각하거나 코끼리를 생각하다가 낙타, 치타, 순두부, 비눗방울, 그런 식으로 생각하게 되잖아요. 정류장은 이상해. 버스 정류장에 있으면 버스 정류장이 생각나.

그냥 기분 아닐까요. 독일인이 까딱까딱 발 장난하는 애인을 돌아보며 말했다. 그리움이거나. 머물다 떠나고. 흘러오고.

그리움은 아닌 것 같아. 떠나진 않아요.

그럼 관념일 거예요. 시인이 눈까지 흘러내린 머리칼을 손으로 쓸어 올렸다.

모르겠어요. 항상 그 생각을 하지만 나는 아직도 모르겠어. 기분일까 그리움일까 관념일까. 셋의 차이는 뭘까. 뭘까요? 그때 바람이 불었고, 바람에서 코끼리 냄새가 났다고 애인이 말했지만 이건 코끼리 냄새가 아니라 버스 정류장 냄새라고 버스 정류장에서는 이런 냄새가 난다고 누군가 고쳐 말했다. 버스 정류장에서 나는 냄새는 무엇이냐고 또 물었지만 아무도 대답하고 싶지 않았기 때문에 시인과 애인과 독일인은 기분과 그리움과 관념의 차이에 대해서 계속 생각했다. 나무들이 술렁대. 한 사람이 두 사람에게 말할 때 버스 정류장은 그래, 바람이 불고 야구공이 날아오고 나무들이 술렁대, 두 사람 중 한 사람이 말했다. 좋아라. 애인이 술렁대는 나무들 사이를 뛰어다녔다. 나무들이 술렁대서 버스 정류장 안에 나무들이 가득한 것처럼 보였다. 술렁대는 나무들 사이로 연기가 흩어져서 술렁대는 것이 나무인지 연기인지 알 수 없었다. 아아. 좋아라. 나무들이 술렁대는. 나무들이 술렁대서. 버스 정류장은 다 그런걸요. 술렁이는 나무들 사이에서 누군가 또 말했고 한 사람이 두 사람에게 말한 것인지 두 사람 중 한 사람이 말한 것인지 몰랐지만 몰라도 괜찮았고 담배를 피웠고 나무와 연기와, 연기는 버스 정류장에서 흩어지는 연기였고 바람 불면 멀리 흘러가는 연기였고 애인이 피우는 연기였고 한 사람이 두 사람이 세 사람이 뱉은 연기였는데, 술렁였는데, 코끼리 열차와 마가린이 차례차례 그리움이 차례차례 술렁였다. 뭘까. 개의 머리와 개의 머리처럼 섞이며 술렁대는 이것이 뭘까, 생겨나는 것과 사라지는 이것이 뭘까, 그게 무엇일까 생각하며 세 사람이 버스 정류장에 앉아 있었다. 눕기도 하고 일어나기도 하고 걷기도 했다. 우리 코끼리 열차 타요. 여긴 버스 정류장인걸요. 코끼리 타요. 여긴 버스 정류장인걸요. 그럼 불에 타 버려요. 버스 정류장인걸요. 사람들이 놀랄 거예요. 미안하잖아요. 그렇군요. 미안합니다.

코끼리에게도 미안하네요. 미안합니다.

순두부에게도. 미안합니다.

당신들에게도.

괜찮아요. 그냥 버스 정류장인 거죠. 버스 정류장엔 어디에나 그런 것이 있어요. 코끼리. 땅콩나무. 미안함. 이런 것들이 늘 있죠. 버스 정류장이니까.

그래요. 버스 정류장이니까. 우리 이제 가야죠. 일어나긴 싫지만. 다음 정류장까지는 얼마나 멀까.

이제 가자고 세 사람이 일어날 때 버스 정류장 저편으로 면사포가 날아갔다.

아! 하고 탄식했지만 아무도 달려가지는 않았다.

*

이것 봐요. 물이 조금씩 물러나고 있어요.

조수 간만이 있으니까요.

해변을 걷던 세 사람이 걸음을 멈췄다. 물이 올라왔던 자국이 바다 쪽으로 물러나고 있었다. 그것은 해변의 나이테 같아서 오래전에 생긴 선과 조금 전에 생긴 선이 구별되었다. 시간의 띠일 거라고 말하며 세 사람이 바다 쪽으로 조금씩 걸어 들어갔다.

계단 같네. 시인은 일행의 가장 뒤에서 발밑을 보며 걷고 있었다. 바다로 가는 계단.

그럼 우리 맨 아래층까지 내려가요. 조개도 보고 상어도 보고. 지하까지 가요. 쫄면 먹어요. 어느 백화점이든 쫄면은 다 지하에서 팔잖아요. 스웨터를 파는 곳도 있을까.

애인이 말했다.

당신이 입고 있는 스웨터도 예뻐요. 진달래색 좋아요.

알아요. 그냥 여러 뜨개의 스웨터를 입어 보고 싶은 거예요. 스웨터마다 뜨개가 다르거든요. 나는 하루에 다섯 번 산책을 하는데 그때마다 스웨터를 갈아입어요. 스웨터를 입고 걸으면 시간을 느껴요. 빛이 들어와 고이니까요. 실과 실 사이로 빛이 들락거려요. 멀리서 온 빛이. 빛은 멀리서 오는 거예요. 스웨터를 입고 걸으면 먼 곳과 가까운 곳의 시간이 함께 풀려나자는 걸 느끼죠.

멀리서 자동차 불빛이 반짝이며 가까워지다가 멀어졌다. 애인과 시인과 독일인. 그렇게 세 사람이 걷기도 하고 해변에 누워 있었다.

밤에 해변에.

아름다워. 구름을 봐요. 어디선가 몰려오는 구름. 밤인데도 해변인데도 구름은 이렇게. 구름은 얼음인가 봐. 녹으며 형태를 바꿔요. 개처럼도 흐르고 개의 머리와 개의 머리가 섞여요. 애인이 일어나 몇 걸음 다시 걸었다. 복숭아나무를 파는 사람이 해변에 서서 복숭아나무를 팔았다. 이 달콤한 향기. 모두가 들을 수 있는 목소리로 독일인은 말하고 구름을 보며 시인은 앉았고 복숭아나무를 파는 사람은 복숭아나무를 팔았다. 누군가 에어플레인, 에어플레인 하고 외쳐서 독일인과 애인과 시인과 복숭아나무 파는 사람이 동시에 하늘을 올려다봤지만 아무것도 보이지 않았고 무엇인가 에어플레인처럼 그들 사이를 날아갔다.

복숭아나무예요.

깻잎.

아! 깻잎 먹고 싶다. 하지만 복숭아나무예요.

행글라이더죠.

복숭아나무가 맞아요. 이 향기. 행글라이더라면 좀 더 바람을 잘 탔겠죠. 복숭아나무 있던 집이 그리워라.

집에 복숭아나무가 있었군요.

아니요. 내가 살던 집에 복숭아나무 없었어요. 동네 어디에도 복숭아나무라곤 없었죠. 이렇게 해변에나 와야 볼 수 있는 거죠. 그냥 복숭아나무 있던 집이 그리워라. 바람 부니까. 바람 불고 비행기 날아가면 복숭아나무 있던 집 그리워라.

그래서 해변에 왔잖아요.

사람들이 모두 해변만 보고 있어요. 아무도 서로를 보고 있지 않아요.

신이 우리를 보고 있을 거예요. 해변을 보며 담배를 물고 앉아 있던 시인이 말했다. 오래전부터 그렇게 담배를 물고 앉아 있었다. 신이 볼 때 인간이 만든 것 중에 가장 아름다운 건 담배 연기죠. 신이 만들 수 없는 유일한 것이니까요. 입안에 연기가 가득한 동안 신은 인간의 입을 바라보고 있죠. 그러고는 시인이 연기를 뱉었다. 연기가 뭉치

며 흘렀는데. 밤에 해변에 뭉치며 흐르는 것이 많
았다. 해변 저쪽에서는 불빛이 가물거렸다. 빛의 수
도꼭지가 있는 것처럼 천 명이 만 명이 수도꼭지를
풀고 잠그는 것처럼 불빛이 나타났다 사라지고 다
시 나타나 가물거렸다. 무엇을 파는 사람도 많았는
데. 깻잎. 복숭아나무. 수도꼭지. 파이프를 파는 아
이와 여자는 복숭아나무를 파는 사람 옆에서 잠들
어 있다.

독일 같아. 사람들을 따라 파도가 밀려오는 곳
까지 갔던 독일인이었다. 복숭아나무 파는 사람 곁
에서 잠든 여인과 아이를 보며 그가 말했다.

독일 같아.

뭐가 독일 같아요? 밤공기? 해변?

그냥요. 지나가는 것. 내게서 멈춘 것. 그리움일
까. 관념일까. 말할 수 없지만 그것들이 섞이는 느
낌. 독일에 간 적은 없어서, 당연히 독일의 해변에
가 본 적도 없고요, 그러니까 독일의 해변이 아니
라 그냥 독일 같아요. 당신이 말한 구름처럼. 여기
서 잠시 섞인. 개의 머리. 역시 말할 수 없군요. 미
안해요.

아니요. 미안할 건 없어요. 애인은 팔베개를 하

고 누워 발 장난 중이었다. 당신이 독일이라면 독일인 거죠. 기분이잖아요. 그리움이거나.

아니요. 기분이라면 지나간 것이잖아요. 그리움이라면 멈춘 것이고. 그런 것은 아니에요. 뭐랄까. 그냥 독일 같아요. 그러니까 그냥 '독일 같다.'라는 말이에요. 그리고 독일인은 무언가 더 설명할 것처럼 하지만 아무것도 설명할 수 없는 것처럼 곤란해했다.

나도 그런 비슷한 생각을 한 적이 있어요. 누군가와 사랑에 빠졌을 때인데 내 사랑이 독일인의 사랑 같다는. 독일인은 만난 적 없는데. 아마 책을 읽었기 때문인지도 몰라. 어쩌면 정말 독일 사람과 연애를 한 적이 있었을까요? 잘 기억나지는 않지만. 틀림없어요. 나는 아마 독일 사람과 사랑에 빠졌을 거야.

사랑은 모르겠지만. 독일인이 눈을 감고 말했다. 독일 같아.

독일은 아닐 거예요. 시인이 말했다. 독일은 아니에요.

어째서요.

구름을 봐요. 저기 복숭아나무를 파는 사람. 깻

잎 파이프와 수도꼭지. 이런 슬픔은 독일과는 달라. 독일은.

독일은.

이런 밤과는 달라. 독일은.

독일은. 사랑은. 음. 그럴 수도. 모르겠어요. 당신 생각은 어때요?

나는 그냥. 애인이 야구공 파는 사람 곁에 앉아 복숭아를 닦듯 쓱쓱 소매로 야구공을 하나씩 닦았다. 해변에 야구공 파는 사람이 많았다. 야구공이 좋아요. 내가 말했나요. 나는 아침에 일어나면 야구장에 가고 야구공이 날아오기를 기다리며 앉아 있어요. 그 시간이 좋아. 앉아서 기다리는 시간. 기다리지 않아도 좋아요. 아무튼 앉아서 누군가 야구공을 찾으러 오면 야구공을 주워 그에게 주죠. 그리고 그 사람을 몹시 좋아하게 돼요.

구름 같군요. 시인이 말했다.

내가 그래요?

구름이 그래요. 어떤 생각을 지금부터 생각하게 해. 어떤 생각을 지금까지 생각하게도 하고.

어떻게 다른 말일까.

모르겠어요. 구름은 어디서 오는 걸까. 어려서

그 생각을 했는데 그 생각을 지금까지 하고 있어요. 지금부터 그 생각을 생각하기도 하고. 정말 구름은 어디서 오는 걸까.

어딘가. 따뜻한 주머니가 있겠지. 따뜻하고 부드러운 주머니가.

아주 커다란 주머니여야 하겠군요.

클 필요는 없어요. 형태는 있지만 구름이 딱딱한 사물은 아니니까.

그렇다고 추상은 아니잖아요. 추상일까. 고흐처럼. 고흐는 그랬지. 형태가 있는 추상을 추구했지. 어디선가 읽은 기억이 나요. 로댕이었나.

나는 읽어 보지 못했지만 저이 말은 맞아요. 나역시 어떤 생각을 지금까지 했지만 그 생각을 지금부터 생각하게 됐으니까요.

뭘까요. 구름. 얼음. 울음. 뭘까.

독일. 독일을 생각하고 있어요. 애인 곁에 누우며 독일인이 말했다. 지금 막 독일을 생각하게 됐어요. 독일인의 정치. 독일인의 사랑. 독일의 납. 독일의 꽃. 그냥 독일.

그냥 독일.

종로.

종로? 그냥 종로?

모르겠어요. 시인이 바람에 날린 머리칼을 쓸며 말했다. 무슨 종로인지. 종로에 가 보고 싶어.

나는 종로서적.

종로서적이 종로에 있을까요?

있겠죠. 종로니까. 종로서적. 종로담배. 종로사랑. 종로이별.

종로깻잎. 종로깻잎 먹고 싶어요.

대부분이 비어 있는 종로. 애인의 팔을 베고 누워 시인이 말했다. 대부분이 비어 있는 종로에 가고 싶어. 시인이 머리칼을 또 쓸어 올렸다. 대부분이 비어 있는 종로로 휴가를 가는 거예요. 4분의 3이 8분의 7이 빈 종로로. 멋질 거예요. 책도 읽고 도시락도 먹고 야구도 하고 시인이 누워서 서핑하는 시늉을 해 보였다. 서핑도 하고요. 종로는 대부분이 비어 있는 종로고 어둡고 발자국이 어지럽고 대부분이 멀어지는 종로니까요. 시인은 말하며 종종 고개를 끄덕였다. 종로는 어디일까. 종로의 대부분이 종로를 생각하며 종로를 따라 걷는 거예요. 기도하는 거예요. 신이 있다면 종로에 있겠죠.

그럼 다음엔 해변에 오지 말고 종로 가요. 종로

서적 가요. 대부분이 비어 있는 종로 가요.

그냥 종로.

그냥 종로라고 세 사람이 한 번씩 말을 입속에 넣어 말했다. 그때 해변 한가운데에 어떤 형상이 생겨나고 있었다. 일렁이는 물결 같기도 했고 물결에 뒤집어지는 빛 같기도 했다. 빛이 아닌 것도 같았는데 불분명했지만 가끔씩 영롱했고 빛과 모양을 버리려는 것처럼도 보였다.

다만 그윽했다.

밤에 해변에.

알 수 있는 것이 있고 알 수 없는 것이 있어서 그냥 독일이 있고 구름이 있어서 야구공을 파는 사람이 있었다.

우리 이것을 던져요. 애인이 말했다. 해변에선 야구를 해야 맛이죠.

하지만 밤인걸요. 야구공이 어디론가 사라지고 말 거예요.

그럼 어때요. 여기 이렇게 야구공이 많은데. 야구공은 담배 연기 같아. 던지면 사라져.

나는 스웨터라고 생각했는데.

왜요.

글쎄요. 독일인이 야구공을 들어 손으로 만지작거렸다. 실밥 때문일 수도 있겠죠. 어쨌든 나는 야구공을 보면 스웨터 생각이 납니다.

난. 시인이 야구공 실밥에 손가락을 얹고 마운드에 선 투수처럼 야구공 던지는 시늉을 했다.

나는, 프랑켄슈타인.

프랑켄슈타인!

그럼 우리 프랑켄슈타인을 던져요.

애인이 먼저 일어나 야구공을 던졌다. 잘 가. 프랑켄슈타인. 애인이 던진 야구공은 곧 사라졌다. 안녕. 프랑켄슈타인. 시인이 던진 야구공도 어디론가 사라졌다. 스웨터 입은 프랑켄슈타인. 독일인도 야구공을 던졌다. 애인이 던지고 독일인이 던지고 시인이 또 던졌다. 잘 가. 잘 가. 잘 가. 담배 피우는 프랑켄슈타인. 그냥 프랑켄슈타인. 그냥 담배 피우며 그냥 스웨터 입은 그냥 프랑켄슈타인. 잠시 귀를 기울이기도 했지만 야구공 떨어지는 소리가 들리지 않았다. 이번엔 우리 다 함께 던져요. 애인이 말해서 애인과 시인과 독일인이 함께 야구공을 던졌다. 세 사람은 또 귀를 기울이며 서 있었고 어디에서도 아무 소리도 들리지 않아서 계속 야구공을 던졌다.

아. 힘들어. 나는 이제 지쳤어요. 팔도 아프고. 머리어깨무릎발무릎발 다 아파.

그럼 우리 담배나 피워요.

좋아라. 그래요. 담배 피워요. 해변에선 담배를 피워야죠. 아. 우리 신발을 벗어요. 해변이니까. 당신들. 맨발로 담배 피워 봤어요?

아니요.

밤에 해변에. 그렇게 세 사람이 맨발로 걸으며 담배를 피웠다. 연기를 발에 뱉으면 연기가 맨발 위에서 발을 타고 휘돌다 사라졌다. 그리고 다시 손을 감싸며 연기가 생겨났다.

플라이 낚시 같아.

한 사람이 담배를 피우면 두 사람이 함께 피웠다. 연기가 플라이 낚시처럼 길게 해변으로 날아갔다.

왜 이걸 몰랐을까. 맨발로 담배 피우는 맛. 좋아라.

밤의 모래가 발가락 사이로 기어 올라왔다. 애인이 발 장난을 했다. 발에서 모래가 반짝였다. 아름다워. 우리. 떠날 수가 없어.

해변은 언제까지 계속될까. 모르겠어요. 밤은. 이 밤은 어디까지 계속되려나. 모르겠어요. 걸으니까 더 모르겠어요.

그럼 우리 재 봐요. 해변을.

어떻게요?

내가 이것을 풀게요. 애인이 스웨터의 실을 풀며 말했다. 자, 이렇게, 당신은 실의 이 끝을 잡고 당신은 이쪽을. 그리고 해변 끝까지 걸어가는 거예요.

당신이 추울 텐데요.

괜찮아요. 언젠간 당신들이 돌아올 거잖아요.

그래서 세 사람은 스웨터의 실을 풀었다. 두 사람이 실의 끝을 잡아 양쪽으로 걸어가자 스웨터가 짧아졌고 한 줄씩 실이 풀리는 스웨터는 바다 쪽으로 물러나는 띠 같았다. 한 사람이 실의 끝을 잡고 걸었다. 해변은 아름답고 길었다. 물새가 날았고 모래 위에서 사랑을 나누는 연인도 있었다. 해변은 해변이다. 실의 끝을 잡고 걸으며 그렇게 혼자 말하고 있을 때 실의 끝을 잡고 지나가는 사람을 연인이 불러 세웠다. 당신은 어디에서 오나요? 스웨터 입은 사람에게서 옵니다. 그가 대답했는데. 그렇다면 이리 와요. 이리 와서 우리와 함께 먹어요. 당신이 원한다면 말예요. 우리에겐 맛있는 음식과 식탁보도 있답니다. 배불리 먹고 길을 가요.

연인이 면사포 위에 음식을 깔며 웃었다. 무척 행복해 보였으므로 실을 잡고 해변의 끝으로 가던 사람이 잠시 멈춰 그들 곁에 머물렀고 식탁보처럼 해변을 덮는 파도, 향기로운 음식, 그래서 즐거운 마음이 되었던 것이다. 정말 고마워요. 하지만 미안하군요. 일어나지 못할까 봐 나는, 일어나며 그가 말했다. 걱정이 돼요. 아름다워서. 해변으로 바람이 불었고 바람이 연인 중 한 사람의 머리칼을 흐트러뜨려 눈을 덮었는데 머리칼을 쓸어 올리며 그가 말했다. 이해해요. 이해해. 언제든 다시 와서 음식을 들어요. 우리는 여기서 사랑을 나누니까. 그렇군요. 고마워요. 안녕이란 말 대신. 실의 끝을 잡고 걸으며 그가 눈으로 인사를 했다. 그렇게 한참을 더 걷고 있을 때 모래 위에서 사랑을 나누는 연인을 또 만났다. 그런 연인들이 많았다. 서 있었고 앉아 있었고 모래 속에 엎드려 있었다. 슬프고 고통스럽다는 생각이 들었다. 해변에 누워 사랑을 나누는 연인이 많아서 그들을 지날 때마다 고통을 느껴야 했다. 연인들을 지나며 걷다 보면 사랑을 밟고 지나가는 느낌이 들었다. 미안해요. 한 손에 실을 쥐고 말했다. 미안해요. 그리고 한참을 걸었지만 아무리 걸어도 해변의 끝은 보이지 않았고.

해변에 눈이 내렸다. 해변을 덮을 것처럼 끝이 보이지 않았는데. 다행이야. 스웨터 입은 사람이 말했다. 따뜻한 스웨터를 입고 있어서. 하지만 실이 풀려나가며 스웨터가 조금씩 짧아졌다. 형태가 사라지는 스웨터를 입고 해변에 서서 스웨터 입은 사람은 독일의 눈을 생각했다. 독일의 눈을 생각하자 다른 길의 눈이 떠올랐다. 아름다운 길은 다른 길의 끝에 있다. 이 문장은 어디에서 왔을까. 이 눈은. 이 그리움은. 스웨터 입은 사람은 그것이 이상했다. 내일은 양평 가는 버스를 타야지. 스웨터 입은 사람이 그렇게 말할 때 몸에서 실이 풀려나갔고 머리를, 스웨터를, 스웨터가 짧아지며 드러난 살을 눈이 덮었다.

다행이야. 실을 잡고 걷는 사람은 생각했다. 해변을 걷는 사람들이 더러 있어서 외롭지 않았다. 걷다 보면 헤어지고 만나서 혼자가 되기도 하고 셋이 되기도 했다. 해변에 흑맥줏집이 있었다. 테라스가 아름다웠는데 남자와 여자가 눈에 덮이는 테라스를 보며 흑맥주를 마셨다. 실을 잡고 걷는 사람도 흑맥주를 마셨다. 세상엔 눈과 흑맥주뿐이에요.

여자가 남자에게 말했다. 세상이 눈과 흑맥주뿐이라고 생각하자 마음이 무거워져서 일어났는데 남자와 여자가 불렀다. 흑맥주 양반. 당신은 어디에서 옵니까? 두 사람이 물어서. 눈이 덮은 사람에게서. 우리는 눈이 덮지 않은 곳까지 가요. 삼척에 가요. 남자와 여자가 말했다. 그것이 이상했지만. 해변은 해변이다. 그렇게 믿으며 실의 끝을 잡고 걸었다. 한참을 섞이며 걷다 보니 그들도 차츰 실을 잡고 걷는 사람을 알아보는 것 같았다. 남자와 여자는 손을 잡기도 하고 서로를 업어 주기도 하며 걸었다. 실을 잡고 걷는 사람과 앞서거니 뒤서거니 했다. 함께 가도 돼요. 우리는 눈이 끝나는 곳까지 가는 중이랍니다. 삼척까지 간답니다. 그것이 참 이상했지만. 아니에요. 나는 해변의 끝이면 되는 걸요. 세 사람은 자주 만났고 엇갈렸고 다시 섞였다. 불빛 아름다운 곳이 있어서 세 사람은 함께 앉아 쉬기도 했다. 삼척이야. 멀리, 해변의 저쪽, 불빛 아름다운 곳을 보며 여자가 말했다. 남자가 여자의 손을 잡았다. 밤바다에 눈이 날려 세 사람을 덮었고. 알아. 삼척이야. 남자가 말하자 여자가 남자를 꼭 안았다. 삼척은 없어요. 실을 잡고 걷는 사람이 연인에게 말했다. 진심으로 미안하지만. 그런 곳은 없어요. 삼척은 없습니다. 여자와 남자가 담요를 꺼내 실을 쥐고 있는 사람의 무릎을 덮어 주며 웃었다. 우리도 알아요. 상관없어요. 우리는 삼척이 좋아요. 삼척이라는 말이 마음에 들어요. 당신도 말해 봐요. 좋아질 거예요. 남자와 여자가 계속 권해서 실을 쥐고 있는 사람이 입술을 움직여 삼척이라고 말했던 것이다. 삼척. 그러자 삼척이라는 말이 마음에 들었다. 눈 위에 눈이 내려 해변 어디를 봐도 눈의 유적지 같았다. 해변에 내린 눈의 풍경을 멀리 내다보며 남자와 여자의 말을 또 생각했다. 삼척이 뭘까. 삼척이 좋다는 말은 뭘까. 삼척이라는 말이 마음에 들어요. 그래서 다시 입술을 움직여 삼척이라고 말했다. 삼척이라고 말하자 삼척이 있는 것 같았다. 삼척은 있다. 실의 끝을 잡고 고백했다. 세 사람은 함께 앉아 눈 내리는 풍경을 보았다. 바람에 눈보라가 날렸다. 눈보라는 식탁보 같았다. 누가 하얀 식탁보를 펼쳐 가까운 바다에서 먼 바다를 덮으며 밀려가는 것 같았다. 삼척. 삼척. 걸을 때마다 눈 밟는 소리가 났다. 셋은 손을 잡고 방파제 위를 걸었다. 어선들이 눈에 덮여 있었다. 생선들이 눈에 덮여 있었다. 집은 언덕 위에 있었다. 언덕 위의 집들이 큰 배의 창문 같았다. 언덕으로 오르는 계단과 바다가 보이는 언덕의 지붕과 덕장에 걸어 놓은 오징어들이 눈에 덮였다. 거리엔 사람이 없었다. 사람들은 집에 있었다. 집에 누워 조용히 삼척을 생각하고 있었다. 아무도 듣지 못하게 삼척이라고 말하고 있었다. 그 소리는 눈 내리는 소리 같고 바다에 떨어져 녹는 눈 같았다. 그 소리는 아무 말도 아닌 말 같았다. 집에 누워 사람들은 삼척이라고 말하고 아무 말도 아닌 그 소리를 듣고 있었다. 쓸쓸함을 사랑하며 담요를 덮고 누워 있었다. 안타까움과 행복이 밀려와서 누워 있었다. 언덕에 앉아 사람들이 누워 있는 집을 보며 세 사람도 담요를 덮고 말했다. 아무도 듣지 못하게. 서로가 듣지 못하게. 삼척. 그리움이 생겼다. 죽을 만큼 그리웠고 그것이 무슨 그리움인지 알 수 없어서 더 그리웠고 그러자 없는 그리움 때문에 죽을 것 같았다. 세 사람은 죽지 말자고 굳게 약속했다. 없는 그리움 때문에 죽을 필요는 없다고 서로를 위로했다. 약속을 지키자고 또 약속했다. 그리고 눈이 멈추는 곳까지 가기 위해 남자와 여자는 눈 내리는 곳으로 떠났다. 눈이 끝나는 곳까지 갈 거예요. 남자와 여자가 말했다. 당신은 어디로 가나요? 그렇게 연인과 헤어져 더 걸어야 할까, 해변의 끝은 어딜까, 망설였는데. 삼척은 뭘까. 그리웠고. 돌아가도 좋을 것 같았다. 그래서 돌아가던 길에 해변에서 복숭아나무 파는 사람을 만났던 것이다. 세 사람이 함께 누워 있을 때 본 사람이라는 것을 알았다. 복숭아 사다 주면 용서할 거야. 그는 생각했고 주머니를 뒤지다 한 푼의 돈도 없다는 걸 깨달았다. 복숭아 하나 얻을 수 있을까요. 할 수 없이 복숭아나무 파는 사람에게 다가가 부탁했다. 나는 복숭아나무 팔아요. 하지만 향기가 나는걸요. 이 향기는 뭔가요? 복숭아나무 파는 사람은 또 말했다. 복숭아나무를 파는걸요. 복숭아나무 파는 사람이 그렇게 주장했으므로 더 사정을 해 볼까 생각했지만 그러지 않았다. 한 손으로 실을 쥔 채 한 손으로 복숭아나무를 들고 걸을 순 없었다.

복숭아나무를 샀어야죠.

돈이 없었어요.

내게 있어요. 독일인과 시인이 애인의 곁으로 돌아왔을 때 두 사람의 말을 듣고 애인이 말했던 것이다. 아까는 왜 그 생각을 못 했을까.

　그래서 세 사람은 해변을 걸어 복숭아나무 파는 사람이 있는 곳까지 갔는데 어디에도 복숭아나무 파는 사람이 없다는 것을 알았다. 그것이 이상해서 파이프를 파는 아이에게 물었지만 모른다고, 여자도 모른다고. 복숭아나무 파는 사람은 본 적 없다고.

　그럼 우리가 먹은 복숭아는 뭘까.

　달콤한 향기는.

　밤에 해변에. 그런 일이 있었다. 아무 일도 아닌 일이. 아무 일도 아닌 일이어서 세 사람은 해변에 있는 다른 나무를 찾아갔다. 해변에 아주 큰 나무가 있었다. 복숭아나무 아닐까요. 누군가 말했지만 복숭아나무는 아닐 거라고 다른 누군가가 말했다. 하지만 복숭아 떨어지는 소리가 들리잖아요. 잘 들어 봐요. 그래서 세 사람은 귀를 기울이며 서 있었는데 복숭아 떨어지는 소리인지 아닌지 분간할 수 없었다. 무언가 떨어졌고 무슨 소린가 들렸는데 나무들이 술렁대는 소리처럼 들렸다.

　땅콩나무 아닐까요.

　땅콩나무는 절대 아니에요. 이렇게 큰 땅콩나무

는 없어요. 땅콩나무는 아주 작아요. 발밑에 있죠.

그래도. 어둡고. 무엇인가 떨어지니까. 포근하고 듣기 좋고 어둡고 아름다운 것이 계속 떨어지잖아요. 계속. 계속. 계속. 세 사람이 합창을 하듯 계속이라고 말하는 사이 무엇인가 계속 떨어졌다.

역시 복숭아나무였으면 좋겠다. 나는 복숭아나무라는 말이 좋아요. 복숭아 하면 만져 보고 싶고 복숭아나무 가지 속에서 길이 열리는 것 같아. 그 길로 누가 올 것 같아. 누가 숨어서, 다가오는 사람에게 노랠 불러 줄 것 같아.

그럼 복숭아나무라고 하죠. 그런데 춥지 않아요? 당신, 눈사람 같아요.

괜찮아요. 당신들이 안아 주면 돼요. 아니면 노래를 불러 줘요. 그래서 나무 아래 누워 세 사람이 노래를 불렀다.

누가 다가오고 있어요?

아니요.

누가 숨어 있어요?

아니요. 그렇게 시간이 흘렀는데 영원도 같고 한 순간도 같았다. 쉿! 조용히 해 봐요. 누가 와요. 누가 우리를 밟아요. 밟고 지나가요. 그래서 세 사람은 귀를 기울였다. 하지만 아무 소리도 들리지 않았다. 우리를 밟으면 사랑에 빠지리.* 누가 노래하듯 말했을 뿐이다.

그런 시가 있죠.

정말 그런 시가 있어요?

그런 시가 있어요. 우리를 밟으면 사랑에 빠지리.

그러면 우리 노래를 더 크게 불러요. 세 사람의 노래와 연기가 나무를 타고 올라가 가지 사이에서 맴돌다 사라졌다. 그리고 바람이 불었는데 어디선가 하얀 면사포가 날아와 나무에 걸렸다.

면사포예요. 어디서 날아왔을까. 여긴 해변인데.

바람을 타고 날아온 것 같아요. 해변에서 누가 결혼을 했겠죠. 아니면 곧 하려 하거나.

면사포 없이 어떻게 결혼해요.

면사포 없어도 결혼할 수 있어요. 증인만 있으면 돼요.

그럼 우리 결혼해요.

그럴 순 없어요. 우린 증인이잖아요.

그래도 결혼해요.

---

* 김행숙, 「인간의 시간」, 『에코의 초상』(문학과지성사, 2014년).

말했잖아요. 우린 증인이라고. 우리가 결혼하면 증인이 사라져요.

그건 싫어. 그럼 우리 다시 야구공 던져요. 멀리. 나는요, 야구공 던지다 죽고 싶어.

난 담배 피우다. 담배 피우고 싶어서 태어났으니까. 나는 사실 엄마 자궁에서 담배 피우다 쫓겨났어요. 세 사람이 깔깔깔 웃었다. 해변 어디에선가 흐느끼는 소리가 들렸다. 바람 소리 같기도 했고 폭죽 소리 같기도 했다.

나는 죽고 싶지 않아. 사라지고 싶지도 않아. 그냥 멀어지고 싶어. 어느 날 해변을 걷다가 해변에서 반짝이는 것들과 함께 멀어지는 거야. 해변은 그렇잖아. 무언가 많은 것들이 반짝이다가 한순간에 멀어지잖아. 그런데 무엇이 그렇게 반짝이는 걸까.

뭘까.

저 멀리서, 먼 곳에서, 끝없이 멀고 먼 곳에서 온 것들. 평생 온 것들. 평생 가는 것들. 사랑하다 버린 것들. 반짝이는 것들. 너를 버린 손에서 반짝이는 것들. 납. 작별. 안녕이란 말 대신. 당신들 그거 알아요? 하루 깻잎 권장량이 180장이래요.

열심히 먹어야겠군요.

이해해. 누군가 말했다. 이해해. 또 누군가 말했다. 이해하게 될까 봐 두려워. 누군가, 알아들을 수 없게.

술렁대는 저것은 뭔가요.

뭘까.

야구공.

프랑켄슈타인.

뭘까. 뭘까. 미치도록 한쪽으로 흘러가는 이것. 밤에 해변에. 플라이 낚시처럼 연기가 끝없이 흘러갔다. 밤의 저쪽으로 평생 가려는 것처럼 연기가 연기를 타고 흘렀다. 면사포일까요?

하지만 반짝이는데. 누군가 말했다.

누군가 말하고 있을 때 파이프를 팔던 아이가 일어나 해변으로 갔다. 아이가 파이프를 하나씩 연결했다. 파이프와 파이프와 파이프를 연결하는 아이 곁에서 여자는 바다를 바라보며 서 있었다. 파이프를 연결한 아이가 파이프를 입에 물었다.

아름다운 트럼펫 소리가 점점 더 분명하게 울려 퍼졌다.

밤에 해변에.

*

해가 떨어졌다. 어떤 손이 밤의 단추를 채우는 것처럼 해는 조금씩 떨어졌다.

버스 정류장은 얼마나 멀까요.

곧 도착할 수 있을 거예요. 버스 정류장은 어디에나 있으니까요.

그렇게 버스 정류장을 향해 세 사람이 걷고 있을 때다. 길이 갈라진 곳에서 삼거리를 알리는 이정표를 만났다. 이정표는 아주 오래된 것으로 철로 된 기둥은 녹이 슬었고 방향을 알려 주는 나무 이정표는 썩고 갈라졌다. 문제는 다른 곳에 있었다. 화살표로 표시된 이정표 두 개가 한 방향을 가리켰던 것이다. 하나는 해변으로 가는 길을 알려 주는 이정표였고 다른 하나는 종로라고 되어 있었다.

이정표가 하나 없어요. 삼거리인데. 이정표 둘은 한 방향을 가리키고.

삼거리가 아닌지도 모르죠.

삼거리 맞아요. 길이 세 갈래로 갈라져 있잖아요. 봐요, 하나 둘 셋. 그런데 참 이상하네. 삼거리인데 이정표는 한 방향만 가리키고 있으니. 그럼 두 방향은 어디일까요?

모르죠. 어쩌면 신에게 가겠죠.

어느 방향이요?

모르겠군요.

그러는 사이 해는 떨어져 이제 마지막 단추를 채우는 중이었다. 사방으로 풀이 우거져서 저녁의 곤충들 우는 소리가 들렸다. 이정표 아래 세 사람이 서서 곤충 우는 소리와 해 지는 모습을 보고 있었는데.

저건 뭘까.

망설이는 얼굴로 애인이 말했다. 두 사람이 애인을 향해 돌아섰고 애인이 손으로 가리키며 보고 있는 방향을 함께 보았다. 그곳에 알 수 없는 것이 있었다.

저것 말이에요. 버스 정류장일까요? 신일까?

정말 무언가 있군요. 하지만 신은 아닐 거예요. 빛이 있어요. 신은 빛을 만들지 않아요. 빛은 거리를 알려 주고, 빛이 있다는 건 아주 먼 거리에서 가까이 왔다는 신호인데, 가까이 왔다는 사실을 들키는 순간 멀리 있었다는 사실을 인정해야 하므로 신은 빛을 만들지 않아요.

맞아요. 흐린 곳이 신이죠.

버스 정류장도 아니고요. 희미하지만 저기 더 멀리 불빛이 보이잖아요. 정류장은 거기 있을 거예요. 그러니까 저건 버스 정류장이 아니에요. 독일인이 직접 확인이라도 해 줄 것처럼 걸음을 옮겼는데 몇 걸음 가지 않아 돌아와야만 했다. 풀이 우거졌기 때문이다. 숲을 헤치고 접근할 수도 있었지만 도깨비풀이 옷에 달라붙었고 왠지 성가셨기 때문에 곧 포기하고 말았다.

이 길로는 갈 수 없겠군요. 그리고 독일인은 아주 귀찮은 얼굴이 되어 돌아왔던 것이다. 이 길로 갈 수 없다면 종로나 해변으로 가야 하는데, 종로와 해변일까. 어쨌든 우리는 둘 중에 하나를 선택해야 해요. 어디로 가요? 독일인이 물었다.

따뜻하고 엄숙해.

사랑에 빠졌어.

독일인이 하는 말에는 대꾸도 하지 않고 "사랑에 빠졌어."라고 말한 애인은 사랑이라고 말한 후에는 '사랑이란 뭘까.' 생각했다. 그러리라는 걸 두 사람은 알고 있었다. 확증 편향이에요. 시인은 애인을 그렇게 정의해 주곤 했다. 그럼 당신은 회색 늑대

였을 거야. 한 방향으로만 달리지. 눈이 덮인 숲으로. 그 말을 어제도 들은 것 같다고 시인은 생각한다. 사람이야. 저것 말이에요. 따뜻하고 엄숙해, 느껴져, 시인은 그랬지만 저렇게 추상적인 사람은 없다고 말한 사람은 독일인이다. 잘 봐요. 무언가 있지만 추상적이잖아요. 내 견해로는. 그리고 독일인이 말했다.

발자크일 확률이 높아요.

발자크?

버스 정류장도 아니고 신도 아니라면 발자크일 거예요. 7년 동안 로댕이 생각했던. 생각하지 않을 수 없었던. 아무리 생각해도 생각에 다다를 수 없던 것. 발자크를 조각하며 7년 동안 로댕은 발자크를 생각했어요. 발자크만 생각했죠.

발자크를 사랑했군요.

그랬을까요?

7년 동안이나 한사람을 생각하면서 사랑하지 않을 수는 없어요.

잘 모르겠지만. 독일인이 말했다. 사랑했다면 발자크의 실재가 아니라 발자크에 대한 관념이었을 거예요. 물론 로댕은 누구보다 육체를 사랑한 사람이었어요. 육체의 욕망을 사랑했죠. 구체적인 육체. 많은 여자와 잠자리를 했고 너무 많은 여자와 잠자리를 해서 취향도 없다고 사람들은 흉봤대요. 그는 그 모든 육체를 하나하나 만졌어요. 사랑했어요. 그리고 발자크를 생각하게 되죠. 7년 동안. 발자크를 생각하며 한 사람의 발자크 안에서 수많은 발자크를 만나요. 만져요. 두 명의 발자크, 세 명의 발자크, 열 명, 백 명, 천 명의 발자크를 만진 거예요. 천 명의 발자크를 만져도 한 명의 발자크를 머릿속에 떠올릴 수가 없었어요. 그 모든 발자크가 다 발자크였던 거예요. 또 그 많은 발자크 중에 발자크가 없었던 거예요. 로댕은 괴로워했죠. 사람들은 이제 그가 더 이상 조각을 할 수 없을 것이라고 말했죠. 하지만 로댕은 발자크를 생각했고 7년 동안 생각했고 마침내 발자크를 완성하죠. 상을 완성했을 때 사람들은 욕을 했어요. 평론가들조차 흉물이라고 비난했지만 로댕은 이것이야말로 내 인생의 요약이고 내 미학적 이론의 동기라고 말하죠. 거기 발자크는 없었지만 그게 발자크였으니까.

그럼 저것은 발자크군요.

발자크가 아니죠 말하며 독일인의 얼굴이 우울

해졌기 때문에 애인이 그의 곁으로 다가와 그의 어깨를 어루만져 주어야만 했다. 우울해 말아요. 사슴 양반. 숲으로 도망치는 사슴 양반. 애인이 그렇게 위로했지만.

발자크가 아니라면.

7년 동안 사랑에 빠진다면.

세 사람은 불안해진다. 버스 정류장에서 버스 정류장으로 걷던 중이었다. 종로에 가고 싶었으나 해변에 닿아도 좋았다. 상관없었다. 어쩌면 반대였는지도 몰랐다. 해변에 가고 싶었지만 종로에 닿아도 괜찮았다. 버스 정류장을 향해 걸었고 그것은 해변이든 종로든 신에게든 어디든 그들을 데려갈 것이었다. 세 사람은 그렇게 생각했고, 그렇게 생각하지 않아도 괜찮다고 세 사람은 믿었고, 믿음은 사랑보다 좋은 것이라고 말했다. 어디에든 닿을 수만 있다면. 그리고 삼거리에서 '이것'을 봤다. 이정표 뒤에서. 따뜻하고 사람 같은 발자크를. 발자크가 아니라면. 셋은 불안해진다. 이것은 뭘까. 이것은 고요하다. 이것은 사랑에 빠졌다. 이것은 엄숙하고. 불안했다. 이것은 엽총 같았다. 엽총을 쏘려고 엎드린 사람 같았다. 이것은 밤과 사람과 엽총

과 엽총을 들고 엎드린 사람 옆에 피어 있는 꽃과 향기와 엄숙을 포함한 이것이었다. 이것은 불안정하고 불명확했다. 이것은 곧 사랑에 빠질 것 같았다. 그 때문에 슬프기도 했다. 사람일까요. 식물이나 동물일까요. 저렇게 사랑에 빠졌는데. 어떻게 슬플 수 있나. 누가 말해서 세 사람은 불안했고 고통스러웠다.

아니에요. 분명히 발자크일 거예요.

그럴까요.

우리를 봐요. 이것 때문에 고통스럽고 단번에 우리가 사랑에 빠지잖아요.

나는 모르겠어요. 파악이 되지 않아요.

사랑스럽고 고통스러워.

그렇다면 이것은 뭘까. 세 사람이 이것을 가만히 본다. 파악이 되지 않는데. 이것은 왜 이토록 엄숙한가.

소가죽 배 아닐까요. 시간이 많이 흐른 후에 누군가 말했는데 거의 동시에 말을 해서 누가 먼저 말했는지 알 수 없었다. 알 수 없었지만 이상하게 세 사람은 불안함이 사라지고 있다는 사실을 알 수 있었다. 즐거운 마음이 되었고 얼싸안았다.

맞아요. 소가죽 배예요.

나도 본 적 있어.

우리 이걸 가져가요. 쓰고 가요. 가벼우니까. 소가죽 배니까. 해변으로 가야죠.

그럽시다. 그렇게 합시다. 소가죽 배니까 쓰고 갑시다. 애인과 시인과 독일인이 고개를 끄덕였다. 마침 해가 졌으므로 세 사람은 길을 서두르기로 한다. 그렇게 셋이 숲을 헤치고 들어가 소가죽 배를 머리에 쓰고 길을 가게 되었던 것이다. 풀이 몸을 찔렀지만 조심해서 걷기로 했다. 천천히 걷느라 속도가 느렸다. 몸이 몸에 닿았지만 불안하지 않다고 몸이 거기 있어서 불안하지 않다고 누가 말했다. 내 몸에서 냄새나요? 안 나요. 몸이 몸에 닿아서 후퇴할 수 없다고 하는 말을 들으며 조용히 걸었는데. 냄새가 나요. 애인이 투덜거리기는 했다. 소가죽 냄새라고 독일인이 달랬다. 소는 냄새가 없다고 시인이 말해서 소는 왜 냄새가 없을까, 세 사람이 이야기를 나누며 천천히 걸어갈 때 건너편으로 버스 정류장이 보였다.

사람이 있어요?

있어요.

몇 사람이 있어요?

한 사람. 두 사람. 세 사람 같아요. 하지만 확신할 순 없군요. 건너편이 어두워지고 있어서. 왜 항상 버스 정류장이 먼저 어두워지는지.

우리가 사는 세상엔 버스 정류장이 몇 개나 될까요. 1000개쯤 될까요.

그보다 많을 거예요.

100만 개쯤 될까.

그보다 많을 거예요.

별처럼 많을까요.

그럴 거예요. 별처럼 많고 별처럼 멀어지고 있을 거예요. 우주는 계속 늘어나고 있거든요. 우주 팽창 이론이 있어요. 허블이란 사람이 망원경으로 관찰했는데 거기서 허블 상수가 나오죠. 더 멀리 있는 은하일수록 더 빨리 후퇴한대요.

우리에게도 망원경이 있으면 좋겠다. 더 빨리 멀어지는 것도 볼 수 있을 텐데. 신도 볼 수 있을 텐데.

우린 지금 아무것도 볼 수 없어요.

알아요. 세 사람이 걸으며 그런 말들을 했다. 천천히 조금씩 걸었기 때문에 움직이지 않는 것 같았다. 사이다 마시고 싶어. 애인이 말했다.

소와 사이다는 잘 어울릴 것 같지 않아요?

미안해요. 미리 생각했더라면 좋았을걸. 미안합니다.

가다 보면 버스 정류장이 또 나오겠죠. 사이다 마실 수 있을 거예요. 버스 정류장엔 다 있으니까. 사이다도 있고 망원경도 있고 껌도 있어요. 스웨터도 있을까요? 스웨터가 필요한데. 그러며 하나의 움직임처럼 왼발 오른발 세 사람이 걸었는데 건너편이 조금씩 어두워져서 아무것도 보이지 않았고 아무것도 보이지 않는 것들 중에는 사람이 있고 나무가 있고 사람이 안은 개와 가방과 사이다와 구름이 있을 거라고 생각하며 걸었다.

버스 정류장이에요.

사람이 있어요?

있어요.

보여요?

보여요.

보이는 것들 중에는 사람이 있고 나무가 있고 사람이 안은 개와 커피와 공기청정기와 미련과 엄숙이 있을 것이라고 생각하며 걸었다. 버스 정류장은 많았다. 버스 정류장을 지나면 버스 정류장이었고 삼거리에 있었고 사거리를 지나 있었다.

또 버스 정류장이에요.

사람이 있어요?

모르겠어요.

사슴 있어요?

아무것도 보이지 않아요. 사슴도. 공기청정기도. 누군가 "공기청정기도."라고 말할 때 이상하게 안타까움과 고독을 느꼈는데 그래서 세 사람은 아무것도 보이지 않는 버스 정류장을 지나며 아무것도 보이지 않는 정류장에는 무엇이 있을까, 아무것도 없을까, 아무것도 없는 버스 정류장에는 사람이 없고 나무가 없고 사람이 안은 미련과 슬픔과 엄숙이 없겠지. 미안함이 없겠지 하며 걸었다.

버스 정류장을 한곳에 모아 놓으면 무엇으로 보일까요. 소가죽 배를 쓰고 걸으며 애인이 물었다. 가령 우주정거장에서 내려다본다면.

야구장처럼 보이겠죠. 1루, 2루, 3루, 끝없는 베이스가 있겠죠.

그렇군요.

참호일 수도 있어요.

그것도 그렇겠군요. 난 절벽을 생각했는데. 신이

깊게 밟은 자리일 거라고.

어째서요.

모로코 페스에 가면 아마 당신들도 그런 생각을 하게 될 거예요. 페스엔 9000개 이상의 좁은 골목들이 있어요. 멋지죠. 아무리 많이 찾아가도 반드시 길을 잃게 돼요. 골목엔 회반죽 집들이 다닥다닥 붙어 있고 계단은 끝이 없죠. 집집마다 천장 대신 사각형 구멍이 있어요. 하늘을 보며 기도해야 하니까요. 아름답죠. 밑에서 올려다보면 사각의 절벽 위로 흘러가는 별과 밤하늘과 사람들의 슬픔. 사람들의 슬픔을 밟고 누가 지나간 거예요. 밤마다 지나가는 거예요. 버스 정류장처럼. 밟고 지나간 자리마다 우리는 앉아 있는 거죠. 멀리 있으려고.

버스는 또 떠나네.

사랑에 빠지리.

한 사람이 걸음을 멈추자 세 사람이 멈췄다. 왼발 오른발. 몸이 몸에 닿아서 앞으로 쓰러질 것 같았다. 버스 정류장을 덮은 어둠이 차츰 길 이편으로 건너와 소가죽 배를 쓰고 걷던 세 사람을 덮었다. 마가린처럼 보였다. 세 사람이 몸을 밀착했다. 몸이 몸에 붙어서 뒤로 쓰러질 것 같았는데 왠지 후퇴한 것 같았다. 불안했고 신중해졌다. 서로를 확인하기 위해 소가죽 배를 내려놓을 때 길 건너편에서 면사포가 날아와 세 사람 위에 머물다 날아갔다.

결혼하고 싶다. 애인이 말했다. 내가 결혼하면 증인이 되어 줘요. 증인이 필요하대요.

그럴게요. 증인이 될게요.

하지만 이별도 하고 싶어. 그 일에도 증인이 되어 줄 수 있어요?

그 일에도 증인이 되어 줄게요.

우리가 사랑에 빠지면 어떻게 해요. 그럴 수는 없어요. 우리는 증인이잖아요. 그래서 애인과 시인과 독일인은 다시 소가죽 배를 쓰고 걸었다. 몸을 붙이고 걸어서 천천히 움직일 수밖에 없었는데 춤추는 사람들로 보였다. 누가 보면 코끼리 열차인 줄 알 거예요. 코끼리에게 미안하죠? 코끼리에게 미안하네요. 몸이 몸에 붙어서 머리와 머리가 섞이는 느낌이었다. 우리 사랑에 빠진 것 맞죠. 또 물었지만 몸이 붙어서 누가 누구에게 물은 건지 알 수 없었다. 어디선가 소리가 들렸는데 바람이 나무 밟는 소리 같고 숲에서 나는 엽총 소리 같고 사랑을 잃지 않으려고 집에서 사랑을 나누는 슬픈 소리 같았다. 티베트에 가면 소가죽 배를 만드는 사람이 있대요. '준바'라고 불러요. 가벼우니까 둘러쓰고 춤추며 북소리 들으며 강으로 가는 거예요. 복숭아꽃이 만발할 때 고기잡이를 시작하는 거예요. 그때 물고기가 건강하대요. 언젠가 우리도 춤추며 북소리 들으며 고기 잡으러 가요. 애인이 또 말했지만 아무도 대답하지 않아서 아무도 없는 것 같았다.

꿩이다.

해변에 닿았을 때 세 사람이 외쳤다. 해변에 아무도 없었다. 아무도 없는 해변에 꿩이 있었다. 아름다운 트럼펫 소리가 울렸다. 꿩 외에는 아무도 없는 해변에.

밥(Bob)

1

　이건 다섯 사람의 밥에 관한 이야기다. 그러니까 밥과 밥과 밥과 밥과 밥의 이야기다. 하지만 먼저 말해 둘 것이 있는데 이야기가 치밀하지는 않다.

　다섯 명의 밥 중에서 두 명의 밥을 알고 있는 또 다른 밥에게 나는 이 이야기를 들었다. 그러므로 그가 알고 있는 밥은 그 자신을 포함해 세 명의 밥이 되는 셈이다. 그가 아는 밥이 내가 이야기하려 는 다섯 명의 밥과 일치하는지 또 그의 이야기가 얼마나 정확한지 내가 판단할 길은 없다. 다른 사람의 삶을 아무리 잘 알고 있다 해도 거기에는 어떤 빈틈이 있게 마련이다. 한 사람이 두 사람이나 세 사람의 삶에 대해서 진술하려 한다면 그 빈틈은 더 클 수밖에 없다. 그런데도 내게 이야기를 들려준 밥이란 사람은 자신의 이야기가 틀림없다고 강조했다. 다른 두 밥을 잘 안다고는 할 수 없지만 그들에 대해 오랫동안 생각해 왔다는 말을 했고 매우 가까이에서 다른 두 밥의 이야기를 지켜보았다고도 했다.

나는 여전히 고개를 끄덕일 수 없었다.

오랫동안 생각해 왔다는 것이 진실에 가깝다는 의미가 될 수 있을까. 목격한 이야기는 진실이라고 할 수 있을까. 목격이라고 하는 것도 알고 보면 주관적인 것이고 사람의 삶에는 다른 누가 들여다볼 수 없는 공간이 있는 법이다. 그러므로 내가 알고 있는 이야기를 조금 보탤 수밖에 없는데 그렇더라도 완전한 이야기라 자신할 수 없다.

다행히 나도 다섯 명의 밥 중에서 세 명의 밥을 좀 알고 있었다. 내가 알고 있는 세 명의 밥과 그가 알고 있는 세 명의 밥을 합하면 모두 여섯 명의 밥이 되므로 최소한 한 명의 밥은 우리가 공통적으로 알고 있는 셈이 된다. 즉 그가 알고 있는 한 명의 밥을 나도 알고 있다는 이야기다. 정말 그런 것일까.

이야기를 나누다 보면 우리가 공통적으로 알고 있는 한 명의 밥이 누구인지 분명해지리라고 생각했고 그 밥을 중심으로 다른 밥의 이야기들을 엮어 갈 수도 있다고 기대했지만 그렇지가 않았다. 다섯 명의 밥에 대한 이야기를 나눌수록 우리가 알고 있는 그 밥이 누구인지 모호해졌고 우리가 알고 있는 밥을 다 합하면 다섯 명의 밥이 되기는 하는지도 알 수 없다. 어쨌거나 이 이야기는 그가 내게 들려준 밥과 내가 알고 있는 밥의 이야기, 그러니까 진짜 밥의 얘기라고 믿고 싶은 밥 이야기다.

나는 밥과 밥 사이에 서 있었고 그건 운명과 같은 일이었죠. 그런 느낌은 언제나 나를 따라다녔어요. 이제는 태어날 때도 밥과 밥 사이에서 태어난 것처럼 생각돼요. 어쩌면 태초부터 밥과 밥의 별자리 사이에 내 별자리가 있었던 것인지도 모르죠. 아무튼 나는 언제나 밥과 밥 사이에 있었고 지금도 앞으로도 그럴 거예요. 벗어날 수 없죠.

제기랄이라고, 내게 먼저 두 명의 밥에 대한 이야기를 꺼낸 밥은 탄식하듯 말했다.

웃기지 않아요? 나도 밥인데 말이에요. 밥과 밥 사이에 이 밥도 있다고요. 제발, 이젠 사람들이 그걸 좀 알아주었으면 해요.

그의 말을 이해할 수 있었다. 나는 언제나 문과 문 사이에 내가 있는 것 같은 느낌을 받았다. 두 개의 문은 하나의 문 같기도 했고 서로 다른 문 같기도 했다. 하나의 문이 다른 문들을 통제하고 있는 것처럼 생각되기도 했다. 나는 이것을 치밀하게 설명할 수 없다. 자주 열쇠를 잃어버리는 버릇이 있는데 사무실 문을 여는 보안 카드가 주머니에 있으면 집의 문을 여는 비밀번호가 기억나지 않았고 집의 문을 여는 비밀번호가 기억이 나면 자동차 문을 여는 열쇠를 잃어버렸다. 그러니까 나도 밥과 밥 사이에 있는 밥처럼 문과 문 사이에서 또 다른 문을 잃어버리곤 했던 것이다. 동시에 모든 문을 열어 본 기억은 없다. 나는 문과 문 사이 어디쯤에 머물러 있는 것처럼 느껴진다.

밥을 만나기 위해 준비를 하는 아침에도 나는

사소한 문제들로 허둥대다 집의 문을 잠그지 않은 채 자동차 문을 열어 시동을 걸었다. 고속도로로 차를 몰고 들어가서야 그 사실을 알았다. 결국 문을 열어 둔 채 나는 먼 길을 달렸던 것이다. 젠장 하고 중얼거렸을 때는 이미 되돌릴 수 없었다. 하이웨이를 밤새 달려온 내게 밥은 말했다.

이제야 왔군요.

염병할. 이제야 오다니. 나는 문도 잠그지 못한 채 밤새 고속도로를 달려왔단 말일세. 문을 활짝 열어 놓고 온다는 것이 무얼 의미하는지 아나. 도둑놈도, 강도도, 포르노를 찍을 빈집을 찾으러 다니는 인간들도 그 문을 자기 집 대문처럼 들락거릴 수 있다는 생각을 하며 운전을 하는 것이 어떤 기분인지 자네 알기는 하고 그런 말을 하나?

미안해요. 그런 생각은 못 했군요. 나는 단지 기다리는 시간이 너무 지루하고 의미 없게 느껴졌기 때문에…….

반드시 와야 할 시간이 지연되는 것에 대한 초조함에 대해서 밥은 몇 마디 더 하고 입을 다물었다. 나는 그가 내준 차를 마시며 집 안을 둘러보았다. 차에서 떼어 낸 것으로 보이는 카 오디오 앰프가 홈 시어터처럼 방 한구석에 아무렇게나 놓여 있었다. 나도 좋아하는 노래가 반복해서 앰프에서 흘러나왔고 그것을 제외하면 밥의 집은 생각보다 단정했다. 최소한 어지럽지는 않았다.

밥의 집에는 장미들이 있었다. 유난히 붉었고, 평범한, 흔히 볼 수 있는 장미였는데 그 평범함이 내 눈길을 끌었다. 희귀한 장미도 아니고 어디서나 볼 수 있는 장미를 희고 깨끗한 문에 장식해 놓았다는 것이 이채롭게 생각되었던 것 같다. 그래서인지 밥이 내주는 중국차의 독특한 향기보다 나는 그 장미가 더 인상 깊다.

커다란 한 송이의 장미를 중심으로 작은 장미들이 몇 송이 더 피어 있었다.

새겨 넣은 것처럼 하얀 벽과 조화롭게 어울려 피어 있는 장미들은 마치 망원경으로 관찰하는 우주의 먼 성좌와도 같아 보였는데 밥에게 별자리에 관한 이야기를 들었기 때문일 수도 있다. 나는 방문의 목적도 잊은 채 장미와 문을 보며 앉아 있었고, 그가 헛기침을 몇 번 한 후에야 내가 그의 이야기보다 장미에 더 매혹되어 있다는 것을 깨달았다.

아름답군.

평범한 문을 신비롭게 바라보는 나를 밥은 이해
할 수 없다는 눈으로 쳐다보았다. 마치 내가 보는
것을 그는 볼 수 없다는 듯이. 단지 나의 태도가
맘에 들지 않았기 때문에 그랬는지도 모른다. 자신
을 무시하는 것처럼 보였을 수도 있다.

정말이야. 아름다운 문이야.

나는 같은 말을 몇 번 더 했고, 그렇군요, 밥도
같은 말을 했다. 가끔 그는 말을 하며 얼굴을 찡그
렸고 피곤해 보였다. 내가 바라보는 문을 몇 번 바
라보기도 했다. 역시 이해할 수 없다는 표정으로.
그는 피곤해 보였다. 하지만 밥이 이야기를 멈추거
나 하지는 않았다.

2

습관대로였다. 조지는 일어나자마자 리모컨을
찾았다.

케이블 텔레비전에선 오프라 윈프리의 쇼가 재
방송되고 있었다. 아마 5년도 더 된 방송을 내보내
고 있을 거라고 조지는 중얼거렸다.

늘 저따위지. 요금은 생방송으로 이체해 가면서.

30분쯤 소파에 앉아 멀뚱거리다가 천천히 일어나 조지는 아침을 준비했다. 캐럿을 갈아 넣은 오렌지주스가 식탁에 놓여 있었다. 굽지 않은 마른 빵에 땅콩버터를 바른 다음 조지는 뜨거운 스크램블드에그를 얹어 늦은 아침을 먹었고 시계에 밥을 주었다. 습관대로였다.

조지! 별일 없나?

그가 반쯤 빵을 먹어 치우고 있을 때 누군가 밖에서 그를 부르며 지나가는 소리가 들렸다. 빌이거나 토미일 거라고 조지는 생각했다. 둘은 목소리가 구별되지 않았다. 조지가 빵을 탁자에 내려놓았다. 할 일이 있었지만 서둘지 않기로 마음먹었다. 창밖으로 황량한 바람이 불었고 더러운 쓰레기들이 소리를 내며 굴러다녔다. 창밖의 풍경 속에서 익숙한 그림 하나가 보이지 않는다는 사실을 깨달으며 조지는 다시 토스트를 깨물었다.

망할 놈의 새끼들.

두 블록 건너에서 세탁소 일을 하는 유진이 넘어진 쓰레기통을 세워 놓고 출근을 하며 누구에겐지 욕을 했다. 더러운 회색 비둘기 두 마리가 하늘로 날아올랐다. 바람을 타고 솜털 같은 것들이 부드럽게 떠다녔고, 형광등처럼 길고 좁게 골목으로 아침 햇살이 파고들었다. 한 손으로 토스트를 들고 조지는 손을 내밀어 창문을 열었다. 하얀 눈송이들이 들이닥쳐 유리잔 속으로 떨어지더니 이내 녹아 버렸다.

하지만 눈이라니. 지금은 여름인데.

횡격막이 뚝 끊어지는 소리가 몸 안에서 들렸고 가슴으로 통증이 밀려왔다. 조지가 일어나 잔과 접시를 싱크대에 처박았다. 가야 할 시간이었다. 서랍을 열어 신문지에 둘둘 말아 놓은 것을 확인하고 집을 나섰다. 두 시간 뒤 조지는 계단의 철제 손잡이가 덜거덩거리는 주상 복합 아파트의 지하 주차장에 서 있었다.

주차장 구석엔 1989년형 낡은 도요타 승용차가 비스듬히 주차되어 있었다. 저 고물을 그는 바꿀 마음이 없을 것이다. 콜린은 윈도를 내리고 양말도 신지 않은 한쪽 발을 밖으로 비죽 내놓은 채 발가락을 꼼지락거리며 앉아 있었다.

돈은?

문을 열고 뒷좌석에 앉는 조지를 보며 창밖으

로 틱 하고 담배를 버린 콜린이 물었다. 조지가 가방의 안주머니에서 신문지로 싼 500달러를 건네자 콜린도 신문지로 둘둘 말아 놓은 물건을 건넸다.

그게, 보기보다 위험한 놈이야. 다룰 줄은 알겠지? 잘 다루라고.

그러고는 손을 까딱여 보인 후 시동을 걸었다. 좀 바빠서 말이지. 조지는 묵직한 그것을 열어 보지도 않고 차에서 내렸다. 차가 느리게 후진했다.

아! 그리고 말이지.

윈도를 좀 내리고 졸린 눈을 비빈 콜린이 한 손으로 조지를 겨누다가 뱅! 하고는 총잡이 흉내를 냈다.

시리얼넘버는 다 갈아 버렸어. 죽음을 겨누는 데는 근본 없는 놈이 제격이니까. 늙었지만 전적은 화려하지.

도요타가 지하 주차장을 빠져나간 후 어두운 주차장에 조지만 남았다는 사실을 깨닫기까지 오랜 시간이 걸리지는 않았다. 신문지에 말린 것을 조심스럽게 가방 안주머니에 집어넣었다. 몸이 무거워졌다. 탕탕탕. 어디선가 바닥을 때리는 농구공 소리가 반복적으로 들려왔다.

주차장을 빠져나와 지상으로 올라왔을 때 거리엔 아무도 없었고 텅 빈 거리로 굉장히 눈부신 햇살이 쏟아지고 있었다. 조지는 그것이 참 이상하다고 생각했다. 하나의 공간이 위와 아래로 나뉘어 있다는 사실. 그대로, 움직이지 않고, 조지는 햇살 속에 오래도록 서 있었다.

3

레이크 타호의 저녁은 장미처럼 붉었다. 석양이 천천히 떨어졌고 에메랄드빛 호수의 수면으로 산 그림자가 검게 내려왔다. 호수는 하얀 산 아래 조용히 자리 잡고 있었다.

세계에서 두 번째로 큰 고산 호수.

타호라는 이름은 낚시를 즐기던 인디언 부족 와슈(Washoe)의 이름을 딴 것이다. 호수는 흰 산에 둘러싸여 있었고 낮에는 산과 호수가 잘 구별되지 않는다. 석양이 떨어지는 지금이 레이크 타호의 물과 뭍이 잠깐 구분되는 시간이다.

저거 봐, 수전. 신비롭지 않아? 산 그림자가 호

수를 덮었어.

그래?

산과 호수가 다시 섞이는 느낌이야.

반쯤 창밖으로 몸을 내밀고 조지는 그림자가 호수를 덮는 모습을 바라보았다. 호수 주변엔 사람들이 많았다. 스키를 타며 크리스마스 시즌을 보내려고 올라온 캘리포니아와 네바다 사람들, 겨울 낚시를 즐기려는 사람들, 관광을 온 동양인들이 빌리지와 숙박업소들을 가득 채웠다. 원주민이던 와슈족 인디언은 이제 거의 보이지 않는다. 아침이 되면 호수의 절반을 덮어 버릴 산과, 수전에 의하면 그 옛날 미시시피강을 오가던, 선미에서 물레방아가 도는 그런 배가 호수 한가운데를 지나가는 모습을 조지는 오래도록 바라보았다.

조지. 거기 있어? 거기 있는 거지?

수전의 목소리가 다시 들린 것은 한참이나 지나서였을 것이다.

물론이지. 나는 항상 장전돼 있다고.

싱겁기는. 하지만 당신의 까부는 말이 나는 좋아. 우리가 까불어도 좋은 나이라는 뜻이니까. 언젠가 그럴 수 없는 날이 오겠지만. 늙은 허클베리

핀처럼.

그럴 리가.

내 말을 믿어, 조지. 그런 날은 반드시 온다고.

다가온 수전의 목소리를 들으며 조지는 여섯 달 동안의 휴양이 끝나 가고 있다는 것을 알았다. 포도주가 와인 잔으로 떨어지고 있었는데 그것은 끊어지듯 이어졌다. 마치 수전의 손목에서 포도주가 떨어지는 것처럼.

미시시피강을 달린 아이가 허클베리 핀만 있는 것은 아니야.

무슨 소리야? 톰 소여 얘기야?

밥 얘기야.

수전이 입으로 가져가던 잔을 내려놓았다. 왈칵 흘러내린 포도주가 냅킨을 붉게 물들였다.

오오, 조지. 제발. 그러지 마, 멈출 수 있어. 멈출 수 있다고, 조지······.

수전. 그거 알아? 미시시피가 미국의 서른한 개 주를 지나간다는 거.

조지!

멈출 수가 없어. 미시시피강과 61번 하이웨이처럼, 밥은, 멈출 수가 없는 거야.

마지막 말을 조지는 삼켰다. 수전이 조지의 몸을 만지고 있었다. 따뜻했고, 습관대로였다.

4

마저 이야기를 하게. 자네가 알고 있는 밥과 밥과 밥에 대해서 모두 다. 그러니까 그들의 고향이라든지 그들의 애인이라든지. 즐겨 찾는 이발소도 좋고 말이야.

중국차를 한 잔 더 마시고 밥과 나는 조금 더 좁혀 앉았다. 밥이 먼저 의자를 당겼고 나 또한 그렇게 했다. 각자 자신이 알고 있는 세 명의 밥에 관해 우리는 이야기를 나누었다. 공통점을 찾아야 했고 범위를 좁혀야 했다. 그것이 진짜 밥을 찾는 가장 좋은 방법일 테니까.

그렇지만 나는 아직도 그 밥이 내가 아는 세 명의 밥과 어디에서 일치하는지 잘 모르겠군.

먼저 손을 든 것은 나였다. 오디오 앰프에 관한 얘기로 잠시 화제를 돌린 것도 나였다.

시간에 관해 물은 것은 밥일 것이다.

명확하지는 않다. 우리는 다섯 명의 밥에 관한 이야기를 하는 중이었고 어떤 밥에 관한 이야기를 하다가 그 밥이 어디선가 했던 말을 인용했을 수도 있으니까.

맞아. 아버지는 시계 수리공이었지.

밥은 계속 담배를 피웠고 내게도 담배를 권했다. 나는 고개를 저었다. 방 안에 가득한 연기 때문에 어떤 것도 선명하게 보이지 않았는데 어찌 보면 그 것은 우리가 하는 이야기와 잘 어울렸다.

밥이었나요?

물론 아버지는 밥이 아니네. 하지만 지금에 와서 는 그것도 잘 모르겠군. 가장 흔한 이름이 밥이고, 그러니 어쩌면 밥이었을지도.

밥은 다시 담배를 피웠는데, 지독했고, 아름다웠 다. 담배 연기를 밀어 올리며 올라가는 담배 연기 는 아름답다. 섞인다는 것. 첫 담배 연기와 지금의 담배 연기가 섞여서 그냥 연기로 보인다는 것.

아버지는 시계를 고치며 평생을 사셨지. 책상 위 에는 날마다 수천 개의 부품들이 가지런하고 가 득하게 놓여 있었어. 누군가 책상 위에 조심스럽게 뿌려 놓은 은단 같았지. 그 부품들을 조립하고 분

해하며 아버지는 사셨던 거야. 그런 아버지가 가장
고민했던 문제가 무엇인 줄 아나?

시간이겠죠.

공간이라네.

앰프를 만지고, 음악을 다시 틀고, 아마도 그쯤
에서 시계의 중력에 관한 이야기를 하는 거냐고 밥
이 내게 물었을 것이다. 열두 개비째인지 스무 개비
째인지 모를 담배를 피웠고 아무도 창문을 열지 않
았을 것이다. 연기처럼 우리는 어떤 중력을 이기고
차츰 가벼워지고 있다는 것을 알았다. 우리는 차
분해지고 있었다.

좀 다른 문제지. 시간이 공간에서 나온다는 것.
공간이 조금 부서지면 그 안에 담겨 있던 시간은
완전히 부서진다는 것. 아버지는 그것을 슬퍼하셨
지. 시계 수리공이었으니까.

그렇군요. 그렇지. 우리는 그런 말을 했고, 시계
와 시간에 관해서 조금 더 이야기를 했고, 음악을
들었다. 좋은 노래로군. 좋은 노래죠. 또 그런 말을
했고, 다른 말도 했을 것이다.

그렇지만 우린 밥에 관해서 좀 더 이야기를 해
야 해. 그렇지?

그래야죠.

그리고 밥이 마지막 담배를 꺼내 입에 물었다.

하지만 어떤 밥을요.

5

마지막까지 이름이 알려진 사람은 머피 하나지만 그날 캘리포니아 395번 하이웨이를 달리던 2007년형 자동차 링컨에는 크리스마스 시즌을 즐기려고 아버지의 차를 몰래 끌고 나온 열여덟 살 머피를 비롯해 세 명의 금발과 한 명의 얼룩말이 타고 있었다. 머피가 나의 귀여운 얼룩말이라고 부르던 여자 친구는 조수석에 앉아 10분 간격으로 약을 하고 5분 간격으로 머피의 무릎 위에 머리를 처박았다.

캘리포니아의 샌버너디노 카운티를 출발하며 그들은 이미 속력을 높였다. 모하비 사막을 지나 좀 더 북쪽으로 올라가면 눈 덮인 휘트니 마운틴을 볼 수 있다. 레이크 타호를 지나 할 수만 있다면 미시시피까지 가서 그의 귀여운 얼룩말이 친구들에게서 미리 구입해 둔 진짜 약을 조금 맛보며 삼삼

한 하룻밤을 보내고 돌아오는 것이 드라이브의 목적이었다. 아우슈비츠를 거쳐 부다페스트와 프라하를 경유하는 여행을 마치고 머피의 부모가 돌아오기 전에 감쪽같이 자동차를 돌려놓으려면 있는 대로 가속페달을 밟을 수밖에 없었다. ·

서부를 덮은 폭설로 하이웨이 옆으로 눈이 높게 쌓였고 군데군데 길이 미끄러웠지만 오히려 그 덕분에 통행하는 차량은 많지 않았다. 기린의 목처럼 북서 방면으로 45도 정도 기울어져 있고 한때 골드러시로 유명했던 캘리포니아 서부 개척사의 뒤안길을 따라 차는 달렸다.

론 파인을 지나며 멀리 휘트니 마운틴이 보였다. 멀리서도 불타는 모습을 볼 수 있는 휘트니를 덮으며 눈이 쌓여 있었다. 눈 위에 눈이 내린 풍경은 만년설이라는 한마디로는 표현이 어려웠다. 미국에서 가장 높은 봉우리를 자랑하는 휘트니 마운틴은 9월 말이면 벌써 산봉우리를 덮은 하얀 눈을 볼 수 있다. 미국 서부에서도 손꼽히는 절경 중에 하나다. 크리스마스 시즌의 눈 덮인 휘트니 마운틴은 말할 것도 없었다. 누가 먼저랄 것도 없이 머피의 친구들은 휘파람을 불었고 그 옛날 서부영화를 신나게 찍어 댔다는 무비로드를 지나며 이미 약 냄새를 풍기기 시작했다.

피가 솟구쳤다.

열네 개의 스피커에 앰프 출력이 600와트인 THX Ltd.의 새 사운드 시스템은 밥 딜런의 「노킹 온 헤븐스 도어」를 자동차 안에 미친 듯이 뿌려 댔지만 머피는 다른 문을 열듯 되는 대로 아무 노래나 부르고 있었다. 구름을 봐요. 꽃잎처럼 구름이 구름을 덮고 있어요. 장미 화분을 던질 수 없어요. 운전대를 잡은 머피가 길게 소리를 질렀다.

그것도 밥의 노래야?

밥을 위한 노래야. 모든 밥.

너는 밥에게 미쳤어. 머피의 친구 중 하나가 머피에게 말했다. 차라리 우리처럼 약을 하라고.

구름이 구름을 덮고 있어요. 화분을 던질 수 없어요.

앰프가 뿌리는 사운드가 머피의 노래를 덮었고 머피의 노래가 앰프의 사운드를 덮었다. 이건 멈출 수 없는 거야. 비숍을 지나며 머피의 핸들은 좌우로 흔들렸다. 중간에 두 번 소변을 본 것 말고는 점심도 굶은 채 그들은 달리고 또 달렸다. 레이크 타호로 가는 길이 끝도 없이 구불구불했다. 얼어붙은 강물 같았다. 머피가 윈도를 내렸다. 자동차는 속도를 늦추지 않았다. 점심 무렵 그들은 아스펜 숲을 끼고 달릴 수 있었다. 한낮의 햇살을 받아 황금 동전처럼 잎사귀들이 빛을 내는 아스펜 숲에서 머피가 세 번째 오줌을 누고 나올 때 노란 숲이 끝나는 언덕에서 닷지 한 대가 마주 올라오는 것이 보였다. 그리고 머피를 지나쳐 갔다. 머피가 급하게 차에 올랐다.

이봐, 친구들. 들었어?

머피. 왜 그래. 서비스가 부족해?

머피의 얼룩말이 고개를 처박았다. 머피가 차를 돌려 반대 방향으로 가속페달을 밟기 시작했다. 성난 코뿔소처럼 5킬로미터 넘게 차를 달렸을 때 닷지는 막 주유소로 들어가고 있었다.

조지. 음악을 좀 껐으면 좋겠어. 아이들이 힘들어해.

알았어. 사운드를 좀 줄이도록 하지.

오디오의 사운드를 줄이고 조지가 자동차 밖으로 나왔을 때 낯선 청년 하나가 그의 자동차에 기대어 서 있었다.

안녕하세요. 날씨가 좋아요.

그렇군.

어떠세요.

뭐가 말인가. 조지가 물었다. 머피가 어깨를 으쓱했다.

아니요. 뭐 혹시 낚시 같은 거 좋아하시나 해서요. 날씨가 아깝잖아요. 방에 틀어박혀서 포커 게임 같은 걸 하기는 아까운 날씨니까요. 낚시가 아니라면 카누도 괜찮겠죠. 저는 가끔 그 두 가지에 대해서 생각해요. 공통점은 배인데 말이에요. 어떤 배는 고기를 잡고 어떤 배는 고기 따위에는 관심이 없죠. 아, 그냥 그렇다구요. 그리고 머피가 잠시 조지의 차에서 흘러나오는 노래에 귀를 기울였다.

좋은 노래군요. 좋은 노래예요. 머피가 웃는 얼굴로 조지의 차 안을 흘끗 보며 말했다.

좋은 노래지. 조지가 걸어가 주유기를 손에 쥐었다.

사운드 시스템도 최고네요. 뱅앤드올룹슨의 신제품이죠? 열네 개의 스피커가 포함되어 있고 6300달러나 되는. 누가 했는지 튜닝 솜씨가 끝내주네요.

조지가 머피의 눈을 바라보았다. 닷지 안으로 기

름을 분사하고 있는 주유기가 조지의 손에서 출렁거리는 것이 느껴졌다.

그게 문제라도 되나?

그럴 리가요. 그냥 전⋯⋯.

두 대의 차에서 흘러나온 노래가 엉기고 섞였다. 공기가 출렁거렸다. 특히나 링컨에 내장된 THX Ltd.의 새 사운드 시스템에서 미친 듯이 흘러나오는 노래는 주유소 500미터 밖에서도 들을 수 있을 만큼 컸다. 당신도 밥을 좋아하는군요. 자신의 차를 돌아보며 머피가 또 어깨를 으쓱했다. 수전이 앉아 있는 자동차 유리로 햇살이 쏟아졌고, 조지는 레이크 타호의 신비로운 수면을 본 것 같았다.

당신도 밥이죠?

아니. 나는 밥이 아니네라고 조지는 말하지 않았다. 대신 수전을 쳐다보았다. 수전은 초조해하고 있었다. 링컨 안에서 머피의 친구들이 까불며 낄낄거렸다. 하지만이라고 조지가 무슨 말인가를 이어가려 할 때 수전이 자동차 윈도를 조금 내리고 걱정스러운 얼굴로 조지를 불렀다. 조지는 자신이 겁을 먹고 있는가 잠시 생각했다.

난 알아요. 밥이라는 걸.

머피의 눈은 확신에 차 있었다. 차분하고 고요하게. 어떤 의심도 없이. 자신의 링컨으로 돌아가 글러브 박스를 열었다.

미안해요. 그것뿐이에요.

다음 날 조간신문에는 약에 취한 고등학생들의 무모한 총격으로 크리스마스 시즌 서부 하이웨이 최악의 총격 참사가 발생했으며 한 명의 부상자를 포함해 세 명의 희생자가 발생했다는 기사가 났다. 두 달 뒤 사망자의 수는 둘에서 셋으로 정정되었다.

6

10시 5분 전에는 405호 법정에 도착해 있었다. 몰리 심슨의 주재로 속개될 이날의 재판은 약물 복용에 무허가 총기로 서른다섯 살 수전 루이스의 머리 절반을 날리고 네 살 된 쌍둥이 형제와 아이들의 이모를 죽인 머피의 선고심 공판이었다. 머피의 친구들은 머피가 약을 하지 않았다는 사실을 증언하지 않았고 머피는 그것을 불평하지 않았다.

조지는 긴 복도를 서성거렸다. 법정 안으로 들어갈 생각은 없었다. 오직 한 가지만을 묻고 싶을 따름이었다. 굳게 닫힌 문 앞에 서서 두 번쯤 심호흡을 하고 복도를 빠져나와 조지는 호송 차량이 대기하고 있는 주차장으로 갔다. 해가 뜨거웠다.

몇 대의 담배를 더 피우고 나자 두 명의 정복 경찰과 함께 머피가 호송 차량으로 다가왔다. 조지는 머피에게 접근할 수 없었다. 접근을 막는 경관의 어깨 너머로 다만 이렇게 소리쳐 물었을 뿐이다. 아직도 밥이라고 생각하나?

차에 오르던 머피가 조지를 돌아보았다. 뭔가를 생각하더니 웃었고 짧게 대답했다.

어제 또 한 명의 밥이 죽었죠. 밥답게.

잘 빗어 넘긴 그의 금발로 부드러운 햇살이 떨어졌다. 밥답게. 머피를 삼킨 문이 멀어져 가는 것을 보며 조지가 굳은 얼굴로 서 있었다.

7

멈출 수 있을까요? 밥이 물었고 나는 조금 슬퍼

진다. 그것을 모르기 때문에.

　나는 지금도 가끔 아버지가 일하던 가게를 지나간다네. 이런 식으로 나는 밥에게 말할 수 있을 뿐이다. 창가에 서 있으면 시계 수리공들이 보이지. 사람들은 모두 한 방향을 바라보고 앉아 있다네. 마치 한쪽 방향만 있는 집 같아. 가게의 탁자 위에는 고장 난 시계들이 즐비하고. 그것은 정지되어 있는 것 같고 끊임없이 움직이는 것 같지. 시계들은 분해되어 있거나 저마다 다른 시간을 가리키고 있다네. 아주 작은 시계들. 본 적이 있나? 물론 있겠지. 날아가다 멈춘 새들처럼. 땅으로 떨어진 새들처럼. 분해되어 탁자 위에 누워 있는 시계들. 아버지를 비롯한 시계 수리공들이 모두 해가 드는 창가를 향해 선다네. 정교한 부품 하나도 잃어버리지 않기 위해 햇살이 드는 쪽으로 탁자를 놓고 시계 수리공들이 서 있는 거야. 그 모든 것이 돌아가지. 째깍째깍. 아주 작은 공간 안에서 시계를 수리하는 작업이 시계처럼 돌아가고 있는 거야. 회전하는 이 리볼버처럼 말이야. 나는 그게 참 이상하다고 생각해. 지금도 묻는다네. 멈추고 다시 돌아가는 것에 관해.

멈출 수 있을까요?

나는 슬퍼진다. 그것을 모르기 때문에.

이제 무엇을 말해야 할까.

다섯 명의 밥에 관한 이야기를 하려고 했지만 나는 한 명의 밥에 대해서도 이야기하지 못한 것 같다. 이야기는 치밀하지 않고 나는 실패한 것을 안다.

어쩌면 처음부터 나는 밥을 몰랐거나 내가 알고 있는 밥과 밥이 알고 있다는 밥을 다 합쳐도 진짜 밥은 찾을 수 없는 것인지 모른다.

하지만 완전히 그런 것은 아니다. 다행히 오스카상 수상에 빛나는 배우이며 감독이자 작가인 밥 한 사람을 나는 알고 있다. 그는 꽤나 근사하고 독창적인 뮤지션이기도 하다. 그 밥에 관한 이야기를 조금 보태면 밥의 이야기를 완성할 수 있을까. 모르겠다.

어쨌든 안젤리나 졸리의 전남편으로 더 잘 알려진 밥의 노래를 한 곡 부탁했을 때 피곤한 밥의 눈이 빛나는 것을 나는 보았다. 그는 거절했지만 나는 알고 있었다. 그가 밥을 찾고 있다는 것을. 새로운 밥을. 진짜 밥을 찾았던 다른 밥처럼 말이다. 하지만 나는 그런 밥을 본 적이 없다.

빌리 밥이군요.

빌리 밥이지.

그렇게 우리는 다른 밥의 얘기를 하며 또 오래도록 앉아 있었다. 거리는 조용했고 해는 정오를 지나 오후 한 지점을 통과하고 있는 것처럼 보였다. 솔직히 말해 나는 밥의 집이 마음에 들었다. 골목에서 아이들이 뛰지 않았고 무엇보다 그의 집에는 장미가 그려진 아름다운 문이 있다.

그는 정말 밥일까요?

밥이 물었고, 영화로 데뷔하기 전, 스쿨 밴드 시절부터 빌리 밥이 이미 뮤지션으로 실력을 쌓아 왔다는 얘기, 로큰롤부터 컨트리와 루츠 록 앨범을 선보이며 평단의 호평도 받아 왔다는 얘기를 했고, 그러는 중에도 그의 노래 「뷰티플 도어」를 함께 흥얼거렸고, 하지만 그의 노래가 그리 대중적이지는 않다는 얘기들을 우리는 했을 것이다.

그는 너무 사회적이라구요. 정치적이거나.

자유로운 정신을 노래할 뿐이지. 알고 있어요.

당신이 새로운 세상을 찾는다는 걸. 하지만 그런 세상을 나는 본 적이 없네요. 당신은 절대 이 세상을 멈추지 못할 거예요. 그가 자신이 사용한 단어 '멈추다(stop)'를 '킬(kill)'로 고쳐 말했고 나는 주의 깊게 들었지만 그러지 않았다 하더라도 달라질 건 없었다.

제가 말했죠. 태어날 때도 밥과 밥 사이에서 태어난 것처럼 생각된다고. 나는 밥과 밥 사이에 서 있고 그건 운명과 같은 일이죠. 그날도 그랬고 오늘도 그래요.

모르겠어. 그날이 뭔지 오늘이 뭔지. 시간이 뒤죽박죽이라네. 이해해 주게. 말했지? 공간이 조금 부서지면 시간은 그야말로 뒤죽박죽이 된다네. 하지만 오늘이 무슨 날인지는 알아. 권총이었고, 2012년 6월 7일이었어. 그렇지? 플리트우드 맥의 기타리스트 밥 웰치가 죽은 날.

그러네요. 잊고 있었는데. 밥이 밥을 죽인 날이네요. 권총으로.

그렇지. 밥답게.

밥답게라는 말의 끝에서 밥은 어떤 생각에 잠기는 것 같았다. 무언가를 물으려는 것처럼 나를 보다가 다시 고개를 돌려 내가 바라보는 것을 같이 바라보기도 했다. 나는 그가 무엇을 바라보는 것인지 궁금했지만 그가 침묵했으므로 나도 묻지 않았다. 대신에 오래전에 했던 질문을 다시 던졌다. 아직도 밥이라고 생각하는지.

당신은요? 당신은 밥인가요?

물론 아니네. 그럴 수도 있지만, 모르겠어, 나는 이놈을 밥이라고 생각해.

내가 낡고 무거운 가죽 가방의 안주머니를 열어 500달러를 주고 콜린에게 구한 권총을 꺼냈다. 필요 없는 일이라고 생각하지만 어쨌거나 시리얼넘버가 지워진 그 총이었다.

말해 보게. 자네는 진짜 밥인가?

아쉽군요. 머피가 말했다.

아쉽군요.

반복해서 머피는 그 말만을 했다. 내가 수전과 마지막으로 들었던 노래를 한 번 더 듣고 싶어 자리에서 일어날 때도. 내가 총을 들어 전적이 화려하다는 그 총의 장전을 확인하고 있을 때도. 내가 밥인지 자네가 진짜 밥인지 그건 잘 모르겠지만, 이건 알지, 세상의 모든 밥은 이렇게 죽는다네. 장전된 총을 내가 머리에 겨눌 때도.

아쉽군요. 머피는 앉아서 중얼거렸다.

머피는 피곤해 보였다. 이야기는 중단되었고 다시 시작될 것 같지 않았다. 결국 밥의 얘기는 모르겠다. 그냥 밥이든, 진짜 밥이든. 이제 나는 방아쇠를 당긴다.

그리고 나는 본다.

내 머리가 완벽하게 부서지는 광경과 부서진 화분이 하루 종일 내가 바라본 머피의 집 하얀 문을 덮는 모습을.

그러니까 장미를.

아쉽군요. 머피는 앉아 있고 머피는 계속 중얼거린다.

궁금해요. 진짜 밥은 밥에 대한 생각을 멈출 수 있을까요.

구체적이고 사실적인

0

세상은 고요했어. 불빛은 다가오다 사라지곤 했지. 가까워지지도 않고 멀어지지도 않으며 산허리를 돌아 파고들듯 사라졌어. 운전 중에도 불빛을 보고 있었지. 불빛이라고 생각한 건 내 착각이었는지도 몰라. 유리 같은 느낌이었어. 유리가 깨져 쏟아지고 있는 느낌이었는데 구체적이었고 뜨거웠어. 무엇엔지 모를 두려움과 분노가 동시에 솟았고, 반복되었어. 눈이 감기는 느낌과 눈을 뜨는 느낌이 겹쳤어. 세상은 고요했어. 그래서 조금 어지러웠어. 이러지 마요. 오늘은 하고 싶지 않아. 벨까 봐 두려워. 파이프를 자르듯…… 반듯하게.

1

봤어요? 저 칼자국들.

글쎄요. 잘 모르겠군요. 우린 푹푹 쑤시는 칼밖엔 몰라서요. 두 마디만 들어가면 쩍 벌어지죠. 칼끝이 들어간 자리. 메스는 몰라요.

내 눈은 못 속여요. 저건 예리한 것이 지나간 자리가 확실해.

그건 나중에 확인해 보죠. 우선 제 질문에 대답하셔야죠.

질문? 아, 그거! 아내가 섹스 후에 그렇게 묻는 건 사실입니다. 하지만 다른 부부들도 다 그런다고요. 어때? 좋았어? 여자들은 그렇게 묻지요. 남자가 만족하고 있다는 걸 확인하고 싶어 하니까. 그걸로 내 아내라는 증거를 삼을 수 있다면 세상 여자 중 9할은 내 아내여야 해요. 형사님도 그렇게 묻지 않나요?

난 남편이 없어요.

중요한 건 그게 아니잖아요.

내 말이 그 말이라니까요. 중요한 건 그게 아니죠.

그럼 뭐가 중요하죠?

침실. 저 여자분이 당신의 아내가 아니라면 두 사람이 마지막 섹스를 했던 침실 얘기를 알 수가 없죠. 당연한 얘기 아닌가요.

또 그 소리군요.

저 여자분의 표현처럼 당신은 ω나 δ를 좋아해요. 맞죠?

아내가 좋아해요. 여자들은 다 그걸 좋아하고요.

오버하는 경향이 있네요. 여자에 대해 자신이 있군요.

그 정도는 누구나 다 알죠. 정보 축에도 못 낄 만큼 고리타분한 정보니까. 어디서나 쉽게 볼 수 있는 통계란 말입니다. 역시 결혼을 안 해서 모르신다고 하겠군요.

결혼 안 했다고 말하지는 않았어요. 남편이 없다고 했지. 참고로 난 둘 다 별로예요.

그럼 뭘 좋아합니까.

나야…… 이런 제기랄. 그만둡시다. 섹스에 대해 논하자는 건 아니니까. 중요한 건 이거예요. 두 사람은 늘 ω로 시작해 δ로 마무리를 했다는 것. 그런데 그날은 δ로 시작해 ω로 끝난 겁니다. 담배요? 괜찮으니 피우세요. ……계속할까요? 어디까지 했더라. 아! ω로 시작해 δ로 끝난 얘기.

δ로 시작해 ω로 끝난 얘기죠.

그런가요. 좋습니다. δ로 시작해 ω로 끝났죠. 그렇게 했던 이유는 간단해. 침대가 아니라 소파에서 시작했기 때문입니다. 그건 선생님도 인정한 거고요. 자, 여기. 당신 서명 맞죠? 우선 소파에서 당신은 σ로 있었고 당신의 아내가 당신을 애무했습니다. 다음은 아내가 ζ가 되었죠. 그게 10분 정도 됩니다. 다음, 당신은 아내의, 그러니까 당신의 아내라고 주장하는 저 여자분의, 염병할! 그냥 당신의 아내라고 합시다. 혐의가 사실로 인정되기 전까지는 무죄 추정의 원칙이라는 게 있으니까.

그러니까 내 아내가 아닌 거죠. 무죄 추정. 말씀 잘하셨네요. 아닙니다, 이거야 원, 지금 내가 무슨 말을 하고 있는 건지 하나도 모르겠네.

그냥 가요, 복잡하니까. 두 사람 때문에 머리가

터질 것 같은 사람은 나란 말이에요. 당신은 아내와 δ로 섹스를 시작한 거예요. 그렇게 또 10분 정도…… 잠깐만. 반장님! 왜 자꾸 왔다 갔다 해. 신경 쓰여요. 집중이 안 되니까 왔다 갔다 하지 말아요. 웃지 말고, 제발.

피로해 보이네요. 좀 쉴까요, 형사님? 피로가 스트레스를 가중시키죠.

아닙니다. 그냥 계속하죠. 마지막이 문제의 그 ω였어요. 역시 10분 정도. 그리고 아내가 물었던 겁니다. 어때? 좋았어?

그건 여자들이 다 묻는 거라고 말씀드렸는데도 그러시네요.

무거워. 남자들이 다 그렇게 대답하진 않아요.

어떻게 알아요. 남편이 없다면서.

남편이 없어도 그 정돈 알아요. 그리고 남편이 없다고 했지 섹스를 안 한다곤 안 했어요.

죄송하지만요, 내가 하루에 만나는 사람만 몇인 줄 알아요? 하루에 50명도 넘는 사람을 만나요. 똑같은 얼굴에 똑같은 그림을 그리며 똑같은 말을 하죠. 이 선을 더 살려야 합니다. 이 선은 죽여야죠. 그러다 보면 지쳤을 수도 있고 짜증이 났을 수도 있지 않겠습니까. 날씨가 좋지 않았거나. 술을 마셨을 수도 있겠네요.

그날 당신은 술을 마시지 않았어요. 당신은 술을 마시면 δ나 ω를 하지 않아요. 그건 술을 마시지 않은 날의 절차란 말이죠. 특히 과음을 했거나 심한 스트레스를 받은 날 당신은 절대 δ는 끼워 넣지 않아요. α γ ε나 λ κ 중에서 두세 가지 정도를 변칙적으로 섞어서 합니다. 그날은 그러질 않았어요.

도무지. 지금 무슨 얘기를 하고 있는 건지는 알아요? 좋아요. 그렇다고 칩시다. 모든 말이 저 여자의 말대로라고 합시다. 하지만 이 사진. 이건 어떻게 설명하시겠어요? 이건 저 여자. 아니 내 아내가 사라지기 직전에 찍은 것입니다. 여기 날짜가 있지요? 눈 똑바로 뜨고 잘 보세요. 예쁘지 않습니까? 내 병원의 간호사들 중에 가장 예쁜 여자였어요. 성형 상담이 필요한 사람들에게 건넬 백 마디 말보다 그녀에게 줄 한마디의 말을 고르느라 더 많은 시간을 할애했다고요. 한번 상상해 봅시다. 이렇게 아름다운 여인이 두 달 만에 저렇게 되어 나타날 수 있는지. 그런 얘길 형사님은 들어 본 적이 있나요? 내 성형외과 의사로서 장담하지만 수술이 아니라 별짓을 다 해도 사람이 다른 종이 되지는 않아요. 무거웠냐고요? 예. 무거웠어요. 몸은 날마다 야위어 가는데 몸은 더 무거웠거든요. 그러니까 내가 무겁다고 한 말은 권태기나 다른 여자가 생겨서 한 말이 아니란 말이에요. 문자 그대로 무겁다는 말이지. 그리고 몸도 몸이지만 이 얼굴을 좀 보십시오. 형사님 눈엔 무엇으로 보여요. 내 눈엔 광물질로 보이는데.

수술을 여러 번 했을 수도 있지 않나요? 그건 선생님이 더 잘 알겠지만. 전에 티브이를 보니까 고양이 여인에 관한 이야기가 나오던데요. 언제부터인지 자신의 얼굴에 콤플렉스를 가지게 된 여인 이야기. 남편은 억만장자였고 하루가 멀다 하고 바람을 피웠죠. 여자는 그게 다 자신의 얼굴 때문이라고 생각을 하게 되고 수십 번에 걸쳐 성형 수술을 받았다 하더군요. 여자의 얼굴은 고양이 얼굴이 되어 버렸죠. 남편이 고양이를 좋아했다나 뭐라나.

나도 봤습니다. 학회지에도 실린 적이 있고. 고양이 얼굴이라기보다는 늙은 퓨마 같더군요. 그 여자는 수년간에 걸쳐 수십 번 성형 수술을 했고 돈도 수억을 들였어요. 내 아내가 사라지고 다시 어떤 여자가 나타나 내 아내라고 우기게 된 건 불과 두 달 사이예요. 두 달 만에 완전히 다른 종으로 변신시킬 수 있는 외과의가 지구상에 존재한다고 생각하세요? 절대로 없습니다. 신이 진흙을 주물러 다시 만들기 전엔 안 돼요. 남편이 고양이를 좋아해요? 그래서 고양이 얼굴로 성형을 해요? 그렇다고 해 두죠. 그러나 나는 고양이를 좋아하지 않아요. 생선은 먹지도 않고 그걸 누구보다 잘 아는 사람이 내 아내라고요. 그리고 내 아내는 얼굴이 페이퍼처럼 하얗습니다. 하지만 저 얼굴을 좀 보세요. 딱 한마디로 광물 아닙니까. 철광석처럼 검은 저 얼굴. 저걸 한번 설명해 보세요.

철광석은 모르겠고. 검긴 검군요. 칼자국 얘기는 뭐죠? 조금 전 선생이 그랬잖아요. 저 여인의 얼굴에서 칼자국이 보인다고.

얼굴이 아니에요. 눈이지. 눈 주변을 봐요. 칼이 지나간 무늬들이 보여. 우린 그걸 알아요. 메스보다 더 날카로운 것이 지나간 자리.

2

지중해피시 같구려.

지중해피시?

그렇다오. 지난여름 지중해에 갔다 왔거든. 우리 의사 사위가 보내 줬지. 구피라고 하는 열대어 종류가 있는데 그중에서도 아름다운 색을 가진 것이 레드리본이래요. 레드리본 같은 몸에 얼굴과 피부는 글래스캣피시 같은 형상을 가진 물고기라오. 유리처럼 투명하지. 그러니까 내 딸, 아니 저 여자가 하는 말 그대로야. 지중해피시가 맞아.

지중해피시라.

한번은 여행 이야기를 하면서 너는 어디가 가고 싶니 하고 물으니까 자기는 지중해에 가 보고 싶다고, 아니 꼭 가겠노라고 하더군요. 그전엔 그런 말 하는 것을 들어 본 적이 없다오. 뜬금없이 웬 지중해? 하고 물으니까 엄마! 생각 안 나? 내가 빈혈이라고 말한 거, 그럽디다. 그래서 지중해 여행을 계획하게 되었거든. 그런데 막상 같이 가자고 하니까 딴소리를 해. 뭐라더라? 여기도 좋은 데가 많은데 했던가. 바다 보자고 가는 거니. 너도 지중해가 보고 싶다며? 했더니 또 뭐라더라. 유리 바다를 보고 싶어 했던가. 하여간 알아듣지 못할 말을 하며 싫다고 합디다. 그래서 둘째 딸과 다녀오질 않았겠소. 그게 그럼 빈혈 때문이었나?

빈혈이라. 따님이 빈혈이 있었다는 말인가요?

그건 아니에요.

아니라고요?

적어도 어렸을 때는 아니지. 오히려 건강했다오. 아주 활달해서 가만히 있지 못하는 아이였어. 사춘기를 지나면서는 달라졌지요. 남자애들에게 최고 인기였으니까. 제 동생도 질투를 하곤 했다오. 한때 모델을 꿈꿀 만큼 한 인물 하던 딸이에요. 어릴 때 사진이 어디 있을 텐데……. 아무튼 내가 우겨서 서울에 있는 대학 간호학과를 보냈지. 섬에 두기 아깝다는 얘길 들을 만큼 공부도 곧잘 했거든.

빈혈은요?

아! 빈혈. 글쎄 그건 잘 모르겠수. 한 번도 어지럽다든가 하는 이야긴 들어 보질 못했다니까. 그런데 실종되기 전에 말이오, 몇 번이나 새벽에 전화를 해서 무슨 빈혈인가, 하여튼 빈혈 얘길 자꾸 했지.

그래서요?

여자들 빈혈에 걸리는 거야 다반사 아니우. 나도 빈혈이 있구. 저 애를 가지면서 빈혈이 생기더군. 아마도 몸에 지니고 태어난 철분을 애가 다 빨아먹었기 때문일 거유. 내 몸이 쇠는 아니잖수.

따님 얘길 하셔야죠.

음, 뭐냐, 실종되기 한참 전이지. 새벽이었을 거유. 잠결에 전화를 받았는데 난데없이 무슨 빈혈인가에 대해 얘기를 하더군요. 알아먹도 못 하는 이상한 말들을 하는데 도무지 이해할 수가 있어야 말이지. 그 뒤로도 몇 번 그랬지. 그러나저러나 그 빈혈인가 뭔가 때문에 지금 내 딸이 저렇게 된 거유? 물고기처럼?

3

계속 눈물을 흘리시는군요.

눈물이 아니에요. 눈에서 나오는 것이긴 하지만. 혹시 피가 섞여 있진 않나요?

전혀요. 투명한데요. 당신 손처럼.

제 손이 투명한가요? 그게 보이시나요?

창백하네요. 피부는 나처럼 염소과인데, 죄송해요. 그냥 그렇다는 거예요. 손은 정말 창백하네요. 피가 빠져나간 사람처럼. 그나저나 지중해라도 갔다 온 겁니까? 뭐 남편하고 싸우고 잠시 나들이 삼아 나갔다가 오니까 두 달이 지났더라, 이런 시나리오. 요즘엔 돈 많은 아줌마들 화딱지 나면 애인 하나씩 데리고 마트 가듯 씨잉 해외로 나갔다 온다던데.

아니요. 신혼여행 때 말고 해외에는 나가 보지 않았어요.

그럼 성형은요. 성형 수술도 안 했고요?

전혀요.

젠장. 그런데 어떻게 얼굴이 지중해피시가 됐죠?

지중해피시요?

네. 어머니 되시는 분이, 아니 지금 그쪽분이 강력하게 어머니라고 주장하시는 분이 그렇다고 하시네요. 물론 더 조사를 해 봐야 합니다만 우선은 그렇게 부르기로 하죠. 사건의 개요를 뭐라도 적어야하니까. 지중해피시.

지중해피시. 저도 그런 이름을 들은 것 같네요. 지중해피시. 하지만 그렇게 불리고 싶지는 않아요.

물고기들이 낭만적인 이름으로 불리는 거 나는 싫거든요. 낭만적인 이름은 조금도 사실적이지 않아요.

어렵네요. 내가 좀 무식하거든요. 그 얘기나 들려주세요. 지중해빈혈인가. 병에 걸렸다는 사실을 알게 된 계기부터 이야기를 해 볼까요? 가능하면 자세하게. 우선 어떤 자각 증세들이 있었나요?

소리를 들었죠. 소리를 들으면 몸이 왜곡돼요.

잠깐만요. 소, 리, 에다가 또 몸, 이, 왜, 곡, 된, 다. 맞죠?

네.

우선 왜곡된다는 말이 이해가 잘 안 되는군요. 어디가 아팠다는 뜻인가요? 아니면 몸이 기울었다거나 무엇으로 변신했다거나. 어떤 소설에 보니까 그런 얘기가 있던데.

눈이 자주 충혈되었어요. 핏발이 섰죠. 몸의 모서리들이 선명하게 보이기 시작했는데 남편도 아이도 안아 줄 수가 없었죠. 아팠으니까요. 테트리스 게임 알죠? 모서리가 있는 것은 모서리가 없는 것과 결합할 수가 없어요. 제 몸이 그랬어요. 하지만 그건 초기 증상일 뿐이었죠. 왜곡은 빠르게 진행이 되었죠. 비정상적으로 광대뼈가 튀어나오고 턱이 돌출되기 시작했어요. 골절은 없었지만 뼈와 뼈에서 전동차 다니는 소리가 들렸죠. 전동차가 브레이크를 걸거나 철로를 바꿀 때 나는 소리요. 불꽃이 튈 것만 같아서 누워서도 몸을 살살 움직이곤 했죠. 어떤 날은 몸이 깨지는 느낌이 들었어요. 그럴 때는 통증도 동반이 되곤 했죠. 피부 한쪽이 뚝뚝 떨어져 나가기도 했고요. 물을 마시면 좀 나아졌어요. 그래서 물을 많이 마시게 됐죠. 물을 마시지 않으면 몸에서 유리 조각 같은 것이 떨어져요.

각질이겠죠.

각질은 아니에요. 아무튼 자주 빈혈을 느꼈고 스트레스를 받았어요. 하루 종일 거울을 봐야만 했고 내가 정신을 잃지는 않는지 주의해야만 했으니까요. 한번은 마트에서 카트를 밀고 가다 쓰러진 것을 누가 병원에 데려다줬죠. 난 극도로 신경을 썼죠. 남편과 밥을 먹는 중에도 내 몸을 살펴보곤 했어요. 목욕을 하거나 잠을 잘 땐 더 신경이 쓰였죠. 벗은 몸일 때 더 잘 보이지 않겠어요. 몸에서 조각이 떨어져 나가는 여자를 어떤 남자가 좋아하겠어요. 다행히 남편은 알아채지 못하는 것 같았어요.

소리는요? 환청이나 이명 같은 것을 말하는 건

가요? 아니면 물소리 같은 것? 주방에서 설거지를 하다가 현기증을 느꼈다거나 아니면 목욕탕에서 샤워 중에 어지럼증을 느끼고 주저앉았다거나 그런 거 있잖아요? 그건 뭐 흔한 건데.

움직임에 가까워요. 몸 안에서 이질적인 무엇이 움직이는 것에 대한 감지. 형사님은 그런 적 없나요?

글쎄요. 생리를 할 때 몸에서 뭔가가 빠져나가는 것 같은 느낌이 들기는 하죠. 그걸 말하는 건가요?

생리하고는 관계없는 얘기예요. 그래요, 그건 발작 같은 것이에요.

모르겠군요. 발작이라. 좋아요. 하나하나 차근차근 풀어 봅시다. 그 발작은 언제 어떻게 일어납니까? 가령 남편이 바람을 피웠다거나 적어도 남편에게서 바람피운 냄새를 맡았다거나 그럴 때 오는 발작인가요? 대부분 여자들은 그럴 때 허탈함을 느끼잖아요. 존재가 허물어지는 그런 느낌이라고 하더군요. 누구나 발작을 경험하는지는 잘 모르겠지만……

남편은 바람을 피우지 않았어요. 모르죠. 나 모르게 밖에서 다른 여자를 만나고 있는지는. 적어도 겉으로 그런 틈을 보여서 내게 상처를 주지는 않

앉았어요. 섹스도 거부하진 않았죠. 조금 형식적이
긴 했지만 대화도 했어요. 가끔 껌을 씹고 있는 게
아닌가 하는, 왜 껌을 씹을 때는 아무 생각 없잖아
요. 혹은 아무 생각 없이 껌을 씹는다거나. 하여간
껌을 씹듯이 대화를 하고 있다는 생각이 들기도 했
지만 어쨌든 남편이 대화 자체를 거부하거나 기피
하진 않았어요. 남편하고는 전혀 상관이 없어요.

몸에 통증은 없었나요. 그러니까 찌른다든지 쑤
신다든지 하는 증상 말입니다. 아니면 열이 나고
온몸의 기운이 빠진다거나. 갱년기가 오면 그런 증
상이 나타난다던데요.

갱년기가 올 나이는 아니잖아요.

그럼 뭐예요, 움직임이란. 좋아요. 일단 넘어가
죠. 증상은 언제부터 나타났나요?

정확히는 모르겠어요. 빈혈은 늘 있었으니까. 제
대로 인식한 건 2년 전 남편과 결혼기념일 섹스
를 하던 날일 거예요. 상당히 흥분되어 있었죠. 다
른 날보다 더요. 선물은 받지 못했지만 남편이 일
찍 들어왔고 컨디션도 좋았거든요. 연애 시절 남편
이 사 준 예쁜 잠옷을 입고 있었어요. 비싸거나 화
려하진 않았지만 남편은 그 잠옷을 좋아했어요. 저

도 그렇고요. 아! 물을 좀 마셔도 되죠? 고맙습니다. 계속할게요. 그때는 소리도 심하지 않았고 몸의 왜곡도 느껴지지 않았어요. 남편은 언제나처럼 ω와 δ를 원했어요. 늘 같았죠. ω나 δ를 좋아하고 가끔 β를 원하죠. 그날도요. 달라진 게 있다면 순서죠. 이미 말씀드린 대로예요.

항상 남편의 요구대로 했나요?

대부분. 하지만 그날만큼은 좀 화가 나더군요. 결혼기념일이었고 모처럼 몸도 가벼웠으니까요. 그렇다고 남편의 뜻을 거절할 수도 없어서 저는 남편의 요구에 적당히 응했죠. 남편은 말했죠.

무거워! 맞죠? 그러고는요?

해장국을 먹으러 갔죠. 남편에게 물어보면 알 거예요. 연애 시절부터 해장국을 좋아하게 되었고 출출하면 24시 해장국집으로 가요. 레지던트 시절부터 남편은 해장국을 먹었다더군요. 아무튼 그날 새벽에도 길 건너 해장국집을 찾아 들어갔어요. 노랗게 색이 변한 묵은 신문들이 쌓여 있었는데 한쪽에 쌓아 놓은 것들이었어요. 선지해장국을 주문해 놓고 뒤적거리던 신문에서 기사를 읽은 거예요. 지중해빈혈. 보건복지가족부는 20일부터 희귀 난치

성 질환인 특발성 폐섬유증 등 열여덟 개 질환을 본인 부담 경감 대상 질환으로 추가한다고 18일 밝혔다. 본인 부담 경감 대상 질환은 지중해빈혈, 레녹스가스토증후군, 발작성수면 및 탈력발작, 타르가르트병, 기타 제한성 심장근육병증…… 이라고 되어 있었어요. 몸에서 다시 소리를 들었어요. 휘는 소리.

휘는 소리요?

휘젓는 소리일 수도. 아무튼 나는 알았죠. 그 소리만 들으면 빈혈이 일어나는 이유를. 지중해빈혈이었어요. 지금은 그게 아니라는 것을 알지만 그때는 그렇게 생각했던 거예요. 뭐라도 연결점을 찾고 싶었으니까.

지, 중, 해, 빈, 혈. 자꾸 앞서가지 말고 순서대로 차근차근. 알았죠? 계속합시다. 몸이 이상했고, 그건 섹스를 하다 알았는데 알고 보니 지중해빈혈인 것 같더라. 선지해장국을 먹다가 그걸 알았고, 그래서요?

깍두기를 깨물며 나는 엄마한테 전화를 걸었죠. 길게 신호가 울렸는데 받지 않더군요. 신호음이 끊어지고 녹음 멘트가 나올 때까지 두 번 반복해서 전화를 걸었어요. 세 번째 녹음 멘트가 넘어가기 직전에 엄마는 잠에서 깨어나지 못한 목소리로 전화를 받았어요. 나는 말했죠. 엄마. 나 병명을 알았어. 지중해빈혈이야.

어머니는 뭐라던가요?

새벽부터 얘가 뭔 소리야. 너 어디 아프니? 내가 응, 나 지중해빈혈이야 하고 다시 말하자 뭐? 어딜 간다고? 나중에 얘기하자 얘, 그러며 전화를 끊었어요. 나는 집에 돌아와 백과사전을 뒤졌고 지중해빈혈에 관해 알게 되었던 겁니다. "헤모글로빈의 결핍으로 인한 혈액 질환으로 글로빈을 구성하는 폴리펩티드 사슬의 합성 작용에 이상이 생겨 발생하는데 폴리펩티드 사슬은 α, β, γ, δ, 그리고 ϵ 등의 다섯 가지 유형이 있다."라고 되어 있었죠. 놀랍지 않아요? α, β, γ, δ, ϵ이에요.

그게 어쨌는데요?

아름다우니까요. 아마 나는 α나 β보다는 γ나 δ형일 거라고 생각하게 되었죠.

왜입니까?

ϵ형으로 인한 질환은 발견된 바가 없대요. α나 β 사슬의 이상으로 빈혈이 발생하는 경우 빈혈은

경증이라고 하는군요. 그렇다면 전 γ나 δ형일 거예요. 증상이 심각했으니까요. 그리고 그런 사실은 저를 기쁘게 했죠.

증상이 심각하다면 당연히 걱정이 앞섰을 텐데요.

이왕 좋아해야 한다면 γ나 δ로 하자, 뭐 그랬죠. α나 β보다는 γ나 δ를 좋아했으니까요. 둘 중에서는 γ를 더 좋아했고요.

γ를 더 좋아하는 이유는요?

글쎄요…… 부드럽고. 휘죠.

좋습니다. 생각나면 또 말씀해 주시고 계속하시죠. α, β, γ, δ, ϵ이에요. 그중에서도 γ를 좋아하고요. 여기 보고서에 그렇게 적겠습니다. 나중에 읽어 보시고 서명을 하셔야 해요. 그 병에 관해서 뭘 더 알고 계시죠?

나는 계속해서 의학 사전과 인터넷을 뒤지며 자료를 찾았어요. 1925년 발견된 그 병은 지중해의 선원들에게서 처음 발견되었다는 것과 지중해에 사는 사람들에게서 가장 많이 발견되는 병이라는 점을 알게 되었죠. 그리스, 이탈리아, 그리고 지중해에 인접한 중동의 여러 국가에 이 질병을 앓고 있는 사람이 많았어요. 그때만 해도 나는 그것이 마음에 들었어요. 내 가슴에서 뭔가 출렁거렸고 나는 그것이 휘는 소리와 상관이 있다고 생각을 했던 거예요.

그때 처음 소리를 들은 건가요?

그전부터 들었다니까요.

아, 그랬나. 증상은 어떤 것들이 있었나요. 지중해빈혈이요.

쉽게 무기력해지고 감염이 잘돼요. 가벼운 운동에도 숨이 차고 간이나 비장 비대에 의해 복부가 팽만해져요. 알비노처럼 피부가 하얗게 되거나 창백해지고 비정상적으로 턱과 광대뼈가 튀어나오는가 하면 쉽게 골절이 일어나기도 한다고 되어 있었어요. 철 결핍성 빈혈과는 달라요. 철분제가 도움이 되지 않는다는 뜻이에요. 도움이 되지 않을 뿐만 아니라 철분제를 먹으면 오히려 위험할 수도 있어요. 잘못 섭취하면 그만 죽는 거죠. 엽산제를 먹어야 해요. 빈혈은 가벼운 빈혈에서부터 중증 빈혈까지 다양했고 중증은 20세를 넘기지 못하고 죽는다는군요. 그걸 읽자, 그럼 나는 20세를 넘겼으므로 중증은 아닌가 하는 생각이 들었어요. 나는 γ나 δ형일 것이므로 중증이어야 하는데 이상했죠.

그럼 무슨 형일까? 한편으론 안심이 되더군요. 가족이 있으니까요.

좋아요. 거기까지 하고. 이번엔 그걸 좀 얘기해보죠. 몸이 투명해지더라는. 피부과엔 가 봤겠죠? 난 아무리 팩을 하고 뭘 처발라도 하얘지질 않는데. 하긴 뭐 태어나길 염소로 태어났으니. 음, 안 웃겼나요? 농담이구요. 도대체! 왜 그런 생각을 하게 되었죠?

깍두기요.

깍두기?

네, 깍두기. 깍두기 하나를 집어 먹고 일어나다 거울을 보았는데 빨간 깍두기가 식도를 타고 넘어가는 중이었어요.

이봐요. 지금 무슨 말을 하는 거예요? 설마 목구멍 속 깍두기가 보이더라, 뭐 그런 말은 아니겠죠?

맞아요. 바로 그거예요. 깍두기가 보였어요. 얼굴과 목이 투명해진 거예요. 물론 잠깐 동안이었지만 깍두기가 두부처럼 무너지며 목구멍 속으로 천천히 떨어지는 모습을 봤어요.

잠깐만요, 좀 천천히요. 믿어지진 않지만 어쨌든 조서를 꾸며야 하니까. 깍두기가, 두부처럼, 무너지면서.

섹스할 때도 그랬거든요. 제가 γ와 δ 이야기를 했죠?

네에. 했구말구죠.

그이가 섹스를 원할 때 전 자발적으로 δ나 ω를 했죠.

남편은 좋아했겠군요.

글쎄요. 그이는 뭐가 달라졌는지 모르더라고요. 아마 내가 α나 β, 혹은 ϵ을 했어도 알아차리지 못했을 거예요. 워낙 많은 사람들의 얼굴과 몸을 바꿔 주며 살다 보니 그럴 수도 있죠. 아무튼 섹스를 하는데 내 몸 안에 들어와 있는 페니스가 보였어요. 질 안쪽을 향해 치솟아 있는 그이의 페니스가 다 보였죠. 놀란 마음을 어떻게 할 사이도 없이 그이는 사정을 했고요. 하얀 정액이 솟아 나오더군요. 치약처럼.

치, 약, 처, 럼. 제가 타이핑이 좀 느려요. 그리고요?

사라지고 있어. 나는 중얼거렸죠. 남편이 묻더군요. 뭐라고? 사라지고 있어. 여보, 어쩜 좋아. 내가 사라지고 있어. 남편은 그랬죠. 따분해서 그래. 종교를 좀 가져 봐. 분노를 품거나. 분노라는 말이 또 마음에 걸리더군요. 그래서 다시 물었죠. 당신은? 당신은 괜찮아? 그이는 말했죠. 내려와. 씻게.

정말 그렇게 말했단 말이죠?

네. 담배를 물고 욕실로 사라졌죠. 나는 침대에 앉아 내 몸을 내려다봤어요. 피부가 유리처럼 투명해지고 있었어요. 맞아요, 꼭 유리 같았어요.

잠깐만요. 정확히 기록을 좀 하고요. 유리라. 참! 아까 저 여자분, 당신이 어머니라고 주장하는 저 여자분이 그 점에 관해서 뭔가를 말한 바가 있어요. 그분의 말에 의하면, 가만 있자, 여기 있네. 글래스캣피시.

글래스캣피시?

네, 글래스캣피시. 유리같이 투명한 물고기라네요. 당신 얼굴이 그렇다는 게 아니라 당신이 주장하는 대로라면 그렇다는 거죠.

아깐 지중해피시라더니 이번엔 글래스캣피시군요. 하여간 엄마가 그렇게 말했다면 맞을 거예요. 세상의 모든 것에 관심이 많죠. 신기한 풍경이나 특산물, 인종, 역사, 지역의 축제 같은 것에 관해서도 모르는 게 없어요. 여행을 좋아하시죠.

그런 모양입니다. 지중해에 보내 드렸다는 것도

사실이더군요. 혹시 당신 얼굴이 고양이같이 변하진 않았나요? 미국에서도 그런 사건이 있었거든요. 그건 당신의 남편과 나눈 얘긴데, 여기 있네, 광대뼈가 나오고 턱이 돌출하며 한 여인의 얼굴이 고양이같이 변하는…….

광대뼈 돌출이면 지중해빈혈의 증상인데.

그녀의 경우는 좀 달라요. 성형 수술의 결과니까. 수십 번의 성형 수술로 그렇게 되었다고 하는군요. 당신의 경우는 어때요?

쌍꺼풀 수술도 한 적이 없어요. 대학을 졸업한 후엔 성형외과에서 일을 했고 성형외과 의사와 결혼을 했죠. 하지만 내 몸 어디에도 칼을 댄 적은 없어요.

하긴. 내가 생각해도 두 달 만에 사람의 얼굴이 물고기 얼굴이 된다는 것은 불가능하죠. 성형 수술 아니라 페이스오프로도 불가능해요. 남편도 그런 변화를 알아차렸나요? 당신 표현대로 하면 왜곡인데, 진단을 해 보자고 하거나 아니면 기피 증세를 보이거나. 그랬나요?

말했잖아요. 알아차리지 못했다고. 종교를 갖든지 피트니스를 다니든지. 그런 말은 했죠.

그렇군요. 종교나 운동이 도움이 되기도 하니까요. 피트니스에는 다녀 보셨나요?

그럴 필요가 있나요. 이미 다니고 있었는데요. 1년 전부터요. 이상하게 몸은 야위는데 체중을 달아 보면 더 무거워지고 있었죠.

음, 남편분도 그 얘긴 하더군요. 하여간 피트니스 다닌 지가 1년이라. 나중에 확인을 해 보죠. 당신의 주장을 밝히는 데 중요한 단서가 될 수도 있습니다. 그 밖에 다른 증상은요?

파이프에 대해 오래도록 생각하게 돼요.

파이프요? 배관 파이프 같은 거?

만지면 쓸쓸하고 아름다워요. 아마 나는 이것을 잘 설명할 수 없을 거예요. 가끔 손을 넣어 보곤 하는데 쉽게 인지되지 않아요. 그래서 슬프죠. 하지만 어떤 사물보다 사실적이에요. 푸르고 너무 푸르러. 투명하죠. 길고 마디 없는 유리처럼. 이어지죠. 어느 밤엔 혼자 파이프를 따라 걷죠. 어디가 시작인지 어디가 끝인지 알 수 없는 길을 따라가다 보면 흐느끼는 나를 발견하곤 해요. 마치 어두운 밤길을 혼자 걷다가 어딘가에 당도해 있는 느낌인데 당도해 있지만 당도하지 않은 것 같은, 당도

할 수 없을 것 같은 느낌이 들어요. 유리처럼 쏟아지는데 유리처럼 이어져요. 그 감각이 아주 구체적인데 스스로 이해할 수 없고 누군가에게 설명할 수도 없어 혼자 흐느끼죠. 그러곤 일어나 생각해요. 이것은 얼마나 고독한 일일까.

그래서 가방을 쌌군요. 지중해였나요?

지중해에는 가지 않았어요. 가끔 훌쩍 여행을 떠나긴 했지만.

4

동생 되시죠?

네.

한두 가지만 물어볼게요. 물론 언니와 형부 되시는 분에 대한 질문입니다. 두 사람 관계가 어땠습니까? 그에 관해서 들은 말이 있나요?

별로요. 특별히 불평하는 건 본 적이 없어요. 유난히 금슬이 좋은 것도 아니었지만 그렇다고 유별나게 다툼이 많은 것도 아니었어요. 그냥 평범했죠.

그런가요. 혹시 언니가 성형수술을 하진 않았나

요?

아니요. 성형수술을 했다는 말은 들어 보지 못했네요. 형부가 성형외과 전문의니까 내 친구들에게도 성형할 일 있으면 잘 말해 주겠다고는 했죠. 하지만 언니가 성형을 하겠다는 말은 한 번도 하질 않았어요. 언젠가 한번 형부의 말을 흉내 내며 쓸쓸하다고 말한 적은 있어요.

어떤 말이었죠?

그러니까 그게 사소한 표현의 차이로 형부와 다퉜던 모양이에요. 무슨 나비 축제인가 하는 걸 보러 갔고 언니가 나비를 보며 그런 말을 했대요. 핏줄 같아. 나비의 날개가 아름다운 것은 핏줄로 된 무늬 때문일 거야.

형부는요?

파이프일 뿐이야. 속이 빈 아주 작은 파이프. 그랬다는군요.

언니가 화를 냈겠네요?

그 말을 듣고 있는데 있잖니 피가 빠져나가는 느낌이었어. 그런 말은 하더군요. 그래서 내가, 무슨 끔찍한 소리야? 형부하고 안 좋아? 하고 물었던 거죠.

그래요? 언니 대답은요?

아니. 형부 때문이 아니라 그건 그냥 내 몸 때문이야. 요즘 눈이 자주 충혈돼. 그러더군요.

5

정말 지중해피시인가요? 나는 나비라고 생각했는데…….

나비요?

눈과 눈 사이에서 오거든요. 빈혈이.

0

그런데 참 이상하지, 여보. 밤이었는데 다시 헤드라이트 불빛이 보이는 거야. 낯선 도시에서 왜 자동차를 세우고 카페 안으로 들어갔는지는 나도 몰라. 카페는 밝았고 사면은 유리로 되어 있었어. 세상이 마치 유리의 바다 같았는데 두 개의 세상이 겹쳐 있었어. 카페 안의 세상과 카페 밖의 세상이. 어지러웠지. 나는 커피 한 잔을 앞에 놓고 뚫어지게 보고 있었던 것 같아. 분간해 보려는 듯이. 또는 분간하지 않으려는 듯이. 빈혈이란 그런 것이 아닐까. 한 세계의 결핍이 아니라 두 세계가 겹쳐 있는 것. 겹쳐 있지만 섞일 수 없는 것. 그런 생각도 들었지. 모르겠어. 울고 있었는지는. 어느 순간 어디가 카페 안이고 어디가 카페 밖인지 알 수 없다는 생각이 들었고 헤드라이트 불빛을 다시 보게 된 거야. 불빛은 나타났다 사라지고 사라졌다 다시 나타나곤 했지. 아니요. 꿈은 아니에요. 생생했고 구체적이었어요. 아니라니까요. 그 무렵 나는 아주 잠을 잘 잤고 당신이 준 약도 먹지 않았어요. 그리고…… 한 여자가 있었어. 밖은 아주 어두웠는데 나는 차츰 여자가 카페 안을 들여다보고 있다는 것과 담배를 피우고 있다는 것을 알았지. 무엇 때문에 저 여자는 카페 안을 들여다보며 담배를 피우고 있는 걸까. 생각하다가 문득 깨달았지. 여자의 손과 함께 움직이는 담뱃불이 헤드라이트 불빛처럼 보인다는 것을. 내가 봤던 헤드라이트 불빛은 그렇다면 여자의 담뱃불이었을까. 나는 계속 유리 밖 여자를 보고 있었고 여자는 카페 안을 들여다보며 서 있었는데 담배를 손에 들고 있다는 것을 잊은 듯 서 있다가 잊은 것이 생각나면 한 번씩 입으로 가져가는 듯했어. 그 불빛이 아름다웠어. 불빛의 움직임. 나비의 날갯짓처럼 보였어. 그래요, 나비의 날개. 나도 모르게 일어나 다가갔던 것 같아. 여자는 담배를 피웠고, 내 눈인지 여자의 눈인지, 창문에 비친 눈을 보고 있었는데, 담뱃불이 눈을 지졌어. 몰라. 그렇게 보인 건지. 아니면 정말로 그런 걸까. 겹쳐 있었으니까. 불이 한쪽 눈을 지졌고, 분노했어. 날개가 타고 있어. 소리 질렀어. 다가가기 위해 몸부림을 쳤지. 투명한 것이 막고 있었으니까. 이러지 마요. 오늘은 하고 싶지 않아. 벨까 봐 두려워. 파이프를 자르듯……

6

어때요, 선생님. 선생님도 가끔 어지러움을 느끼시나요?

빈혈을 말씀하시는 건가요? 아까도 말씀드렸지만 당신에겐 빈혈이 없어요. 그 어떤 빈혈도요. 음,

기록을 보면 눈과 눈 사이에서 빈혈이 온다, 그렇게 말했다는데 재미있군요. 그러니까 당신이 얘기한 그 빈혈이란 건……

여긴 나비가 없군요. 나비가 있으면 좋을 텐데.

병원이니까요. 식물원이나 곤충 표본실에 가셔야죠. 나비를 보려면.

알아요. 하지만 나비가 있었으면 해서요. 나비가 두 날개를 펄럭이며 날아오르려고 하는 모습을 지켜보신 적이 있나요? 공기를 저어 제 몸을 띄우는 나비의 모습. 나비는 날개를 저어 투명한 세계를 깨는 거예요. 빈혈이란 그런 것이 아닐까요. 투명한 것을 깨려고 날개를 휠 때 오는 거. 어지럽죠.

왜 갑자기 나비 얘기를 하는 건가요.

나비 얘기를 하는 것이 아니에요. 제 눈 얘기를 하는 거예요. 두 개의 눈. 언제부터인지 모든 사물이 투명하게 보여요. 유리를 보는 것처럼. 처음엔 몸이, 다음엔 사물이, 그리고 모든 것이…… 빈혈이 오는 것 같아요, 선생님. 저를 좀 보세요! 눈이 휘고 있죠? 날개처럼. 눈이라는 게 무엇인가요. 나비의 날개잖아요.

시간이 많이 흘렀군요. 오늘은 이 정도로 하죠.

다음에 오실 날을 예약해 드릴게요. 다음 달엔 휴일이 많네요. 그러면…… 이것 보세요, 환자분. 왜 갑자기 옷을 벗어요?

치료하실 거잖아요. 저를 치료하시려면 제 몸을 보셔야 해요. 투명해졌지만 보실 수 있어요. 이제 나를 벽에 던질 테니. 몸을 던져서 깨뜨릴 테니. 자, 보세요. 유리 바다가 깨지며 쏟아지는 것을. 보이시나요? 아찔하고 객관적인 것들. 투명한 것을 깨는 사실적이고 구체적인 나비들.

봄
밤

1 즐거운 우리 집

부스럭.

눈을 뜰까?

엄마가 등을 돌리고 돌아누우면 나는 엄마 얼굴
이 보고 싶어져. 깨어 있는지 잠이 들어 있는지 궁
금해져. 눈을 뜰까 말까 고민하다 엄마는 잠들었을
거라고, 아마 오늘도 다리가 붙는 꿈을 꿔야 하기
때문에 깊이 잠들었을 거라고 생각해. 눈을 더 꾸
욱 감아. 눈을 감으면 돌아누운 엄마 체취는 멀어

지고 아빠 술 냄새가 가까워져. 그리고 달 하나가 눈 속에 떠올라. 이마 위에 떠올라.

아빠!

쉿, 조용히 해. 니 엄마 깬다.

나는 눈을 꾹 감고 내 골통 속으로 들어가 이마 위에 떠오른 달을 좇아. 달을 좇으며 콩쥐를 생각하고 소공녀를 생각해. 소공녀가 계모에게 구박을 받아. 아니 그건 콩쥐지. 콩쥐는 독이 든 사과를 먹어. 아니 그건 백설 공주지. 아무렴 어때. 그것들은 다 해피 엔딩인데.

술 냄새가 자꾸 나. 코로도 들어오고 입으로도 들어와. 구멍이란 구멍으로 다 들어와. 나는 그만 취하고 말아. 입을 꽉 다물어 버려. 나는 감은 눈으로 달을 좇으면서도 부지런히 귀를 움직여. 엄마의 돌아눕는 소리가 다시 들리는지 신경 써. 엄마는 돌아눕지 않아. 눈 속의 눈은 계속 달을 좇아. 달은 눈과 눈 사이에 떠. 귀는 열려 있어. 닫아 버려. 그래도 열려. 닫아 버려. 스패너가 있다면. 조립할 수 있다면. 귀를 싱크대에 조립하겠어. 물 쏟아지는 소리만 듣겠어.

부스럭 소리가 나. 아빠야. 아빠가 일어나 문을

열고 나가. 틱틱 소리가 들리고 거실에서 불이 반짝해. 담배 연기가 방으로 들어와. 나는 눈을 더 꾹, 감아. 그러면 눈 속에서 달이 작아져. 작아지다가 쪼그라져 버려. 담배 빠는 저 새끼 불알처럼 쪼그라져 버려.

미안. 이야기를 해 주려면 이야기의 제목이라는 게 있어야 하는데 제목이 없네. 제목은 뭐가 좋을까. 그래. 즐거운 우리 집. 그게 딱이야. 더도 덜도 아니고, 즐거운 우리 집.

먼저 가족 소개를 해야겠군.

엄마는 착해. 사느라 힘들 텐데도 엄마는 나를 위해서 동생을 셋이나 낳아 줬어. 동생들은 머슴애들이야. 모두 엄마를 닮아서 착하기만 해. 병신같이 착해. 우리 집엔 병신이 많아. 나만 빼고 다 병신이야. 아니. 나도 병신이야. 여기저기 구멍이 많아. 담배 피는 새끼만 병신이 아냐. 아냐. 그 새끼도 병신이야. 어떤 땐 그게 안 서서 그 짓도 못 해. 그런 날은 담배를 한 갑쯤 펴. 굴뚝에 코를 처박고 뒈질 새끼. 아냐. 내가 이러면 안 되지. 식구들이 모두 착한데 나도 착해야지. 제목이 즐거운 우리 집인데 즐거운 얘길 해야지.

아무리 그래도 둘째 동생은 싫어. 제 형보다 키가 큰데도 저보다 작은 놈들에게 늘 얻어맞고 울어. 어찌나 겁이 많은지 동네 개새끼가 짖기만 해도 주저앉아 버려. 주저앉아서는 또 오줌을 싸. 바짓가랑이가 젖어. 그것도 한쪽으로만 젖어. 오줌이 흘러 하이에나 줄무늬처럼 흘러 한쪽만 젖은 바지를 입고 오줌을 지린 발을 절뚝거리며 집으로 돌아가는 모습을 나는 뒤에서 몇 번이나 봤어. 무슨 하이에나가 그래. 비실비실. 개가 아니라 동생을 때려 주고 싶을 때가 한두 번이 아니야.

그러나! 그런 바보 같은 모습보다도 내가 그 녀석을 사랑하지 못하는 것은 녀석의 별명과 상관이 있어.

스리랑카.

동생 친구들은 내 동생을 보면 스리랑카! 하며 놀려. 그러면 동생은 주저앉아서 오줌을 싸. 꼴 보기 싫을 수밖에. 동생은 나처럼 머리가 검은 짐승이면서도 나와는 달리 머리카락이 꼬불꼬불해. 눈물이라도 흘릴라치면 얼굴에 하이에나 줄이 생겨. 하이에나는 아프리카에 있다는데 스리랑카는 아프리카가 아니라는데 왜 그런지 몰라. 그러니 참아야 하는 거야.

엄마가 외국인이냐고?

그런 건 아니야. 나는 국산이야. 스리랑카 아빠가 외국인이지.

스리랑카에서 한국으로 들어와 잠시 엄마와 만났는데 지금은 자기 나라로 돌아갔대. 아빠가 배를 타고 나가서 돌아오지 않았기 때문에 스리랑카 남자가 필요했는지 스리랑카 남자와 붙어먹어서 아빠가 배를 타고 떠난 건지 그건 몰라. 어쩌면 외로운 스리랑카 남자가 밤에 쓰리랑쓰리랑 하고 달려드니까 외로운 엄마가 아리랑아리랑 하며 받아들였는지도 모르지.

다행히 첫째 동생은 나처럼 한국 놈이야. 병신인 데다 너무 여리고 착해서 누나인 나조차도 무서워해. 내가 눈을 부릅뜨기만 하면 눈물을 글썽거려. 도무지 키가 자라질 않는 것도 애가 너무 여리고 착하기 때문이라고 생각해. 제 동생보다도 작아. 옛날에 무슨 철학자인가 거지 대왕인가 그늘에 드러누워서 지나가는 사람들에게 내 햇빛을 가리지 말아 달라고 구걸하던 인간이 있었다며. 디오, 뭐라던가. 그 인간처럼 늘 벽에 기대고 누워 생각에 잠겨 있어. 학교를 다녔으면 초등학교 3학년짜리가 되었을 텐데 키도 작고 뼈도 굽어 있어. 늘 자리에 누워만 있으니 학교를 갈 수가 있나. 밥도 질질, 죽어 가는 개처럼 누워서 겨우 먹어. 바로 눕지도 못하고 노인네처럼 이리 누웠다 저리 누웠다 뒤척거려. 가늘게 내쉬는 숨소리만 들리는데, 신경이 어찌나 가늘고 섬세한지. 건드리기만 해도 툭 끊어질 것 같아. 그러니 키가 크겠어? 열 살인데도 제 동생보다 키가 작아. 스리랑카 말이야. 그 동생 때문에 엄마는 일도 두 개씩 다니고. 그러다가 사고가 났어. 지금은 아빠에게 얹혀살아야 해. 막내의 아빠야.

그래도 그 동생 때문에 요즘 숨구멍이 트여. 좀 그래. 병신춤을 보는 재미로 하루하루를 살거든. 동생을 괴롭히는 거라고는 말하지 마. 나는 동생을 괴롭히는 게 아냐. 굳이 말하자면 구멍을 분양하는 거라고나 할까. 내가 좀 구멍이 많아. 처음부터 구멍이 많았던 것은 아냐. 처음 내게 분양된 구멍은 아주 작은 구멍 하나였어. 오줌 구멍. 그 구멍 하나면 세상 사는 데 아무 문제 없어. 얼마 전 동생에게 나는 구멍 하나를 분양해 줬지. 녀석의 꽉 다문 똥구멍을 판 거야. 돈은 받지 않아. 최선을 다해서 파 줄 뿐이야. 방법은 간단해. 아빠가 바르는 로션을 똥구멍에 잔뜩 처바르고 손가락을 쑤셔 넣으면 돼. 손가락이 구멍을 파는 느낌은 굉장해. 누군가의 약점을 깊이 찌르는 느낌 같은 거잖아. 처음엔 완강하던 똥구멍도 손가락 몇 번 들락거리니 뽕뽕 뚫려. 말랑말랑하면서도 단단한 그곳으로 손가락을 집어넣으면 병신이 신음을 해. 병신이라 말도 잘 못하고 소리도 잘 못 질러. 침만 질질 흘려. 음악을 배우듯 아으, 아으, 그래. 나는 노래를 불러 주지. 일을 끝내면 냉장고에서 달걀을 가져와 달걀프라이도 해 주지. 노래와 춤. 노동과 식사. 그러니 즐거운 우리 집.

얘기가 삼천포로 빠졌군. 엄마 얘기를 하던 참이었는데.

우리 엄마는 착해. 기도원에도 다녀. 기도원엘 다녀오면 동생이 하나씩 생겨. 그래서 동생들은 착한 걸까? 한번은 엄마가 대문 앞에서 온 동네 사람이 다 듣도록 호들갑을 떨었어. 기도원에 다녀온 다음 날 아침이었는데 무슨 일인가 나가 봤지. 대문 앞에 파란색 포대기 하나가 있었어. 애기 울음

소리가 났지. 동네 사람들이 모였고 포대기에는 애기가 있었어. 애기는 야자처럼 생긴 얼굴에 파인애플 같은 머리를 하고 있었어. 피부가 까맸어. 엄마는 어느 외국인 노동자가 아이를 낳아 버리고 간 모양이라고 동네가 떠나갈 듯 호들갑을 떨었지. 사람들은 모두 불쌍하다고 혀를 찼지.

그렇죠?

엄마는 말했어.

정말 불쌍하죠? 어쩜 좋아.

엄마는 아기를 며칠 돌봤지. 그러곤 정들었다며 보육원에 보내질 못하겠다고 야단을 떨었어. 사람들은 보통 엄마가 아니라고 칭찬했지. 몇 달 뒤에 나는 봤어. 엄마가 웬 남자하고 어두운 골목에서 입 맞추는 것을. 남자는 어두워서 보이지도 않았어. 엄마 혼자 키스하는 것처럼 보였어. 그게 스리랑카 아빠야. 엄마는 동네에서 착한 엄마가 됐고 그렇게 동생들은 생겨났어. 막내만 빼고. 막내는 지금 거실에서 줄담배를 태우고 있는 아빠의 유일한 아들이야.

2 나의 취미 생활

아침부터 엄마는 신경질이야. 설거지통에 접시
도 팍팍 던지고 혼자 잔소리가 많아. 애를 넷이나
키우는 게 얼마나 어려운지 알기나 하느냐, 여자
혼자, 다리도 못 쓰는 년이 애 넷을 키우려면 등골
이 휘어진다, 등골을 빼다 팔아도 안 된다, 뭐 그런
잔소리들이야.

나는 밥을 팍팍 깨물어. 접시 하나가 설거지통으
로 들어가지 못하고 바닥에 떨어져 깨져 버려. 고
소해. 고무장갑을 개수대에 벗어 던지고 엄마는 휠
체어를 밀며 방으로 들어가 문을 쾅 닫아. 바퀴에
깔려 그릇이 바스락 소리를 내. 나는 깨진 그릇을
보며 밥을 먹어. 바스락 소리가 그렇게 고소할 수
가 없어. 고소미를 100개쯤 입에 넣은 것 같아.

엄마가 벽을 보고 돌아누운 새벽이면 아빠는 일
찍 일을 나가고, 아빠가 일찍 일을 나간 날이면 엄
마는 저런 신경질을 부려. 둘째는 누워서 벌레처럼
벌벌 기고 셋째와 넷째는 내 밥그릇 위에 있는 달
걀프라이를 부러워하며 쳐다봐. 나는 천천히 밥을
먹지만 달걀프라이에는 젓가락을 가져가지 않아.

먹을 듯 먹을 듯, 그러나 먹지 않아. 물론 동생들에게도 주지 않아.

대충 밥을 먹으면 일어나 가방을 들고 나와. 달걀프라이를 손으로 덥석 들고 나와서 학교로 가다가 문방구 앞 누렁이에게 던져 줘 버려. 하나도 아깝지 않아. 동생들에게 주는 것보단 나아. 미안할 것도 없어. 어차피 내 덕에 먹고사는 인생들인데. 모두 내 구멍 하나를 분양해서 먹고살아. 그러니 구멍 하나면 세상 사는 데 아무 문제가 없다는 말이 이해도 돼. 그건 아빠가 가르쳐 줬어. 정확하게는 막내의 아빠지.

엄마는 설거지를 하러 이 식당 저 식당 뛰어다니다가 교통사고로 다리를 잃었어. 오래도록 병원에 있었어. 나는 밥을 하고 빨래를 했어. 아빠는, 그러니까 막내의 아빠는 매일 술만 마셨어. 그리고 어느 날 집안일을 하다 지쳐서 쓰러져 자고 있는 내 위로 기어 올라오더니 맛살처럼 쏙 하고 들어왔어. 다국적으로 들락거린 구멍은 헐겁고 냄새난대. 내 구멍은 순수 혈통이니 냄새도 안 나고 엄마의 구멍보다 예쁘대. 이 구멍 하나면 세상 사는 데 아무 문제 없대.

엄마가 있잖아요. 엄마가 아저씨 부인이잖아요.

너만 입 다물면 돼. 아무 문제 없을 거야. 너도, 니 엄마도, 그리고 니 병신 동생도 다 내가 먹여 살려 줄 거야. 씨발. 이젠 병신이 둘이군.

어떤 날은 이런 말도 했어.

아빠라고 불러 봐.

나는 좀 놀랐어. 엄마가 나와 동생 둘을 데리고 그 아저씨 집으로 들어가던 날. 엄마는 아저씨를 소개하며 나보고 아빠라고 불러 했어. 싫었지만 나는 할 수 없이 아빠! 하고 불렀어. 엄마가 아빠라고 부르래서 아빠 하고 불렀던 아빠는 싫다고 했어. 아빠라고 부르지 말라고 했어. 핏줄도 아니고 호적에도 없다면서. 그런데 내 구멍으로 들어오면서 아빠라고 부르래. 아빠는 그렇게 만들어지는 거야. 구멍을 빌려주거나 분양해 줘야 진정한 아빠와 딸이 되는 거야. 나는 어리고 세상엔 알 수 없는 일이 많으니까.

아빠.

한 번 더.

아빠.

더 크게.

아빠.

계속. 계속해.

아빠. 아빠. 아빠. 아빠. 아빠. 아빠. 개골개골. 아빠. 아빠. 아빠. 아빠. 아빠. 아빠. 아빠. 아빠. 아빠. 아빠. 개골개골. 아빠. 아빠. 아빠. 아빠. 아빠. 아빠. 아빠. 아빠. 개골. 아빠. 아빠. 아빠. 아빠. 아빠.

나는 계속 아빠라고 불러. 아빠라고 불러야 광속으로 끝내고 광속으로 떨어져 나가거든. 광속 알지? 좋은 거야. 아빠는 내 구멍에 들어와 있을 때만 아빠야. 구멍을 나가면 김 집사님이고 구멍에 들어와 있을 때는 아빠야.

아빠는 그 후로 더 자주 구멍을 찾아. 들어와서는 그래.

드러운 년.

오줌이나 싸는 더러운 구멍으로 들어와서 더러운 년이라고 그러면, 내가 어째.

너는 드러운 피가 흐르는 년이야.

아니에요. 아빠. 내게는 착한 피가 흘러요. 엄마를 보면 알잖아요. 우리 식구는 모두 착한 피가 흐른다구요. 너무 착한 피예요, 아빠.

너도 다국적 구멍이 될 거야.

아니에요, 아빠. 나는 순수 혈통이에요. 앞으로도 쭈욱 순수 혈통을 유지할 거예요.

웃기시네. 너희 모녀는 모두 드러운 피가 흘러.

아니에요, 아빠.

아빠라고 부르지 마.

아빠가 생겼다 없어졌다 또 생겼다 또 없어졌다. 팔자도 드럽지. 구멍이 삼키는 걸까? 싱크대처럼. 무슨 상관이겠어. 나는 구멍 따위에 신경 쓰지 않아. 구멍은 어디에나 있어. 아빠들만큼이나 많아. 내 방의 벽에도 있어. 벽 한가득 구멍들뿐이야. 한때 벽에 못을 박는 취미를 가지고 있었어. 구멍을 내기 위해서라기보다는 구멍을 막는 기분으로 벽에 못을 박았지. 쿵. 쿵. 쿵. 나중엔 아빠라는 이름을 부르며 박으니까 리듬도 타게 되고 못도 빨리 박히고 좋았어. 아빠. 쿵. 아빠. 쿵. 아빠아빠. 쿵쿵. 벽에 동태 눈깔들이 하나씩 생겼어. 어느 날은 그 눈깔들이 내 몸에서 눈을 뜨기도 했어. 비늘처럼 수많은 동태 눈깔들을 달고 내 몸이 밤바다를 항해했지. 내 방의 연예인 브로마이드를 걷어 내던 엄마가 소리를 질렀어. 벽에 가득한 동태 눈깔들을 봤어. 바다야 엄마. 미친년. 달이야 엄마. 미친년.

벌컨포야 엄마. 죽여 버리고 싶어. 엄마가 빌었기 때문에 이제 더 이상 벽에 못을 박지 못해. 그래서 병신 동생의 똥구멍을 파는 거야. 동생에게도 벌컨 포를 달아 주는 거야. 쌈도 못하니까. 병신이니까.

물론 이유가 그것만은 아냐. 내가 어떻게 똥구멍이 하나의 구멍인 줄을 알았겠어. 그냥 똥이나 싸는 곳인 줄 알았지. 역시 아빠 때문이야.

아빠는 더 많은 구멍을 찾아. 숙제를 봐준다고 이 구멍 저 구멍으로 들어와. 똥구멍으로도 들어와. 들어와서는 그래. 교육이야. 똥구멍으로 교육이 들어와. 비로소 오줌 구멍에 똥구멍까지 알게 돼. 난 그게 특기 적성과 같은 거라고 생각해. 문제는, 특기 적성은 적성에 맞는 것을 배워야 할 것 같은데, 난 아빠에게 배우는 것이 도무지 적성에 맞지 않는데, 오줌 구멍도 물론이지만 똥구멍은 더욱 더 적성에 맞지 않는데 아빠는 자꾸 나를 불러.

불러서는 내 똥구멍을 까.

다른 아이들도 특기 적성 시간에 이렇게 아픈 건지 모르겠어. 하지만 아프다고는 말하지 않아. 소리를 안으로 삼켜. 똥이 나올 것 같은 느낌도 안으로 삼켜.

그 대신 나는 동생들에게 구멍을 분양해.

내가 구멍을 분양하면 신이 난 병신 동생은 아으아으 그래. 나는 동생에게 배운 아으아으를 아빠 앞에서 사용해. 내가 아으아으를 하면 아빠도 뒤에서 장단을 맞춰. 흐아으흐아으, 그래. 몸을 덜덜 떨면서 그래.

나는 흐아으흐아으를 다시 병신 동생에게 사용해. 리사이클이야. 흐아으흐아으는 꼭 스리랑카 말 같아서 스리랑카 동생에게 사용하고 싶지만 그놈은 질질 울면서 소리를 지를 게 분명해. 오줌도 쌀 거야. 그래서 할 수 없이 병신 동생에게 사용해.

손가락을 찔러 넣으면 병신은 아으아으 하고 나는 흐아으흐아으 하는 거야.

우린 한마음 한뜻이 돼. 병신이긴 해도 동생은 나와 같은 한국 핏줄이니까 언어가 통하는 거야. 아으아으 흐아으흐아으 아으아으 흐아으하아으. 병신 말 같기도 하지만 뭐 어때. 병신이 병신 소리 하는데. 뿌륵 부르륵 부륵 뿌르륵 아으아으 흐으아으하으.

난 차츰 말을 확장해 가기 시작해.

뿔르아으 흐아부르륵 아으꾸륵 꾸르으아흐아.

내 똥구멍과 병신 동생의 똥구멍은 이렇게 합작해서 병신 말을 해. 병신 동생은 병신 동생답게 병신춤도 춰. 텔레비전에서 본 어떤 여자보다 병신춤을 더 잘 춰. 그럴 수밖에. 진짜 병신이니까. 똥구멍만 빼고 다 병신이야.

　　그런데 이상해. 유일하게 병신이 아닌 말짱한 똥구멍을 찌르는데 왜 병신 몸으로 병신춤을 출까? 왜 온몸으로 출렁출렁 병신춤을 출까. 병신춤은 나를 황홀하게 해. 온몸을 비틀며, 온몸이 따로따로 놀며 춤을 추는데 구경도 그런 구경 없어. 아으아으 소리를 지르고 침을 흘리며 온몸으로 추는 병신춤은 황홀한 데가 있어. 나는 눈물을 흘려.

　　그 황홀함에 깊이 중독되어, 참지 못하고, 스리랑카 동생의 똥구멍도 찔러 버려.

　　당연해.

　　배운 건 써먹어야지. 그게 교육이야. 병신이 병신춤을 추니 스리랑카 동생은 스리랑카 말을 하겠지. 스리랑카 동생이 있으니 스리랑카 말을 배워야 해. 병신 동생의 똥구멍에서는 병신 말이 나오니 스리랑카 동생의 똥구멍에서는 스리랑카 말이 나오는 게 당연해. 똥구멍으로 배운다는 것만 달라.

상관없어.

구멍이면 다 같은 구멍이지. 못 구멍 똥구멍 오줌 구멍. 다를 거 하나 없어. 나는 똥구멍으로 말을 하고 이제 동생들도 똥구멍으로 말을 해. 우린 즐거운 가족. 내가 손목 스냅을 이용해 지휘를 하면 병신 동생은 병신춤을 춰. 스리랑카 동생은 스리랑카 말로 노래를 해. 입으론 한국말을 하고 똥구멍으론 스리랑카 말을 해. 나는 지휘를 해. 우린 성가대니까.

춤은 날로 유연해져. 춤을 추면 방바닥에 똥꽃이 펴. 스리랑카 동생도 똥을 싸. 예쁘게도 싸. 하지만 꽃은 아냐. 똥은, 스리랑카 동생의 꼬불꼬불한 머리카락처럼 꼬불꼬불해. 스리랑카 똥이라 그럴까? 꼬불꼬불하고 냄새가 고약하지만 냄새도 좋아지기 시작해. 일부러 냄새를 맡기도 해. 그러면 틀림없이 스리랑카 냄새가 나.

스리랑카 냄새가 어떤 냄새냐고? 그건 설명하기 어려워. 그냥 삶으로 체득하는 거야. 스리랑카 똥구멍을 찔러 보면 알게 되는 냄새야.

스리랑카 똥구멍은 쑤시면 쑤실수록 감칠맛이 나.

쓰리랑쓰리랑 그러거든.

엄마도 그 쓰리랑쓰리랑 하는 말에 홀딱 넘어간 게 틀림없어. 나는 엄마를 이해하게 돼. 나는 스리랑카 동생과도 점점 깊은 교감을 나눠.

동생이 쓰리랑쓰리랑 하면 나는 아리랑아리랑 해.

더 깊게, 더 푹푹 쑤시면 동생은 쓰리쓰으리랑 하고 나는 아리아으리랑 해. 스리랑카 말과 한국말로 교감을 나누면 가정의 화목뿐만 아니라 나라와 나라도 사이가 좋아지겠지. 전쟁도 없어지고 좋을 거야.

아리아으리랑 아리아으리랑.

나는 자꾸자꾸 스리랑카의 똥구멍을 찔러.

쓰리쓰으리랑 쓰리쓰으리랑.

나는 점점 쓰리랑카가 좋아져. 스리랑카는 별론데 쓰리랑카는 좋아. 엄마가 만난 남자도 스리랑카 남자가 아니라 쓰리랑카 남자였을 거야. 인종 차별과는 달라. 스리랑카와 쓰리랑카는 인종의 문제가 아니야. 맛의 차이야. 감칠맛. 생활과 취미의 차이지.

3 나의 학교생활

학교생활은 정말이지 재미없어. 감칠맛이 없어. 그건 너무 덤덤해. 할 수 없이 자꾸 손가락을 깊이 집어넣게 되거든. 주르륵. 코에서 피가 흘러. 선생님께 야단을 맞지.

그림 그리는 시간. 선생님은 '즐거운 봄밤'이라는 제목을 내줘. 내일이면 겨울방학이니 봄을 기다리는 마음으로 그리라고 해. 난 '행복한 우리 집'이 아니라서 다행이라고 생각해. 즐거운 우리 집은 자신 있지만 행복한 우리 집은 자신이 없어. 아이들은 꽃을 그리고 싱싱한 풀과 나무를 그리고 하늘에 달과 별들을 그려 넣어. 나는 꽃이나 별 따위는 그리지 않아. 똥을 그려. 똥에는 총알을 몇 개 박아 줘. 하늘에 원 하나를 그려. 원에는 검은색 크레파스를 잔뜩 칠해. 선생님은 내게 남으라고 해.

너 그림이 이게 뭐니?

봄밤이에요.

무슨 봄밤에 똥이니?

똥은 봄에도 싸요. 똥을 뿌려야 꽃도 잘 자라요.

그럼 이건 뭐니?

달이에요.

달이 왜 이래?

그냥 그래요. 달은 구멍이잖아요.

선생님은 출석부로 내 머리통을 후려쳐. 나는 버텨. 선생님은 또 물어.

너 지금 반항해? 무슨 달이 구멍이야. 그리고 검은 달이 어디 있어. 달은 노랗지. 하얗거나.

선생님. 철이 없네요.

뭐라고?

철딱서니가 없으세요. 달을 똑바로 노려보란 말이에요. 눈깔이 터지도록 노려보란 말이에요. 달의 진짜 모습이 보일 때까지. 그럼 달이 구멍이라는 걸 알게 될 테니까.

선생님은 출석부로 또 내 머리통을 후려쳐. 나는 버텨. 선생님은 또 후려쳐. 나는 또 버텨. 수많은 구멍들이 떠올라. 동태 눈깔. 개구리알. 못 자국. 벌컹포. 뇌세포가 터지며 생기는 해면체. 나는 소리를 질러.

그까짓 구멍들. 못을 치면 생기는 구멍들. 아무나 들락거리는 구멍들. 아빠나 생기는 구멍들. 김 집사도 됐다 아빠도 됐다 오락가락하는 구멍들. 닭

똥집처럼 몸에 생긴 담뱃불 자국들.

어머머. 얘가 미쳤나 봐.

선생님이 날 끌고 교무실로 가. 나는 짝꿍이 선물해 준 샤프를 손에 꼭 쥐어. 샤프는 나보다 더 작은 구멍을 갖고 있어. 그래도 그 구멍으로는 연필심만 들어가고 연필심만 나와. 세상 사는 대접이 나아. 나는 그 구멍을 경외해. 증오해. 경외심과 증오심은 하나야. 나는 힘을 주고 샤프로 선생님의 손등을 찍어 버려. 선생님이 비명을 지르며 주저앉아.

병신. 달은 구멍이야. 달이 구멍인 걸 모르면 넌 어린애야.

나는 학교를 뛰쳐나와. 집으로 돌아가지 않고 여기저기 놀러 다니지. 친구들은 싫어. 그냥 혼자 놀러 다녀. 놀이터엔 가지 않아. 동네엔 짓다 만 아파트가 있어. 아파트를 짓다가 부도가 났대. 몇 년째 짓다 만 그대로야. 난 그곳에 가서 혼자 놀아. 하루는 1층에서 자고 하루는 2층에서 자. 내 몸은 점점 아파트가 돼. 어떤 날은 내 몸을 한 층 한 층 세어 보지. 4층과 3층 사이에 시멘트로 된 내가 있어. 1층 아래 시멘트로 된 내가 있어. 지하실 밑에 시멘트로 된 내가 있어. 하늘엔 시멘트로 된 달이 떠오르고 있어. 내 몸을 한 층 한 층 쌓아서 달에 놀러 가지. 시멘트로 된 나를 밟고 가야지. 내가 고기로 된 나와 시멘트로 된 나를 데리고 놀러 가지. 달에서 담배를 피우지. 봄밤이구나. 꽃 피고 꽃 지네. 달에도 꽃이 피고 꽃이 지네. 몸에도 꽃 피고 꽃 지네. 봄바람 날려야지. 아지랑이 피어야지. 시멘트를 뿌려. 꽃 펴야지. 담배를 빨아. 꽃 피고 꽃 지네. 꽃이 피고 꽃이 지네. 사흘 만에 순경이 나를 찾았어.

4 취미 생활의 진화

새해가 되며 눈이 엄청나게 내려. 아빠는 한동안 집에 들어오지 않아. 엄마는 아빠를 데리러 가겠다고 휠체어를 굴리며 나가. 휠휠 도는 휠체어 바퀴가 눈길에 선명하게 남아. 가루눈이 접시처럼 휠체어 바퀴 아래서 부서져. 바스락바스락 부서져. 나는 귀를 막아.

아빠도 없고 엄마도 없으니 편해. 편하긴 한데 심심해. 오랜만에 병신춤도 보고 스리랑카 말도 듣기로 해. 텔레비전에선 호날두가 나와. 호시탐탐.

호랑이. 호날두. 그런 정신으로 월드컵에 임하겠다
고 말해.

그래 저거야. 저런 정신이 필요해.

나는 호시탐탐 노리던 막냇동생의 똥구멍도 파
기로 해. 호랑이처럼 살펴보다 호날두처럼 재빠르
게 다가가. 잠자는 막내의 팬티를 벗기고 축구공처
럼 바람을 빼기로 해. 로션을 듬뿍 바르고 살살 돌
리며 똥구멍에 손가락을 넣으면 바람이 빠져야 하
는데 잘 들어가지 않아. 막냇동생의 똥구멍은 구멍
을 뚫어 주기가 어려워.

할 수 없어. 내가 아끼는 샤프펜슬로 막내의 똥
구멍을 뚫기로 해. 0.5밀리미터 구멍이 나 있는 샤
프펜슬로 동생의 똥구멍을 0.5밀리미터쯤 뚫어. 동
생이니까 0.5밀리미터로 시작해. 이런 씨발. 막내
는 소리를 엄청 질러. 죽는다고 떼굴떼굴 굴러. 나
는 다시 막내를 깔고 앉아서 1밀리미터 샤프펜슬
을 찔러 넣어. 그렇게 차츰 확장을 해 가며 똥구멍
을 아름답게 뚫어 주고 있는데 아빠가 엄마의 휠체
어를 밀며 다정하게 들어와.

엄마가 소리를 질러. 엄마는 이 아름다운 광경
을 이해를 못 해. 병신 동생과 스리랑카 동생과 막

냇동생이 나란히 엉덩이를 까고 누워 있는 이 즐거운 광경을 이해 못 해. 성가대를 이해 못 해. 알토와 테너와 베이스 화음이 얼마나 듣기 좋은데.

스리랑카가 쓰리쓰리랑 하며 노래하는 모습이 얼마나 황홀한데.

엄마가 몰라서 그래.

동생들의 똥구멍을 쑤셔 보지 않아서 그래. 똥구멍을 쑤셔 보면 알아. 병신 동생 똥구멍은 병신이 아니야. 그러니 나는 병신을 괴롭힌 게 아니야. 스리랑카 동생의 똥구멍은 스리랑스리랑 잘 들어가. 음악 같아. 왜 난리야.

막내 똥구멍이 문젠데. 관장의 기쁨을 처음 경험하는 날이라 그래. 그걸 몰라. 화를 내. 다른 동생들과 달리 소리를 질렀다는 걸까.

아마 그래서 화를 냈을 거야. 나는 한 번도 소리를 지른 적이 없으니까. 엄마가 돌아눕는 소리를 들은 다음에는 소리를 지른 적이 없어. 그래서 그럴 거야. 나는 엄마를 이해하기로 해.

아빠는 내 머리끄덩이를 잡고 질질 마당으로 끌고 나가. 나도 소리를 질러. 소리 내지 말고 살라 했지만 이때만큼은 소리를 질러.

씨바알. 구멍을 많이 만들어서 분양을 해야 처먹고 살지. 병신이 뭘로 먹고살아. 스리랑카 놈이 뭘로 먹고살아. 어린 막내가 뭘로 먹고살아. 씨발.

엄마는 나를 마구 때려. 조용히 하라고 때려. 이상도 해. 내 몸에 구멍이 생길 때는 눈을 감던 엄마가 봄바람 휘날리며 내 몸에서 바람 새는 소리가 들릴 때는 돌아눕던 엄마가 막내의 똥구멍에는 왜 저렇게 미쳐 버릴까.

어쩌면 똥구멍을 찌른 것 때문이 아닐 수도 있어. 소리를 지르고 욕을 했으니 못된 아이라고 때린 건지도 몰라. 경찰서에 가는 게 당연해. 그런데 엄마와 아빠는 나를 경찰서에 데려가지 않아. 아빠도 착해졌나 봐. 이제 온 식구가 다 착해. 아빠는 그저 멍하니 앉아서 막내의 똥구멍에 약을 발라 줘. 엄마는 내 머리를 후려갈기며 울어. 아빠는, 내 구멍 안에선 아빠고 구멍 밖에선 아빠가 아닌 아빠는 나를 쳐다보지 않아.

그럭저럭 며칠이 흘러. 나는 자꾸 꿈을 꿔. 환상을 봐. 구멍들이 있어. 벽에 뚫린 못 구멍들처럼 수많은 구멍들인데 하지만 그건 벽에 뚫린 못 구멍들하곤 달라. 살아 있어. 구멍과 구멍들은 서로 긴밀히 연결되어 붙어 있어. 구멍들은 각각 다른 얼굴들을 하고 있어. 사람의 얼굴을 한 구멍도 있고 사자의 얼굴을 한 구멍도 있고 소의 얼굴을 한 구멍도 있고 독수리의 얼굴을 한 구멍도 있어. 구멍은 구멍 같은 바퀴들을 달고 있고 구멍은 구멍 같은 눈들을 갖고 있어. 안과 밖으로 눈이 가득해. 구멍도 바퀴들도 눈들도 함께 돌아. 구멍 안에 구멍이 있고 구멍 밖에 구멍이 있어. 바퀴는 휠체어 바퀴 같은 바퀸데 바퀴 안에 바퀴가 있고 바퀴 밖에 바퀴가 있어. 바퀴들이 돌아. 나는 바퀴 안에 있는지 바퀴 밖에 있는지 몰라. 나는 하나의 구멍이 돼. 구멍이 커다래지더니, 거기서 이빨이 돋더니, 독수리의 이빨과 소의 이빨과 사자의 이빨과 사람의 이빨이 뒤섞여 돋더니 온 세상을 삼켜. 아으작아으작 씹어 먹어.

그런 환상이야. 김 집사인 아빠가 골방에 들어가 울며 솰라솰라 알 수 없는 말로 기도하는 걸 들은 후 그렇게 된 것인지 빈 아파트에 놀러 다닌 후 그렇게 된 것인지는 잘 몰라. 아무튼 나는 한동안 구멍을 분양하지 않고도 살아.

그렇게 또 시간이 흘러. 그러던 어느 날이야. 아

빠라고 부를 일이 없으니 아빠가 아니지만 어떤 땐 아빠이기도 한 김 집사가 다시 술을 처먹고 들어와. 막내의 똥구멍을 찌르는 모습을 본 뒤로 처음이야. 막내의 똥구멍에서 피가 나는 모습을 봤기 때문일까. 내 똥구멍으로 들어오지는 않고 술 냄새만 풍기며 누워 있어. 오줌 구멍도 빨지 않아. 오줌 구멍을 쪽쪽 빨며 냄새도 안 나고 예쁘다더니 웬일이야. 오줌 구멍을 만질 생각도 안 해. 대신,

입으로 들어와.

골방에 들어가 며칠 입을 나불나불대더니 은혜를 받은 것 같아. 갈빗살 같은 것이 입으로 쑥 들어와. 극도로 흥분을 해. 갈빗살은 뼈 있는 갈비가 돼. 그러고는 구멍을 내기 시작해. 오줌 구멍 똥구멍이 있던 내게 구멍이 하나 더 생겨. 말구멍이야. 세 개의 구멍이 하나의 구멍이고 하나의 구멍이 세 개의 구멍이니 삼위일체야.

들어오고 흔들고 비비고 깊숙이 뭘 뿌려. 성수 같은 걸 뿌려. 그러면 나는 병신 말을 하게 돼. 아으으어으 하고. 그게 싫어. 병신 동생이 생각나거든. 아빠는 그것도 모르고 자꾸 들어와. 나는 아으아으어 하고 말해. 한동안 안 하던 병신 말을 해.

밖엔 눈이 내려. 하얀 눈이 내려. 병신 말을 하며 나는 귀를 기울여. 엄마에게 들리지 않을까. 엄마는 나보다 병신을 더 사랑하니 병신 말은 엄마에게 들리지 않을까. 귀를 기울여.

부스럭.

엄마가 돌아누워. 눈이 내리고 있을 벽을 향해 돌아누워. 부스럭 소리가 눈 밟는 소리로 들려. 엄마의 양손엔 아이들이 줄줄 매달려 있어. 병신도 있고 스리랑카도 있어. 나는 엄마의 양손에서 그것들을 빼앗아 눈사람을 만들어. 눈사람 위에 스리랑카를 올려. 스리랑카 위에 아리랑을 올려. 눈사람을 굴려. 아리아리랑 스리스리랑 눈사람이 굴러가. 굴러가는 눈사람이 엄마로 보여. 나는 눈을 꼭 감아. 녹는 엄마를 보는 것보다 그냥 견디는 게 나아. 견디기로 해.

나는 아으아으 겨울밤을 보내. 그러다가 어디서 많이 들었던 말이라는 생각이 들어. 동생들 말고 다른 데서. 그래. 방언이야. 아빠가 골방에 들어가 하던 방언이야. 그래서 알게 돼. 내 말이 방언이라는 것을. 방언은 천사의 말이래. 내가 천사의 말을 하는 거야. 아빠는 마리아에게 말을 전하는 천사처럼 온몸의 날개를 흔들어. 나는 아으으어으 천사의 말을 배워. 천사의 말을 하며 기쁨의 눈물을 흘려. 병신 말이나 하던 내가 천사의 말을 하니까. 내게 나쁜 피가 흐른다고 했는데 뭐가 걱정이야. 거룩한 피는 나쁜 피를 다 씻어 주잖아.

밤새 천사의 말을 한 다음 날 아침이면 엄마는 접시를 깨고 잔소리를 해. 고무장갑을 집어 던지고 보리차를 끓여. 밤마다 입에 나팔을 물고 천사의 말을 한 내게 보리차를 권해. 머리를 맑게 해 준다고 말해. 물 끓는 소리가 조용하다고 말해. 겨울이 가도록 보리차 끓는 소리가 집에 가득해.

참기 힘든 건 까맣고 꼬불꼬불한 털이야. 털이 목구멍 안쪽 깊은 곳에 붙어 들어가지도 나오지도 않아. 그건 보리차로도 안 넘어가.

스리랑카 털이잖아.

스리랑카 사람도 아닌데 왜 스리랑카 털이야? 아무리 천국이 좋아도 스리랑카 털은 싫어. 천국에는 병신이 없는 것처럼 천국에는 스리랑카도 없을 것 아니야. 그런 게 왜 있겠어, 병신 스리랑카 이런 게 있을 리 없잖아. 그러니 천국에도 없을 스리랑카 털이 내 목구멍에 붙어서 들어가지도 나오지도 않는다는 생각을 해 봐. 거머리처럼 달라붙어 있다고 생각을 해 봐.

미쳐.

구역질이 나. 그런 것도 모르고 김 집사는 온몸을 흔들며 좋아해. 천국 방언을 해. 좋으냐? 좋아? 하고 물어. 천국 방언은 좋아. 천국 말씀도 좋아. 스리랑카 털은 싫어. 격렬하게 흥분한 날이면 꾸깃꾸깃한 것을 놓고 가. 펴 보면 세종 대왕도 있고 신사임당도 있어. 사실 신사임당은 드물어.

상관없어. 세종 대왕이건 신사임당이건. 나는 천사니까.

아으으어으. 알라까까따부라막심꼬르까칸타끼치껜.

역시 방언은 천국 방언이야. 노래 제목도 나오고 책 제목도 나오고 심지어 내가 좋아하는 켄터키 치킨도 나와.

그렇게. 구멍이 증식해.

똥구멍오줌구멍말구멍. 오줌구멍말구멍똥구멍. 말구멍똥구멍오줌구멍.

오줌 구멍으로 아빠가 들어와. 똥구멍으론 참교육이 들어와. 말구멍으로는 말씀이 안 들어오지만 내가 천사의 이빨로 천사의 말을 해.

이빨 얘기가 나와서 말인데, 화가 나서 그런 것은 아니야. 구멍 하나 더 늘었다고 그런 것도 아니고 구멍에 사람과 사자와 소와 독수리의 이빨이 돋는 환상을 봤기 때문만도 아니야.

굳이 이유를 대자면 털 때문일 거야.

병신 말 하는 말구멍도 싫고 스리랑카 털이 목구멍에 달라붙어 간질간질 미치겠는 것도 싫고. 그래서 씹었어. 오줌 구멍은 이빨이 없잖아. 똥구멍도 이빨이 없지. 말구멍은 이빨이 있더라고. 그래서 씹었어. 천사의 이빨로. 김 집사는 그 순간에도 방언을 했어. 아이고 씨팔년아.

5 즐거운 병원

병원은 심심해. 구멍이 없어. 약을 먹고 내 몸의 구멍을 만져.

구멍에 이빨이 돋아나는지 보는 거야. 말구멍뿐 아니라 오줌 구멍 똥구멍, 그리고 다른 구멍들에도 모두 이빨이 돋아났으면 하고 바라거든. 그러면 정말 좋겠어. 면도날 같은 게 돋아나면 완전 좋아.

　사람의 이빨은 너무 퇴화했다는 느낌. 짐승처럼 이빨을 갈아야 해. 이빨의 진화가 진짜 진화야. 날카로운 이빨들이 돋아나는 상상을 하며 구멍을 만져. 아직은 이빨이 돋아나지 않았어. 돋아날 거야. 이빨 같은 것이 안에서 단단하게 올라오는 느낌을 받거든. 너도 몸에 구멍이 있거든 잘 들여다봐. 담배빵도 잘 들여다봐. 날카로운 것들이 돋아나는 중일지 몰라. 나도 처음부터 구멍이 많았던 것은 아니야. 처음 내게 분양된 구멍은 하나였어. 2학년이 되면 구멍 하나 늘려야 해. 3학년이 되면 또 하나 늘려야지. 6학년이 되면…… 난 수학을 잘 못해. 하여간 구멍 하나면 세상 사는 데 아무 문제 없어. 아빠가 그랬어. 처음 내게 들어와서 그 말을 하던 날 나는 두 눈을 부릅떴지. 너무 아파서 눈을 뒤집었지.

　하얀 달 하나가 보였어.

　분명 달이었어. 하얀 달. 나는 아픔도 잊은 채 그 달을 봤지. 왠지 달을 보고 있는 것이 부끄러웠기 때문에 눈을 꾹 감았어. 눈을 감아도 달은 따라왔어. 찌그러지기도 하고 멀어지기도 하다가 다시

동그랗게 퍼지며 다가오고 알약만큼 작아졌다가 녹으며, 흰 꽃이구나,

봄밤이구나,

나는 생각했지.

봄밤이다.

눈을 뜨면 하얀 달이 그대로. 아빠는 내 위에서 헉헉헉.

눈을 감으면 검은 달이 둥실. 아빠는 내 위에서 헉헉헉.

나중에 알았어. 달은 내가 천장에 붙여 놓은 야광으로 된 달의 형상이란 걸. 막내 생일날. 내가 붙여 놓은 달과 별들. 별은 떨어지고 달만 남아 있었어. 짓눌릴 때마다, 술 냄새가 익을 때마다 어둠 속에서 그걸 봤지. 그리고 알았지. 달은 구멍이라는 것. 어디 어디 떴나.

약을 먹고 엄마를 생각해. 엄마 얼굴이 흐려. 엄마 얼굴은 왜 이토록 생각이 나지 않을까. 엄마는 돌아누워. 나는 옷을 벗고 엄마 뒤에 누워. 엄마의 등을 만져 봐. 부스럭. 눈가루처럼 흩어져. 보리차 냄새처럼 흩어져. 나는 엄마를 안고 몸을 말아. 달처럼 몸을 말아. 몸이 허공에 떠올라. 어디 어디 떴나.

약을 먹고 노래를 불러.

달 달 무슨 달.

병원 생활이 즐거운 진짜 이유는 약이야. 나는 오늘 그동안 모아 놓은 약을 한 번에 먹어 볼 생각이야. 걱정하지는 마. 새로운 취미니까. 내 몸의 구멍을 모두 틀어막을 만큼의 약만 먹을 생각이야. 약을 먹고 달을 낳을 거야. 알약처럼 뿌릴 거야. 피어라 흰 꽃. 퍼져라. 약을 먹자. 약을 먹어. 달같이 둥근 약. 약같이 둥근 달. 약을 먹자. 약을 먹어. 어서어서. 꽃 피고 꽃 지네. 달 달 무슨 달.

나는 밥을 만났다.

오늘 아침의 일이고 밥은 아주 재미있는 사람이라는 것을 알았다. 나까지 웃을 수 있었고 밥은 그런 사람이었다. 우리 모두 즐거웠지만.

나는 밥을 때렸다. 어제 아침의 일이고 나는 경건하고 도덕적인 아침 시간을 보냈었다. 화가 나 있진 않았지만 나는 밥에게 물었다. 밥은 어떻게 오는가.

밥은 어안이 벙벙해서 내게 덤볐고 종교적인 아침을 망치고 싶지는 않았지만 밥을 때릴 수밖에 없었다. 그는 그런 사람이다.

그리고 오늘 밥을 만났을 때 밥이 많이 미안해한다는 것을 알았다. 어떻게도.

오지 않습니다.

그도 나처럼 도덕적인 아침을 보내는 중이었고 정직한 사람이었다.

밥은 마거릿을 좋아한다. 해변에 서서 마거릿 파는 밥을 목격하기도 했다. 밥은 복숭아나무를 좋아한다. 복숭아나무 사러 해변의 끝까지 걷는 밥을 자주 목격했었다. 해 지는 저녁 당근밭에 앉아 우는 밥을 목격한 일도 있다. 당근밭에 앉아 밥은 담배를 피웠다. 밥은 담배를 정말 잘 피운다. 나보다 아름답게 연기를 뱉는 사람은 밥이 유일했다. 한 모금 길게 뱉고.

플라이 낚시입니다.

그렇게 멋진 세계를 말했다. 밥의 몸에서 풀려 나가는 줄과 플라이 낚시를 나는 생각하곤 했다. 조용히 연기의 세계를 풀며 혼자 어디론가 가는 사람을.

어쩌면 죽이지 않아도 되었을지 모른다. 나는 밥을 죽였고 오래전 일이다. 이제 나는 밥에 대해서 거의 다 쓴 느낌이다. 한 가지.

그가 소설 쓰는 사람이었다는 말은 하지 않았다. 나는 그의 소설을 읽지 않았다. 읽지 않은 사

람들이 연기처럼 손등을 타고 앞에서 흘러갔다. 식
탁보처럼. 그런 일은 없어요. 없습니다.

나는 밥을 용서하지 않았다.

그리고 나는 밥의 이야기로 소설을 펴냈다. 잘한
일인지 모르겠다. 그래도 이 소설을 읽는 독자들에
게 고맙다는 말을 하고 싶다. 우리가 함께 부드러
워졌으면. 책을 만들어 준 민음사와 편집부 여러분
께도 감사드린다. 해설을 써 준 박혜진 평론가에게.
재미없고 시류에서 먼 글을 읽느라 힘들었겠죠. 마
지막까지 꼼꼼한 조언을 아끼지 않은 정기현 편집
자에게. 어느 새벽 좋은 편집자를 만나 행복하다
는 생각을 했죠. 표지를 작업해 준 디자이너에게.
'압도적'이라는 말 떠올랐어요.

밥! 아마 이 소설을 읽지 않겠지. 너는 벌써 없
으니까. 그래도 읽어 봐. 어떻게든 읽고.

아름다워져라.

2019년 여름
여성민

빈혈의 미학

박혜진(문학평론가)

"내가 살아 있다는 것/ 그것은 영원한 루머에 지나지 않는다." 최승자 시집 『이 시대의 사랑』에 수록된 시 「일찍이 나는」의 한 구절이다. 스무 살이 지났을 무렵에 이 시를 읽었고, 그 후 나는 '나'의 이미지가 '나'라는 실재를 대체하고 있다는 사실을 얼마쯤 자각했던 것 같다. '나'를 둘러싼 숱한 이미지들을 제거하고 나면 남는 것은 무엇일까. 그러고도 남는 무언가가 있긴 할까. 서른이 지나 다시 읽는 시는 내게 다른 말을 걸어온다. 사실은 이미지가 전부였던 것 아닐까. 어디론가 다 사라져 버린,

지금 이 순간도 사라지고 있는, 루머의 중첩에 불과한 내 가난한 실존. 그런데 그것이 닿을 수 있는 전부라면?

걸어가는 동안 걸어온 길들이 모두 휘발해 버리는 것처럼 여성민 소설의 서사적 실체는 손안에 잡히지 않는다. 전통적인 내러티브에 익숙한 독자들에게 여성민 소설이 불러일으키는 첫 번째 인상은 막다른 골목 앞에 선 것 같은 방향 상실의 감각일지도 모르겠다. 그러나 불연속적인 이미지가 공존하며 만들어 내는 입체감은 익숙한 하나의 세계가 보여 주는 진실 이상을 보여 준다. 복수적 평면들의 공존으로 새로운 입체가 만들어질 수 있다는 사실을 보여 준 건 피카소였다. 서로 어울리지 않는 평면들이 곁을 맞대며 캔버스 위에는 새로운 공간이, 그러니까 새로운 슬픔이 재현됐다. 피카소의 독창성을 입증하는 큐비즘이 우리가 볼 수 없는 모든 슬픔을 담아내기 위해 만들어진 가장 절실하고 실존적인 방법론이 아니라면 무엇일까. 큐비즘은 세계를 바라보는 제한적인 시선과 그에 적응된 습관적인 시선을 극복하기 위한 온기의 창작론인 것이다.

『부드러움과 해변의 신』에 수록된 작품들은 제각기 부조리극인가 하면 사실적이고 회화적인가 하면 서사적이다. 그 모든 기이하고 낯선 공존의 감각이 여성민 글쓰기의 핵심이라고 할 수 있겠다. 사실에 대한 부조리극이자 회화적으로 해체된 서사. 이 모든 상태가 동시에 존재하기 위해 소설은 최소한의 서사이자 최대한의 이미지로 소설의 비율을 조정한다. 이미지가 범람하는 소설은 우리에게 다른 읽기를 요구한다. 해안선처럼 소설은 밀려 들어왔다 밀려 나가기를 반복하며 경계를 이동시킨다. 변화하는 해안선 그 자체. 파도를 가장 자연스럽게 즐기는 방법은 흐름에 몸을 맡기는 것이다. 밀려오는 이미지의 흐름에 의식을 맡겨 보는 데서 여성민 읽기는 시작된다.

사실이 되기 전

이미지의 세계에 사실을 위한 자리는 없다. 사실이 되지 못한 존재들과 사실과 진실에 대해 질문하는 소설부터 읽어 본다. 「양희은」의 표면적 소재는 그림을 그리는 한 여자가 남편을 비롯해 부모와 맺고 있는 관계다. 불화하는 관계가 파국으로 치닫거나 부득이하게 지속되는 식의 현실적 결말로 나아가는 대신 소설은 각각의 거리감을 통해 그들 각자의 존재를 드러낸다. 물론 이미지를 통해서. 먼저 남편. 남편은 소설을 쓴다. 그런데 그가 쓰는 소설은 그들이 살아가는 데 어떤 도움도 주지 못한다. 도움은커녕 그가 소설 쓰는 1년 동안 여자는 생계를 위해 그림 그리는 일을 접기로 결심한다. 왜 하필 소설이야? 여자의 질문에 남자는 납득할 만한 설명을 내놓지 못한다. 돌아오는 답이란 이런 것이다.

늘 걷던 골목이 무언가 다른 것으로 차 있었어. 뭘까. 두리번거렸지. 공중에 불이 매달려 있었어. 불빛들이 일렬로 매달려 있었지. 나도 모르게 불빛들 있는 곳으로 이끌려 갔는데 아무리 걸어도 가까워지지 않는 느낌이었어. 공중에 매달린 불빛들은 어느 순간 사라지고 사라졌다가 다시 나타나면 일렬로 매달려 있곤 했어. 타워크레인이라는 것을 알았지. 야간작업하는. 처음으로 담배 피우고 싶다는 생각이 들었어.

무슨 소리야. 담배는 왜.

공중에 의자 하나 놓고 앉아 있는 사람도 있더라고.

그러니까 그게 왜.

모르겠어.

──「양희은」, 119~120쪽

여자는 답답하지만, 자신이 그림을 그리는 이유
도 남자의 '불빛 이야기'와 다르지 않다는 걸 알고
있다. 불가해한 '불빛 이야기'는 역설적으로 그 불
가해함으로 인해 진실을 전달하는 매개가 된다. 돈
은 벌지 않고 책만 읽어 대던 아버지는 곧잘 집을
나갔다. 그래서인가. 엄마가 사라졌을 때 아버지는
엄마를 찾으러 나가지 않았다. 그래서인가. 아버
지가 사라졌을 때 엄마도 아버지를 찾으러 나가지
않았다. 아버지는 그렇게 돌아오기를 반복하다 종
국에는 유해가 되어 돌아왔다. 아버지는 종종 책
을 숨겨 놓았고, 사라진 아버지를 대신해 종종 책
이 모습을 드러냈다. 책을 숨겨 놓았던 아버지처럼
여자도 기차역 대합실에 책을 두고 돌아왔다. 어떤
책은 기차에 실려 떠나갔고 어떤 책은 역무원이나
마을 사람에 의해 집으로 왔다. 가족에게 아버지
의 존재는 숨겨진 책이 드러나는 방식으로 표현된
다. 숨겨진 책이란 언제나 있는 줄 모르게 있고 없

는 줄 모르게 없다. 있는 것도 아니지만 없는 것도 아닌 것. 사라졌다 나타나는 책의 이미지는 사라짐으로써 존재했던 아버지를 보여 준다. 그리고 엄마. 엄마는 '양희은'이다.

여자의 엄마는 칼질을 하다가도 양희은의 노래를 척 꺼내 불렀다. 하얀 목련이 필 때면. 엄마가 노래를 부르면 여자도 구역질을 멈추고 엄마를 따라 노래를 주절거렸다. 여자는 양희은의 노래를 끝까지 부를 수 있었다. 노래는 해도 양희은이 누군지는 몰랐다.

양희은? 슬픈 노래를 아주 잘해.

그래서 좋아해? 슬퍼서?

엄마는 깔깔 웃었다.

반은 대신 살아 준다. 살아보면 알아. 반은 양희은이 살아 준다는 걸.

——「양희은」, 99쪽

'양희은'이라는 이미지는 엄마의 전부다. '양희은'이라는 단어가 불러일으키는 수많은 동시에 하나의 이미지가 엄마에 대한 감각을 대신한다. 「이미지들」에서는 이미지를 통해 드러나는 바가 한층 짙

어진다. 「이미지들」은 여성민 소설이 상징적 해석과 서사적 구조로 이루어진 깊이의 읽기가 아니라 이미지에서 이미지로 연결되는 비약의 읽기를 지향한다는 것을 보여 주는 작품이기도 하다. '나'는 종종 자신이 동생인지 형인지 구분하지 못한다. 미술을 전공하고 한때 그림을 그리기도 했던 엄마는 일찍이 그림에는 소질이 없다는 것을 깨닫고 카페에서 커피와 그림을 판다. 주로 피카소 그림이다. 진품은 아니다. 6만 5000원이면 살 수 있는, 침실이나 가게에 걸어 두는 그런 그림들이다. 피카소 그림에 대한 다음의 이어지는 설명에서는 회화, 나아가 피카소의 '입체성'에 대한 작가의 목소리도 들린다.

사람의 눈은 평면만을 볼 수 있을 뿐이랍니다. 뇌도 마찬가지죠. 뇌가 읽고 해석할 수 있는 것은 평면의 정보예요. 학습된 정보들과 경험에 의해, 거기에 약간의 상상력이 더해져 입체적인 분석을 하는 것뿐이죠. 그러니까 우리가 입체적으로 보고 있다고 생각하는 것들은 학습에 의한 것이죠. 피카소는 자신의 예술을 통해서 우리가 입체라고 지각하는 입체를 해체하기 시작했던 거예요. 입체를 해체하니까 무엇이 남았을까요? 평면들이 남죠. 잘 아시듯, 그게 우리가 피카소를 입체파라 부르는 이유지요. 입체적으로 그려서 입체파가 아니라 입체를 해체해서 입체파가 된 거예요.

—「이미지들」, 67~68쪽

'나'는 리얼리스트이고 '나'에 따르면 동생은 '판타지쟁이'다. 동생은 현실이 되지 않고 현실이 되지 못하는 것들에 대해서만 이야기한다. '나'는 동생을 가리켜 "약쟁이 뽕쟁이 그런 것하고 동급"이라 말하며 "사람은 나이를 먹었거나 어리거나 나처럼 현실적"이어야 한다고, "현실이 되지 못하는 것들은 아무짝에도 쓸모없"다고 일갈한다. '나'는 비현실에 대한 혐오가 있고 비현실을 지향하는 동생을 혐오한다. 그러나 '나'와 동생을 헷갈려하는 모습, 아직 현실화되지 않은 존재로 표현되는 모습에서 '나'와 '동생'은 서로 다른 존재라기보다는 한 사람 안에서 일체화되지 못하는 서로 다른 모습의 평면적 표현으로 보여진다. 그렇다면 이들의 진술은 사실일까 아닐까. 하나의 목소리가 둘로 해체되어서 진실에 더 가까워졌지만 이들의 말은 사실이 될 수 있을까. 「양희은」이 불가해한 타인을 하나의 이미지로 가늠해 본다면 「이미지들」은 통합되지 않는 자아에 대한 복수의 이미지를 통해 오히려 '사실'의 의미를 되묻는다.

사실과 사실적인 것

사실이 갖는 위력에 비해 사실의 근거는 허약하다. 「부드러움들」과 「밥(Bob)」은 '사실'을 해체한다. 「부드러움들」은 두 명의 밥에 관한 이야기이고 「밥(Bob)」은 다섯 명의 밥에 관한 이야기다. 「부드러움들」은 두 명의 밥이 해변에서 따뜻한 모래에 대해 이야기 나누는 장면으로 시작한다. 한 명의 밥이 들려주는 이야기에 대해 다른 밥은 그 이야기가 사실인지 묻는다. 두 사람의 목소리는 겹쳐지고, 두 명의 밥도 겹쳐진다. 그다음에는 사실과 사실 아닌 것이 겹쳐진다. "그런 날이 있지. 목적 없이 해변을 걷는 날. 지금도 우린 해변에 앉아 있잖아. 아름다웠어?/ 아름다웠지. 아름다운 여자였어. 유부녀였지만. 그러면 어때. 해변에 앉아 있는 여자는 모두 유부녀라고./ 맞는 말이야. 해변에서 남자는 모두 울고 있지." 이어지는 진술들도 사실의 형태로 발화되고 있지만 그 내용은 사실에 부합하지 않는다. 해변에서 꽃을 들고 있는 남자는 뭐든 안다는 말이나, 마거릿이란 꽃을 들고 있는 사람이 아무것도 모를 수는 없다는 식의 발언. 그리고 그들은 기다린다. 무엇을? 저무는 것을.

연속된 기다림은 베케트적이다. 해변에서 저물기를 기다리는 밥과 밥, 그리고 마거릿을·든 남자. 그들은 조개껍질을 줍거나 따뜻한 모래 위에 누워 있거나 해변에 앉아 우는 것과 같은 "시시한 일들"을 하며 저물기를 기다린다. 저물녘 불빛이 보인다. 불빛은 사람의 온기다. 생텍쥐페리『남방 우편기』에서 아이가 죽은 후 남편을 떠나 베르니스에게 온 주느비에브의 말은 "불빛이 보이길래 왔어요."였다. 그들이 기다리는, 저무는 것은 무엇일까. 주느비에브에 이어 등장하는 또 하나의 삽화는 보들레르가 사랑한 무너지는 선 이야기다. "무너지면 무너지는 대로 아릅답다고 느꼈지. 종교라든지 법이라든지 하는 것들은 형태잖아. 보들레르는 버렸지. 시도 그래. 리듬이라든지 각운이라든지. 버렸지. 저무는 순간과 같은 거야. 여기 해변이 있잖아. 우린 저물기를 기다리고 있지." 그들이 기다리는 것은 무너짐이다. 형태의 무너짐. 형식의 무너짐. 또다시 이어지는 삽화. 총을 사려고 가게에 들어가지만 그곳은 총이 아닌 카레를 판다. 총은 사실이 아니다. 사실은 카레다. 카레는 이들에게 필요하지 않고 이들이 원하는 것도 아니다. 이들이 기다려 온 것은 사실이 아니고 그들 앞에 나타난 사실은 좀처럼 쓸모가 없다.

무용한 사실은 「밥(Bob)」에서 진실을 한 겹 더 해체한다. 「밥(Bob)」은 다섯 명의 밥에 대한 이야기를 하고 있지만 단 한 명의 밥에 대해서도 이야기하지 못한다. 밥에 대한 서로 다른 관점들이 출연하고 다양한 시선은 객관성의 이름으로 종합된다. 그러나 형식적 진실들로 밥을 설명하려는 시도는 단 한 명의 밥도 정확하게 규정하지 못하는 처참한 실패로 이어진다. 종국에는 우리에게 노출된 이미지의 배우, 빌리 밥에 대한 이야기로 넘어가고야마는데, 그야말로 궁색하도록 예정된 결과가 아닌가. 오스카상 수상에 빛나는 배우이자 감독이며 작가인 데다 꽤 근사하고 독창적인 뮤지션이기도 한 밥. 미디어를 통해 소비되는 허상으로서의 이미지만이 모든 밥들과 구분되는 단 하나의 '밥'을 지시한다는 사실은 아이러니하다. 역시 진실은 관념이 아니라 이미지라 말해야 하는 걸까. 아무려나 빌리 밥만이 독자들에게 그 의미와 의도를 모두 다 전달한 것만은 분명하다. 사실보다 더 확실한 것은 사실에 대한 이미지다. '사실적'인 것이야말로 가장 '사실'에 가깝다.

사실이 아닌 것들

사실을 드러내고 진실에 다가가는 데 효과적인 형식들이 있다. 그렇다고 배워 온 형식들 말이다. 「애인과 시인과 경찰」은 형식이 지니는 본질적인 아이러니를 풍자한다. 4인용 탁자가 준비되어 있고 도착한 사람은 세 사람이다. 애인과 시인과 경찰. 소설은 이렇게 시작된다. "애인은 늦는다. 시인은 항상 늦는다. 경찰은 서둘러서 두 사람보다 너무 늦지 않게 온다. 애인과 시인과 경찰은 동시에 도착한다. 이 일은 이렇게 시작한다." 애인과 시인과 경찰에 대한 진술이 "동시에 도착한다."는 말에서 전복되는가 하면 세 사람은 캐릭터를 지닌 인물

이 아니라 다만 애인으로, 시인으로, 경찰로 대표
됨으로써 하나의 상징적인 기표가 된다. 인물들은
다 같이 요리사를 기다린다. 그러다가 대화의 초점
은 4인용 탁자로 움직인다. 4인용 탁자를 완성하기
위해서 한 사람을 더 불러야 한다는 문제가 등장
한다.

> 4인용 탁자였고 세 사람이 앉아 있었으니까 남아
> 있는 의자가 있게 마련이죠. 설명할 순 없군요. 설명
> 한들 뭐하겠어요. 어쨌든 사랑에 빠진 세 사람이었어
> 요. 그렇지 않고서야. 그리고 시인이 잠시 생각에 잠
> 겼다. 아아! 틀림없어. 서로 사랑에 빠진 사람들. 들
> 어 봐요. 믿을 수 없겠지만 사랑에 빠진 세 사람을 본
> 거예요.
>
> ──「애인과 시인과 경찰」, 128쪽

형식이 실재를 억압하고 개념이 현실을 왜곡하
는 것을 보여 주는 절묘한 상황이다. 남은 한 자리
의 주인공은 사르트르다. 시인과 애인과 경찰과 구
분되는 유일한 고유명사의 등장이다. 그렇다면 그
들은 왜 시인이고 애인이며 경찰일까. 그들은 자기

만의 언어를 가진다. 애인은 연인 사이의 공용어를 가진다. 최소한의, 수많은 형태로 존재하는 소수 언어이기도 하겠다. 경찰은 제도과 규율의 언어다. 한편 '철학자'가 나올 거라는 예상을 뒤집고 사르트르가 출현하는 데에서 사르트르로 대변되는 실존주의를 떠올리지 않기란 힘들다. "설명하고 싶지는 않소. 설명은 위험하지. 설명하는 순간 이념주의자가 되니까." 설명은 설득과 합리와 보편의 언어다. 그 안에서 개인의 감각과 진실은 배제된다. 실존은 본질에 앞선다는 말은 이렇게 바뀌어야 한다. 실존은 설명에 앞선다.

「구체적이고 사실적인」도 기존에 통용되던 진실의 형식을 전복한다. 구체적이고 사실적인 배열이 사건의 진실을 드러내기는커녕 사건을 점점 더 미궁으로 빠뜨린다. 어느 날 갑자기 사라진 여성이 두 달 만에 나타나 자신의 정체를 주장한다. 초점 화자인 형사는 그녀가 남편이라 주장하는 사람, 엄마라 주장하는 사람, 동생이라 주장하는 사람들을 만나 그들을 인터뷰한다. 파편은 계속해서 흩어질 뿐, 그녀의 정체를 입증하는 방향으로는 모이지 않는다. 남편에게 그녀는 그저 까만 광물질로 보이고 엄마에게 그녀는 물고기로 보인다. 한편 여자는 형사와의 대화에서 "소리를 들으면 몸이 왜곡"된다고 진술한다. 몸에서 조각이 떨어져 나간다고 느낀다고도 말한다. 여자의 동생에 따르면 여자는 남편과 나눈 대화에서 남편과 자신의 극복할 수 없는 차이를 느꼈다. 나비의 날개가 핏줄 같다고 말한 여자는 그것이 파이프, 속이 빈 아주 작은 파이프 같다는 남편의 대답을 들었던 것이다. 차이는 그 자체만으로 아무런 힘도 갖지 못한다. 두 사람의 차이에 대한 마지막 에피소드 이후 여자는 고립된 채 자신이 느끼는 감각을 누구에게도 전달하지 못하고 누구도 자신을 알아보지 못하며 급기야 스스로를 증명하지 못하는 상황이 된다.

주인공이 자기동일성을 잃고, 시공간의 현재성이 부재하는가 하면, 언어가 전달능력을 상실함으로써 사건의 전개가 의미를 해체당하는 부조리적 상황이 영락없는 부조리극을 상기시킨다. 다중 시점을 통해 여성의 이미지는 나눠지는 동시에 합쳐진다. 여성의 진술은 아무것도 설명하지 않고 자기 자신의 감각을 정확하게 전달할 뿐이다. 다양한 시선을 통해 사건의 진실에 접근할 수 있고 각각의 의견에 존재하는 차이를 통해 진실의 간극을 메우는 것이야말로 진실에 도달할 수 있는 절대 법칙이라는 통념에 정확히 반대되는 구성이다.

「밥(Bob)」에는 "이야기보다 장미"라는 말이 나온다. 여성의 정체성에 닿기 위해 필요한 명제야말로 '이야기보다 장미'가 아닐까. 때로는 모두가 이해하는 이야기보다 누구도 이해하지 못하는 감각이 정확하다. "빈혈이란 그런 것이 아닐까. 한 세계의 결핍이 아니라 두 세계가 겹쳐 있는 것. 겹쳐 있지만 섞일 수 없는 것." 의식과 무의식이 혼재된, 의식과 무의식이 하나로 섞이지 않으면서 동시에 존재하는 빈혈의 상태, 빈혈의 이미지는 여성민의 인물들이 경험하는 진실의 상태다.

무(無)와 무너짐

『부드러움과 해변의 신』에서 가장 서사적인 작품을 한 편 고르라면 단연 「봄밤」이겠다. 아버지로부터 강간당하는 '나'는 동생들의 구멍을 뚫는다. 소설에서 구멍은 생식기를 의미한다. 이 행위를 두고 '나'는 구멍을 분양한다고 표현한다. 구멍을 분양한다는 것은 동생들에 대한 폭력의 언어라기보다는 '구멍'으로 먹고 살 수 있다고 말하고 거기서 자신의 욕망을 또한 충족시키는 아버지가 여성의 몸을 수단화하고 있는 데 대한 비판이자 조롱이다. 분양은 나누어 준다는 뜻이다. 대체로 경제적 거래를 동반한다. 내가 동생들에게 구멍을 분양해 주는 데 따른 경제적 이득은 있을 수 없다. 분양은 합리화되는 성폭력에 대한 저항인 동시에 남동생에게 자신과 동일한 몸 상태를 만듦으로써 자신만이 경험하고 있는 고통을 모두의 고통 속에 감추고 싶은 의지에 대한 표현이기도 하겠다.

현실의 생식기를 의미하던 구멍은 신화적 생식기를 의미하는 구멍, 즉 달의 이미지로 바뀐다. 달은 전통적으로 여성에 대한 메타포로 기능했다. 그중에서도 가임기 여성의 생리 주기와 연결되며 성적인 동시에 출산의 몸의 이미지를 상징하기도 한다. 특히나 구멍과 가장 비슷한 형태인 보름달이 상징하는 것은 다산과 출산. 구멍으로서의 달은 아버지의 폭력으로 인해 사라진 것을 의미한다. 작가의 등단 작품이기도 한 「봄밤」이 애초에 '달은 구멍'이라는 제목으로 발표되었다는 사실은 중요해 보인다. 달이 떴을 때, 그것을 허공으로 인식하는 것은 변화에서 첨가가 아니라 누락을 보는 상실의 세계관을 내포하기 때문이다.

정말 무언가 있군요. 하지만 신은 아닐 거예요. 빛이 있어요. 신은 빛을 만들지 않아요. 빛은 거리를 알려 주고, 빛이 있다는 건 아주 먼 거리에서 가까이 왔다는 신호인데, 가까이 왔다는 사실을 들키는 순간 멀리 있었다는 사실을 인정해야 하므로 신은 빛을 만들지 않아요.

—「해변의 신들」, 199쪽

신은 있다. 그러나 멀리 있다. 「해변의 신들」에서는 눈으로 구분되지 않는 세 사람이 해변을 거닐며 대화를 나눈다. 기분일까, 그리움일까, 관념일까. 셋의 차이는 뭘까. 시인과 애인과 독일인은 기분과 그리움과 관념의 차이에 대해 계속 생각한다. 존재하지만 곁에 있지 않은 신은 실질적 부재를 나타낸다. 로댕이 완성한 발자크 이야기는 여성민 작가의 예술론에 대한 힌트로도 읽을 수 있다. 평론가들조차 흉물이라고 비난했지만 로댕은 그것이야말로 자기 인생의 요약이고 자신의 미학적 이론의 동기라고 말했다. "거기 발자크는 없었지만 그게 발자크였으니까." 로댕의 발자크론을 경유하면 신에 대한 정의는 조정된다. 신은 곁에 없다. 그러나 멀리 있다. 없으면서도 있고 있으면서도 없는 세계. 빈혈 상태의 세계.

형태와 선이 무너지고도 가능한 이야기를 읽었다. 어쩌면 "이야기보다 장미"에 가까울 이 최소한의 서사이자 최대한의 이미지는 구조로서의 소설이 아니라 감각으로서의 소설이라고 불러야 할 것 같다. 구조는 남지만 감각은 사라진다. 이야기는 남지만 장미는 사라지듯. 그러나 장미는 그것을 읽은 사람들의 감각과 중복되며 또 다른 감각을 낳는다. 구조는 새로운 경계로 작용하지만 감각은 열리고 닫히는 경계 그 자체다. 이미지와 이미지가 교차하며 만들어 내는 작은 틈에서 우리가 발견하는 것은 빈혈의 이미지다. 분명하던 것들이 흐려지고 단절되어 있던 것들이 중복되며 경계가 무너지는 상태. 경계도 위계도 없는 곳에서 이미지는 자유롭다. 이미지들이 공존하며 사실과 진실에 대한 거의 모든 근거를 뒤흔들 때, 누락된 슬픔은 그제야 고개를 든다. 평면과 평면을 붙여 가상의 입체를 만든 건 피카소가 진실을 드러내는 방식이었다. 나란한 이미지들이 만드는 슬픔의 입체는 여성민이 진실을 드러내는 형식이다.

여성민

2010년《세계의 문학》에 단편소설이,
2012년《서울신문》 신춘문예에 시가 당선되며 등단했다.
시집으로 『에로틱한 찰리』가 있다.

부드러움과 해변의 신

1판 1쇄 찍음 2019년 5월 20일
1판 1쇄 펴냄 2019년 5월 27일

지은이　여성민
발행인　박근섭, 박상준
펴낸곳　(주)민음사

출판등록 1966. 5. 19. (제16-490호)
서울특별시 강남구 도산대로1길 62 (신사동) 강남출판문화센터 5층
대표전화 02-515-2000 팩시밀리 02-515-2007
www.minumsa.com
ⓒ 여성민, 2019. Printed in Seoul, Korea
ISBN 978-89-374-4127-1 03810

* KOMCA 승인필